U0820390

图像小说

Agatha Christie®

# 死亡约会

## APPOINTMENT WITH DEATH

〔英〕阿加莎·克里斯蒂 原著
〔法〕迪迪埃·克亚-居约 改编　〔法〕马雷克 绘
陈潇 译

人民文学出版社
PEOPLE'S LITERATURE PUBLISHING HOUSE

著作权合同登记号 图字 01-2024-2088

**AGATHA CHRISTIE**
**Appointment with Death Graphic Novel**
by Didier Quella-Guyot, Marek
Adapted from
Appointment with Death © 1938 Agatha Christie Limited. All rights reserved.
AGATHA CHRISTIE, POIROT, the Agatha Christie Signature and the AC Monogram Logo
are registered trademarks of Agatha Christie Limited in the UK and elsewhere. All rights reserved.
www. agathachristie.com
Rendez-Vous Avec La Mort
BELG Prod. ©2019 pour la présente édition

图书在版编目 (CIP) 数据

死亡约会 / (英) 阿加莎·克里斯蒂原著 ; (法) 迪
迪埃·克亚-居约改编 ; (法) 马雷克绘 ; 陈潇译.
北京 : 人民文学出版社, 2025. -- (99 图像小说).
ISBN 978-7-02-019303-5
Ⅰ. I561.45

中国国家版本馆 CIP 数据核字第 20257R4S21 号

责任编辑 卜艳冰 杜玉花
装帧设计 钱 珺

出版发行 人民文学出版社
社 址 北京市朝内大街166号
邮政编码 100705

印 刷 安徽新华印刷股份有限公司
经 销 全国新华书店等

字 数 50千字
开 本 965毫米×1270毫米 1/16
印 张 4
版 次 2025年6月北京第1版
印 次 2025年6月第1次印刷

书 号 978-7-02-019303-5
定 价 88.00元

如有印装质量问题，请与本社图书销售中心调换。电话：010 65233595

你明白的，她必须死！
不是吗？
??
很明显，无论我走到哪里，
总会碰上让我联想起犯罪的事情。
也许将来有一天，我还会想起这句话……
下次再听到这个声音，
我应该能认出来……
你明白的，她必须死！
不是吗？
太可怕了！

不能再这样下去了！
我们必须做点什么……
我们逃跑吧？
卡罗尔，你知道我们逃不掉的！
我知道，雷，我知道……我们疯了，不是吗？
也许我们真是疯了……
听到我们眼下如此冷静地计划要杀死自己的母亲，大部分人都会认为我们是疯了。
她不是我们的亲生母亲！
你也同意，是吧，卡罗尔？
是的……我觉得她应该死，是的……她是个疯子！
她如果正常的话，就不会这么虐待我们！
你不觉得这么做有什么不对，是吗？
我想这就像杀死一条疯狗一样！这是结束这一切的唯一方法……
没有人会知道的……我有一个计划！

晚上好，小姐，
你觉得耶路撒冷怎么样？
喜欢这儿吗？
从某些角度来看，
这里的确很奇怪……
尤其是宗教，
各种层出不穷的宗教纷争！
我同意
你的看法。
我想喝点咖啡，一起吗，这位小姐？
我姓金，
叫莎拉·金。
DR THE
GERA
ULTÉ DE MÉDECINE DE
（杰拉德医生 医学部）
哇，杰拉德医生！太荣幸了！
我读过您所有的书，一本不落……
您关于精神分裂症的观点实在是太有趣了！
我也正好是学医的，刚刚拿到学士学位。
现在是实习医生。
恭喜！
你要在这儿
待很久吗？
三五天吧，
然后我要去佩特拉。
我也打算去那儿！

我想得花上差不多一周时间：去程两天，在那里待两天，然后回程两天。
你看，刚刚进来的那几个人……在火车上那晚，你注意到他们了吧？他们是和我们同一时间离开开罗的。这个美国家庭不太对劲……
不对劲？
嗯，看看他们，特别是那位老太太……
自命不凡的女人！
她有些……有些让人觉得不祥……
有水肿，是心脏病吧……
也许吧……你知道这些人是谁吗？
他们是博因顿一家。母亲和两个孩子。他们从不和别人说话。
除非那个老女人点头，否则他们谁都不能做任何事！她是个十足的暴君！
她把他们死死地攥在手心里。
难以置信！
你跟他们聊过天，是吗？
是的，跟其中一个聊过。
那个帅小伙？
是的，在从坎塔拉到这里的火车上。我旅行的时候经常跟人聊天。

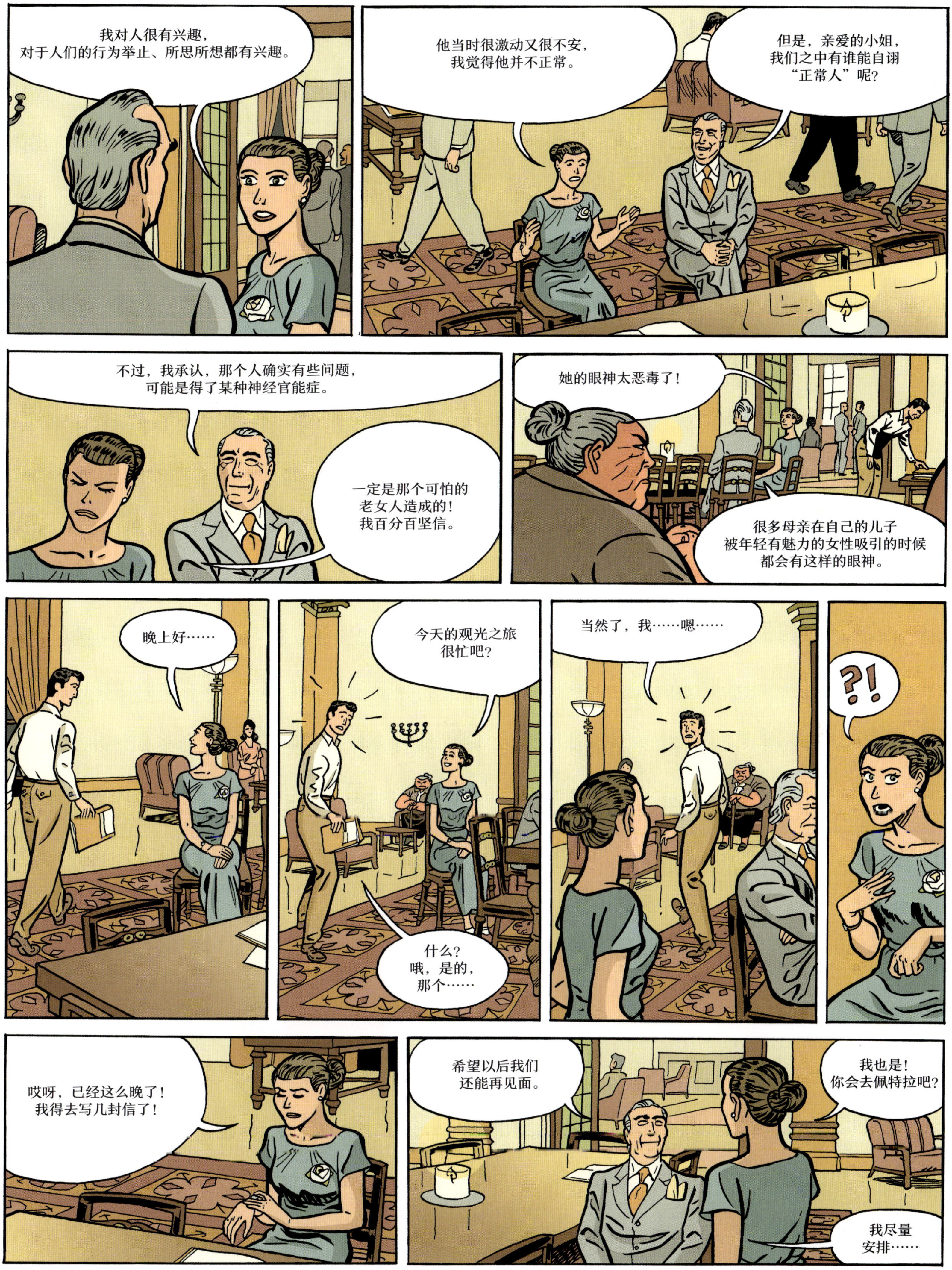
我对人很有兴趣，
对于人们的行为举止、所思所想都有兴趣。
他当时很激动又很不安，
我觉得他并不正常。
但是，亲爱的小姐，
我们之中有谁能自诩
“正常人”呢？
不过，我承认，那个人确实有些问题，
可能是得了某种神经官能症。
一定是那个可怕的
老女人造成的！
我百分百坚信。
她的眼神太恶毒了！
很多母亲在自己的儿子
被年轻有魅力的女性吸引的时候
都会有这样的眼神。
晚上好……
今天的观光之旅
很忙吧？
什么？
哦，是的，
那个……
当然了，我……嗯……
?!
哎呀，已经这么晚了！
我得去写几封信了！
希望以后我们
还能再见面。
我也是！
你会去佩特拉吧？
我尽量
安排……

我不明白为什么我会对这家伙更感兴趣。他不过是个粗鲁莽撞的小伙子，而且是个美国人！
但是那个年轻人正在求救！我一定要设法救他！
孩子们，你们累了！
我不累，母亲。
不，你们累了！
你们很清楚我从不出错。给我回房间！
啊！你们在这里！我正四处找你们呢。您觉得身体如何，博因顿夫人？没因为旅行而感到过于劳累吧？
她就是个驯兽师！一个不可理喻的暴君！
我的身体每天只能应付两三个小时的观光罢了。但我是不会屈从于我的身体的！重要的是意志力！
您说得对。
你呢，你今天去了哪里？
我差不多把圣地转了个遍——伯利恒、拿撒勒、提比利亚和加利利海。
真的很不错！我还想去好好看看佩特拉的蔷薇城。

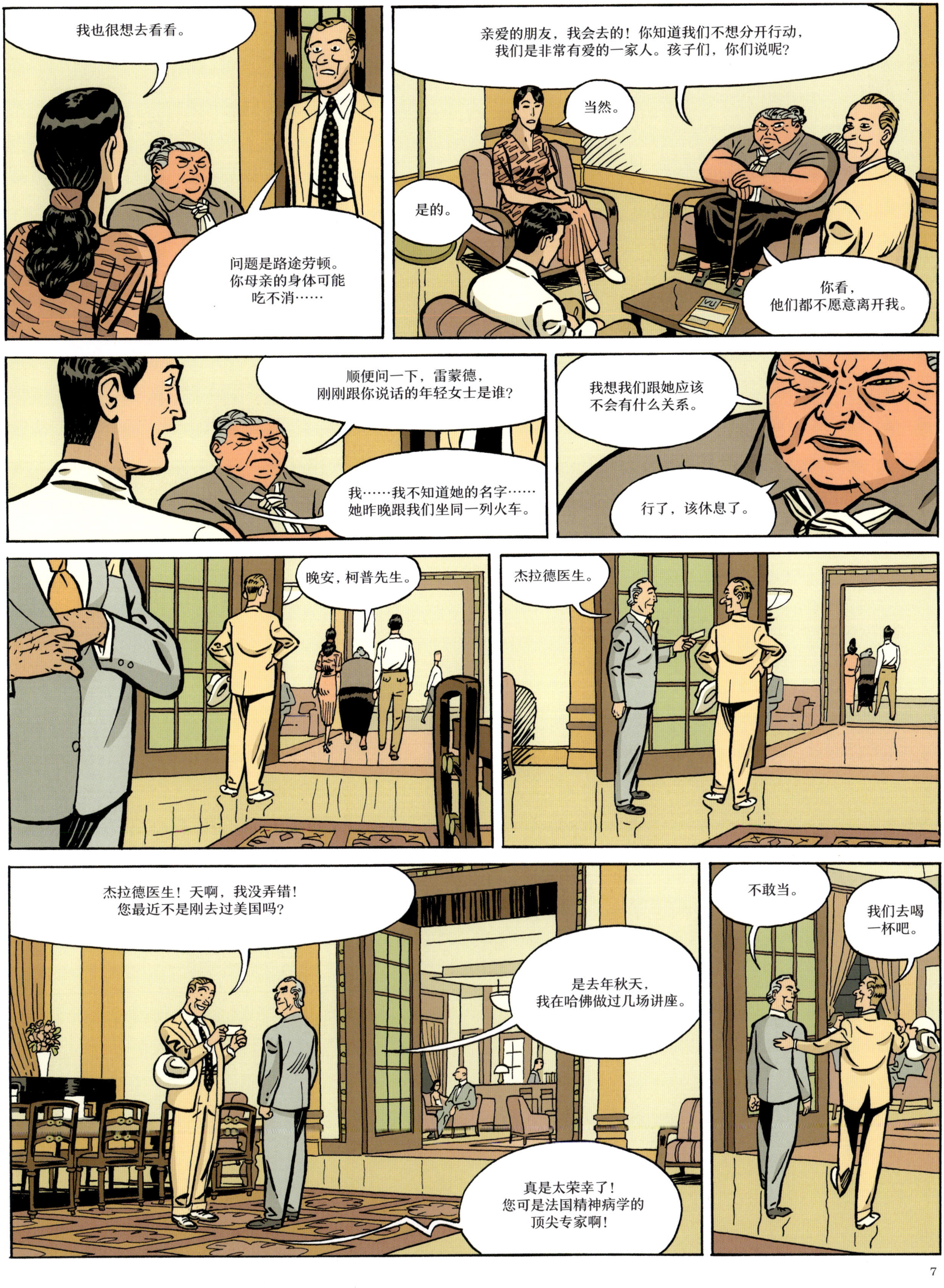
我也很想去看看。
问题是路途劳顿。你母亲的身体可能吃不消……
亲爱的朋友，我会去的！你知道我们不想分开行动，我们是非常有爱的一家人。孩子们，你们说呢？
当然。
是的。
你看，他们都不愿意离开我。
顺便问一下，雷蒙德，刚刚跟你说话的年轻女士是谁？
我……我不知道她的名字……她昨晚跟我们坐同一列火车。
我想我们跟她应该不会有什么关系。
行了，该休息了。
晚安，柯普先生。
杰拉德医生。
杰拉德医生！天啊，我没弄错！您最近不是刚去过美国吗？
是去年秋天，我在哈佛做过几场讲座。
真是太荣幸了！您可是法国精神病学的顶尖专家啊！
不敢当。
我们去喝一杯吧。

跟我说说，
刚才跟你聊天的那家人是典型的
美国家庭吗？
哦，不，
我想这家人
并不能算典型。
尤其是那位老妇人
非同寻常。
是吗？
是的，博因顿夫人几乎可
以说是我的家人。我的父
母跟她丈夫关系密切。
如果您有空的话，
我可以给您讲讲
他们家的故事吗？
当然可以。
已故的埃尔默·博因顿
很有名气，非常有魅力。
他的第一任妻子
在卡罗尔和雷蒙
德还在喝奶瓶的
时候就去世了。
博因顿夫人在嫁给他时
非常漂亮，看她现在的
样子很难想象她曾经
是个美人……
她是个非常有能力的
女人，很有经济头脑，
也很有良心。埃尔默
去世后，她把自己的
身心全部献给了孩子们。
这是个非常团结的家庭。
问题是她把孩子们和外界完全隔离开来，
从来不让他们和外面有任何接触。
他们住在乡下一栋与世隔绝的
大房子里，孩子们没办法跟同龄人
一起做事，建立起友谊。
她的孩子们都不工作？
是的，没必要工作！
埃尔默·博因顿
非常富有。
换句话说，孩子们在经济上
完全依赖她？
是的。

# 耶路撒冷

呃……我去找点水喝……
不好意思，我得跟你谈谈……关于我哥哥的事情。
昨晚你想找他说话时，你一定觉得他很没礼貌，但那不是他的本意……
他在那列火车上跟你说过话，是吧？
没错，确切地说，是我找他说话来着。
当然是那样，他不敢主动找你。
你知道吗？昨晚，雷很害怕……
害怕？
我知道这样说你会觉得匪夷所思。但你要明白，我母亲……她不喜欢我们在外面交朋友。
但是我了解雷，他很想跟你交朋友。
好了，我不能一直待在这儿，他们会担心的。
你们不是自由的吗？
不是。
这太荒谬了！

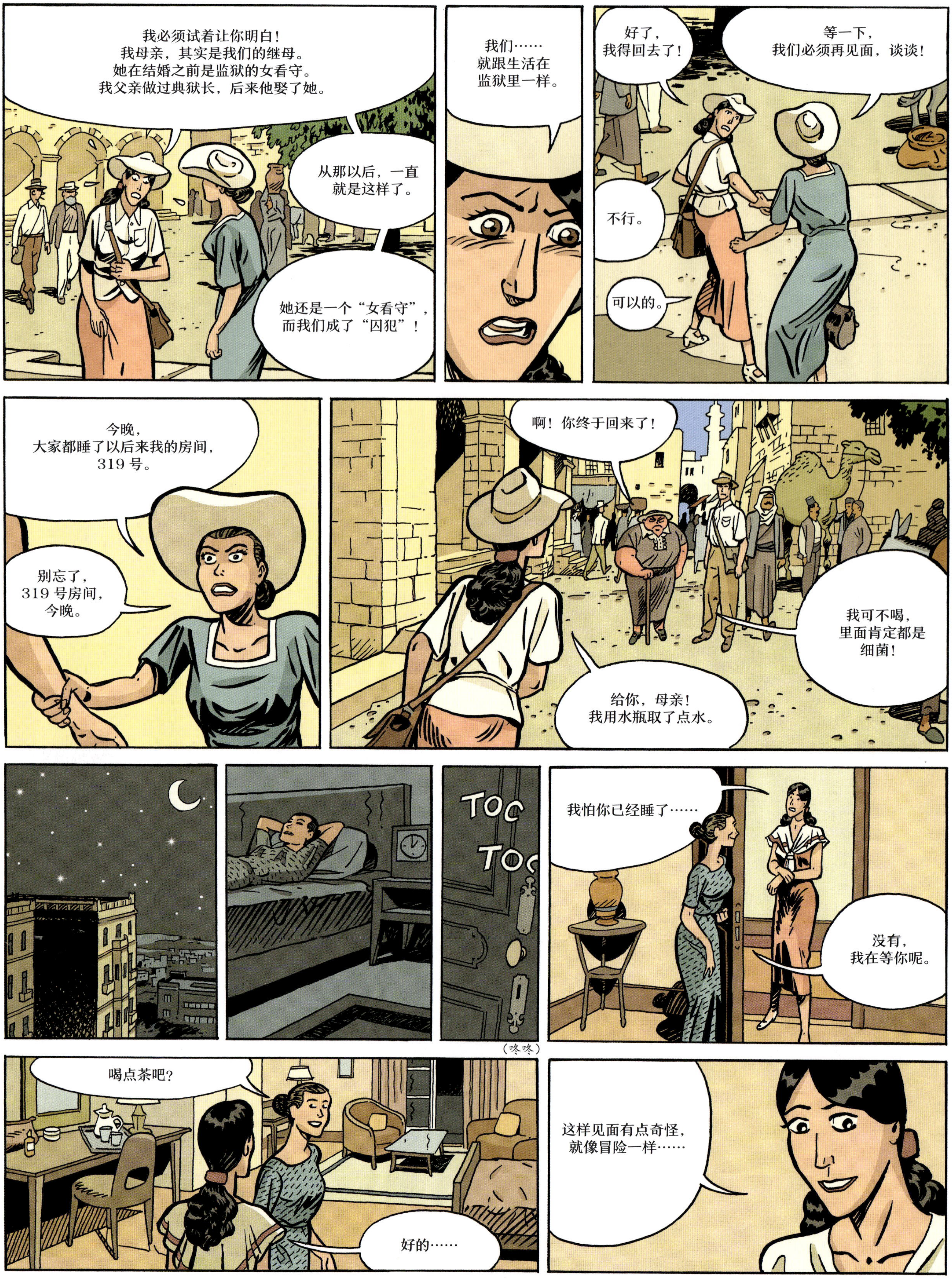
我必须试着让你明白！
我母亲，其实是我们的继母。
她在结婚之前是监狱的女看守。
我父亲做过典狱长，后来他娶了她。
从那以后，一直就是这样了。
她还是一个“女看守”，而我们成了“囚犯”！
我们……就跟生活在监狱里一样。
好了，我得回去了！
等一下，我们必须再见面，谈谈！
不行。
可以的。
今晚，大家都睡了以后来我的房间，319号。
别忘了，319号房间，今晚。
啊！你终于回来了！
给你，母亲！我用水瓶取了点水。
我可不喝，里面肯定都是细菌！
TOC
TOC
（咚咚）
我怕你已经睡了……
没有，我在等你呢。
喝点茶吧？
好的……
这样见面有点奇怪，就像冒险一样……

你这是第一次吗？
出国旅行吗？是的，这是我们第一次出国。简直就像一场梦。
我们从来没有离开过家。我们一直住在同一栋房子里。有各种各样的家庭教师。
你从来没想过离开家吗？
什么？她不会允许我们这样做的！
你们已经成年了，她阻止不了你们的。
我不知道该去哪儿，该做些什么。我们没有钱，你明白吗？
朋友呢？
我们谁也不认识！
你喜欢你的继母吗？
我讨厌她。雷也是。
啊！
我们……我们常常希望她能死掉。
哦！我不应该跟你说这种事的。
想要某个人死掉，不代表会杀掉她。
告诉我，你的继母怎么会想要出国旅行的？
我不知道，这是个谜。

KLIK
（咔）
啊啊啊！
你去哪儿了？
我……
我……
你去哪儿了？
我去见了金小姐，
萨拉·金。
那晚跟雷蒙德
说话的女孩？
是的，
母亲。
你还打算再去
见她吗？
是的……
有可能。
你向我发誓，
你不会再去见她？
好的，
母亲。

啊！雷蒙德，我已经建议
你妹妹不要再跟这个女人讲话了。
她不适合你们！
我们说好了啊？
是的，
母亲。
你呢，雷蒙德？
按你说的来，
母亲。
KING SOLOMON

（所罗门酒店）

嘿，杰拉德医生！我在预定去佩特拉的旅程。
听说您也要去那里。
没错！
太棒了！
我想我们有很多人一起的，是吗？
他们说还有另一个女人，加上你和我，刚好一辆车！
我们的那群朋友，博因顿一家怎么样了？
他们今天离开。
他们要去哪儿？
完全不知道。
这个家庭真令人难以置信。我先跟你说说那晚跟卡罗尔见面的事儿。
博因顿夫人简直是个暴君。她把家里的成员当作奴隶来使唤。太可怕了！
她的孩子们应该看清楚她的真面目，她就是一个愚蠢、恶毒、臃肿的老女人。
看，他们在门口！
KS
KING SOLOMON

没错，我讨厌她！
你有什么权利这样说？
您对我相当粗鲁无礼。您想阻止您的孩子们跟我做朋友。
这是个愚蠢的游戏。友善一点会好得多……如果您愿意尝试，一定可以做到。
保重啊，博因顿夫人！祝您一路平安，再见！
?!
来啊！破口大骂啊！
我从不会忘记。记住这一点。我从不会忘记任何事……
任何一个举动，任何一个名字，任何一张脸……
可怜的老太太！
再见，愿你过得愉快。或许有一天我们会再见面？
啊！我……我脑子里一团糨糊……
抱歉，能告诉我那边那群人是谁吗？
那是博因顿一家，先生。美国人。

?
这辆车太小了！三个乘客，再加一个导游，还有这么多行李！重新换一辆大点的车来！
快！把这辆破车开回去，换一辆豪华轿车过来。
但是，夫人……
这一直是旅行社配置的车，大一点的车不适合沙漠旅行。
啊，是金小姐吧？自我介绍一下，我是韦斯特霍姆爵士夫人。想必你也同意我的看法吧，这辆车太小了，根本坐不下。
呃，这……
男人总想把自己的意愿强加给女人。
韦斯特霍姆爵士夫人，我跟您介绍一下，这是杰拉德医生。
我听说过你的大名。几天前，在巴黎，我有幸见到了你的同事尚特罗教授。
最近我一直在认真研究贫困阶层精神失常者的应对措施。
看啊！这辆车坐起来才舒服！

# 佩特拉

从安曼一路走来，
呼！真热啊！
累死了！那泼妇真该被毒死！
博因顿夫人？
不，我是说该死的
韦斯特霍姆爵士夫人！
真不敢相信
她居然结婚了！
而且她丈夫
还没有给她下毒！
至于博因顿夫人，
毒死她也是个好主意！
对她的家人来说，
这的确是一劳永逸的办法！
事实上，很多女人都该被毒死。
那些又老又丑的女人。
哦，你们法国人真是无可救药！
你们只对年轻有魅力的女人
感兴趣！
这个韦斯特霍姆爵士夫人真让人讨厌！
我讨厌这类女人。
不过她可不是普通人。
韦斯特霍姆爵士夫人是英国政要。
莎拉，你看着眼前的人
在生活中比你成功，
会心生怨恨，是吗？
我想你说得没错，毫无疑问，
你能读懂人心。无论我多么想欺骗自己，
还是被你识破了。

我们到艾因·穆沙村了，
在这里，得放弃坐车，
马匹在等着我们。
天哪，这里太美了，
又寂静又神秘，
你们不觉得吗？
太安静了！
这里是死灵幽谷，
难以置信啊……
死亡之城！
营地在
那儿！
你们可以享用晚餐，
休息休息了。
天啊！
博因顿夫人……
在佩特拉！真难以置信！
你也在
这里？
!!

是你……
你很真实。
我一直无法停止想你。
雷蒙德!
我希望你明白，
那不是我……
不是真正的我……
那个行为粗鲁的人……
如果你因此而
看不起我……
我永远不会
看不起你。
你现在就很有勇气，
我很肯定。
莎拉！你看见了吗？我想那些人在所罗门酒店待过。
我们一到这儿，我就认出了那个老太太。
那群人无聊极了，
一群乡巴佬。

味道不错，
就是少了水果！
大家准备好了吗？
早就准备
好了。
你们是要去
“牺牲之地”吗？
我能一起去吗？
欢迎欢迎，先生。
我们
到了！
有时候我在想，
牺牲似乎是必要
的……
对我们医生来说，
死亡永远是我们的敌人。
当然，您说得对。
整个上午有趣极了！
佩特拉真是个神奇的地方！
下午我想在这一带走走，
四处看看。你呢，
杰拉德医生？
我跟你一起吧。
吃完午饭后，
我想去休息一会儿。
你们可以出去走一走。
但是，
母亲，
你……
我不需要任何人陪。
我只想拿一本书，
就坐在洞穴入口处。

她今天下午居然放他们自由活动。
但她知道雷蒙德想跟我在一起。
这会是陷阱吗？
我们和他们一起吧？
好主意！
非常抱歉，卡罗尔，但恐怕我得先回去。
感觉不舒服？
是的，发烧了，午餐之后就有点奇怪。
不会是疟疾吧？
是的，我得回去吃点奎宁。我帐篷里有急救箱。
你的名字是什么？我知道你姓金。
莎拉。
莎拉……我可以这样叫你吗？
当然可以。
莎拉，你能谈谈你自己吗？

现在你知道我的全部了。
谢谢你。
我现在要回去了。但……不是跟你们一起。
我想自己一个人回去。有些事情我得自己去做，有些话我得自己去说。我要证明自己不是个懦夫……
这样的话……我就不会再为过来向你求救而感到羞耻了。
我很高兴你愿意拿出实际行动。你可以相信我。
但首先我得一个人做完这件事。
但……什么事？
我们已经爬了很长时间了，现在我要回去了。
我们两个要继续爬一会儿，是吧，韦斯特霍姆爵士夫人？
显然，我还不累。
卡罗尔说得没错，这里太阳落山很快，我们应该回去了……
哦！太阳快落到地平线后面了，我得赶紧回去。

啊！莎拉，你是最后一个回来的！其他人都到了。
我还有时间去换件衣服吗？
当然。
杰拉德医生？
去请博因顿夫人来吃晚餐……

那个老太太，她生病了……
她不动了。
?
??
我去看看。
你母亲
去世了。
啊，波洛，
你来得正好。
在佩特拉遇见你，
真是太走运了。
到了约旦怎么能
不来佩特拉呢？
昨天出现了一具尸体。博因顿夫人，一个美国老太太，
跟家人到佩特拉旅游。今年热得反常，旅途劳顿，
加上她本身心脏不好……总之她死了。
博因顿一家？
我在耶路撒冷
见过他们。
有什么
问题吗？
嗯……一切似乎都很自然。
这是完全有可能的，是世界上
极有可能发生的事情，
只不过……
只不过什么？

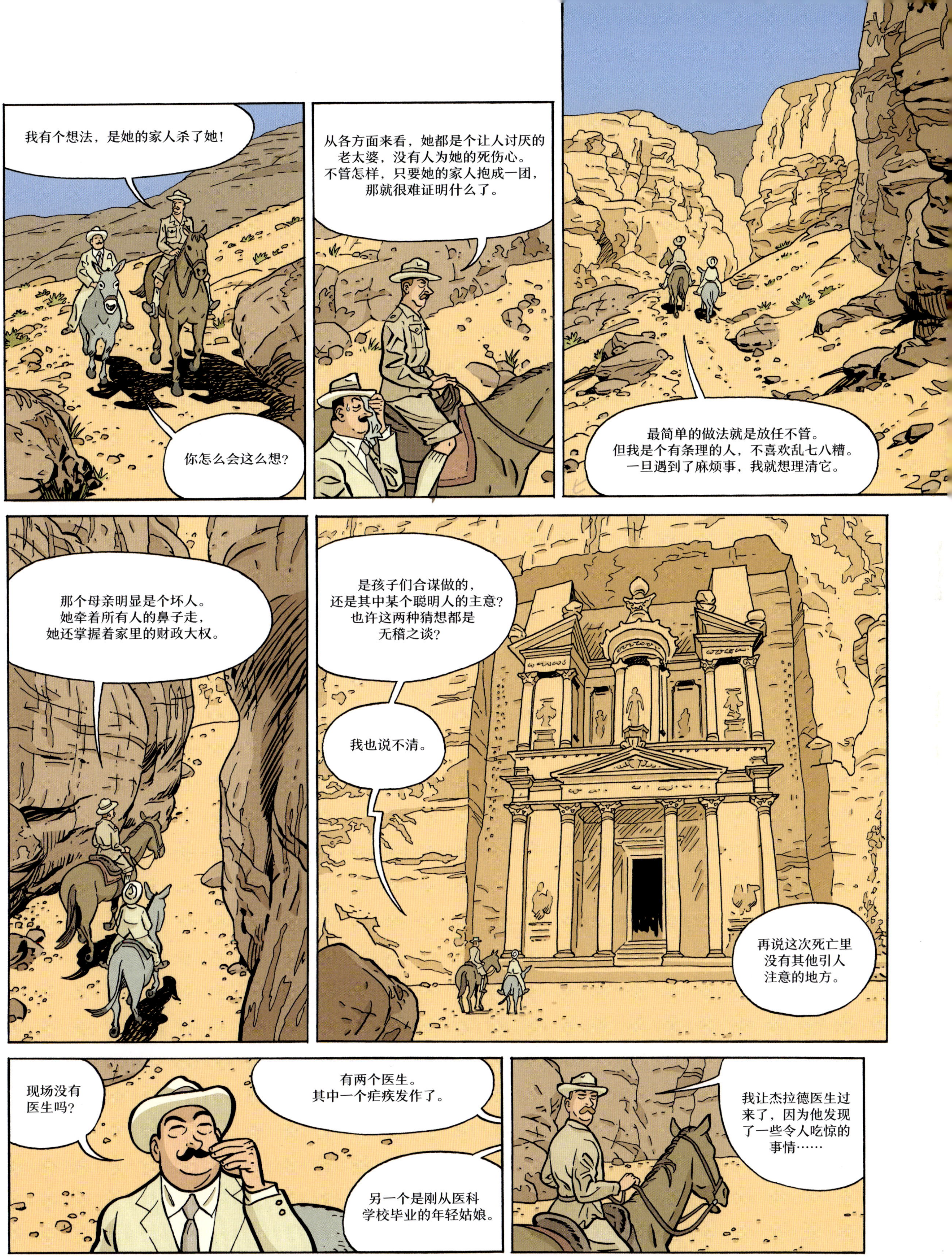
我有个想法，是她的家人杀了她！
你怎么会这么想？
从各方面来看，她都是个让人讨厌的老太婆，没有人为她的死伤心。不管怎样，只要她的家人抱成一团，那就很难证明什么了。
最简单的做法就是放任不管。但我是个有条理的人，不喜欢乱七八糟。一旦遇到了麻烦事，我就想理清它。
那个母亲明显是个坏人。她牵着所有人的鼻子走，她还掌握着家里的财政大权。
是孩子们合谋做的，还是其中某个聪明人的主意？也许这两种猜想都是无稽之谈？
我也说不清。
再说这次死亡里没有其他引人注意的地方。
现场没有医生吗？
有两个医生。其中一个疟疾发作了。
另一个是刚从医科学校毕业的年轻姑娘。
我让杰拉德医生过来了，因为他发现了一些令人吃惊的事情……

这位是赫尔克里·波洛先生，
我跟他大概讲了讲那个案子……
你注意到有什么
不寻常的事情吗？
没错，我严重的疟疾——脑型疟疾——发作了。
我折回去打算给自己静脉注射奎宁。
我烧得很厉害。
我回到帐篷里，
结果找不到药箱。
有人挪动了我的药箱。
好不容易找到药箱，
但注射器又不见了。
我找了好一阵子，
最后只好放弃。
我口服了
大剂量的奎宁，
然后倒头就睡了。
博因顿夫人的死是在日落之后才发现的。
6 点半的时候一个男仆去叫她吃晚饭，
才发现不对劲。
金小姐是
有执业资格的
医生，她检查了
尸体。
最后见到博因顿夫人
活着的确切时间是……
下午 4 点刚过，
韦斯特霍姆爵士夫人
跟她说过话。
卡罗尔·博因顿跟她母亲说过几句话。
根据其他人的证词，
应该是 5 点 10 分左右。
杰弗逊·柯普，这家人的一个美国朋友，
跟爵士夫人一起回到营地时，看到她睡着了。
他们没有跟她
讲话，那时大概是
5 点 40 分。
儿子雷蒙德应该是最后一个
看到她活着的人。他散步回来，
大约在 5 点 50 分跟她说过话。

6点以后，仆人们在帐篷周围走来走去，但没有一个人看到有人接近过那个老太太。
第二天，我试图理清楚事实，并提到最后见到博因顿夫人活着的人是她的儿子雷蒙德，那时候是6点前一点……
……让我大吃一惊的是，金小姐立即说那是不可能的，那个时候博因顿夫人已经死了。
然而那个儿子发誓说他母亲那时候还活着。当时他走到她前面，说道：
我回来了，下午过得好吗？
她嘀咕了一句，还可以。
接着他就回到自己的帐篷。
杰拉德医生，你是什么时候看到尸体的？
第二天——确切地说是上午9点。
你估算死亡时间是什么时候？
我只能说她的死亡时间在十二小时以上，但不到十八小时。这样说帮不到什么忙。
继续说吧，杰拉德医生。
第二天早上起床后，我发现我的皮下注射器就在洗漱台的药箱后面。
但是我很确定，前一天注射器并不在那里。
还有两件事。一是死者的手腕上有一个痕迹，像是皮下注射器留下的小孔。最后，我检查了我的小药箱……
……我注意到罐子里的毛地黄毒苷少了很多。
（毛地黄毒苷）

毛地黄毒苷，
是毒药吧？
是的，如果通过静脉注射的方式，
一次性大量注入毛地黄毒苷，会导致心跳加速，
引发猝死。
你的意思是，她死亡的原因
可能是自己服药过量？
没错。
况且博因顿夫人本来就有心脏病，
她吃的药里就有毛地黄苷。
此外，
虽然毛地黄的活性成分能使人丧命，
但在尸检中不会留下任何痕迹。
聪明，
太聪明了。
这一切背后有个聪明的大脑，
而且思虑周全……
是个犯罪“天才”。
还有一些证据需要考虑。
证据？
都告诉你了啊？

不，先生们，现在是我赫尔克里·波洛提供的证据！
?!
在耶路撒冷的所罗门酒店，一天晚上，我走到窗前想看看窗子是不是关上了，听到了一个令人同情的声音，低沉而清晰，因为激动而有些颤抖。
那个声音说了什么？
他说："你明白的，她必须死！不是吗？"
当时我以为说话的是作家或者剧作家。
后来我认出来是雷蒙德·博因顿的声音，我在耶路撒冷酒店的大堂见过他！
这个证据没什么说服力，不是吗？
我不喜欢这样，我是个有条理的人！

冷静下来想想，我会觉得她的死是件好事。但我的潜意识反对这个想法！你怎么看，波洛先生？
查明真相需要有条不紊地筛选证据，精心推理，还需要心理学方面的研究。
因此，我们首先要确定的是，这究竟是一起博因顿家的孩子们合谋实施的谋杀案，还只是他们中的一人所为。
头号嫌疑犯应该是雷蒙德·博因顿。
没错，一方面是我无意中听到的话……
另一方面，他是最后一个见到博因顿老夫人活着的人，但莎拉·金否定了这个说法。这些矛盾之处，就把他放在头号嫌疑犯的位置上了。

杰拉德医生，
你说他们俩之间是不是有点……暧昧？
啊，绝对！
那我们对莎拉·金小姐的
验尸证词就要有所保留，
因为她也是有利益关系的
当事人。
杰拉德医生，你觉得
雷蒙德·博因顿
从性格上来说，
是不是一个很容易
犯谋杀罪的人？
我认为有这个可能。
这次海外旅行让
这些人更加紧张不安，
精神更为疲惫。
还得考虑另一个因素，
那就是他被莎拉·金深深吸引。
这让他又多了个杀人动机？
多了个潜在的刺激源？
是这样的。
打扰一下，
你无意中听到的那句话：
你明白的，她必须死！不是吗？
肯定是对另一个人说的吧？
在我看来，卡罗尔的精神状态跟她哥哥差不多，
一样紧张，一样叛逆。
那么，雷蒙德是不是
在对她说话呢？
这是符合逻辑的，
但是没有证据
证明这一点。

找证据就是
我们要做的事。
是的，
只需要跟他们谈一谈，
就能找到事情真相。
总的来说，人们大都会说实话，
因为这样更加容易，撒谎则需要更多想象力。
你可以在紧要关头撒一次谎，
或者两次、三次甚至四次……
但你不可能
一直撒谎。
就这样，
真相最终会露出来。
不过，要注意一点：
就算我们找到了真相，也很可能没有任何证据。
我是说，没有法庭可以接受用来起诉的证据。

你明白吗?
我明白。
你要告诉我到底发生了什么,
这样一切就都清楚明白了。
我不喜欢
稀里糊涂的。
但是你没有多少时间,
我不能无限期把这些人
留在这里。
你很快就会知道真相的,在安曼。
我明天就找他们谈
话,从金小姐开始。
晚安,
亲爱的伙计。

为什么要做
这些麻烦事？
找出真相！
是关于博因顿夫人的
死吗？
是的。

这不是
无事生非吗？
对博因顿夫人的
死，你自己没有
怀疑过吗？
没有。
对一个心脏不好的老太太来说，
这样的旅行是一场艰苦的折磨。
她的死对你来说是一件
非常清楚的事吗？
一清二楚。
杰拉德医生对此事一无所知。
他发烧了，生病了。
我当然很佩服他的医学知识，
但是这次他就没有用武之地了。
金小姐，有件重要的事情你不知道，
杰拉德医生的药箱里，
有大量的毛地黄毒苷不见了。
这个证据没什么说服力，
不是吗？波洛先生，
你不是在自娱自乐吧？
到达佩特拉的当晚，
他刚好打开过药箱，
结果不见了。
金小姐，你要知道，不管受害者是上帝神圣的造物，
还是臭名昭著的恶魔，我都不感兴趣。
对我来说问题是一样的：一个生命被夺走了！
谋杀？
是的，因为还有另一条线索，
死去的老太太手腕上还有一个
皮下注射器刺过的针眼。
还有我在耶路撒冷无意间听到的一句话。
雷蒙德·博因顿说：
你明白的，她必须死！
不是吗？
你听到了？
是的。

如果真是这样……我想你是对的。
你能回忆一下那天发生的事情吗？
那天早上，我们出去远足。博因顿一家没有人和我们一起。午饭时我们见到了他们。
博因顿夫人脾气好得反常。她甚至“好心”放家人自由行动。
你当时是怎么想的呢？
我怀疑她在耍类似“猫捉老鼠”的把戏。猫故意放走老鼠，然后再抓住。
博因顿一家和柯普先生一起走了。我和杰拉德医生在3点半左右赶上了他们。我们一起走了一会儿，大约4点，杰拉德医生就折回去了。
后来，雷蒙德和我离开了大家，我们去欣赏了荒野的美景。
最后雷蒙德离开了，我在原地独自坐了一会儿。5点半左右，我决定回去。
6点左右我回到了营地，看见博因顿夫人还坐在椅子上。我去换了衣服，然后晚饭准备好了，一个仆人去请博因顿夫人。
他飞奔而回，说她……病了。我急忙赶过去。我一碰触到她就知道她已经死了。

你认为她已经死了多长时间？
我没有多考虑。她确实已经死了一段时间。
超过一小时吗？
我想是的。
不可能！雷蒙德·博因顿声称他在半小时前还跟她说过话。
他一定是搞错了。我很肯定，当我检查博因顿夫人的尸体时，她已经死了至少一个小时。
那么，你能否解释一下，为什么博因顿先生在他母亲已死的时刻，声称她还活着？
我不知道！但是……
你为什么不等到尸检结果出来，再进行这些询问呢？
这就是赫尔克里·波洛的方式。再见，小姐。
啊！韦斯特霍姆爵士夫人，我能跟你谈谈博因顿夫人的死吗？
这真是一场悲剧，不是吗？就这样突然死了……！尊敬的波洛先生，我一定会竭尽所能为你提供帮助。
作为一名国会议员，我一直认为，在这种情况下，帮助澄清真相是每个公民的义务。
你能详细描述一下那天下午发生的事情吗？
当然可以。午饭后，我决定小睡一会儿，但我其实并没有那么累。
你回自己的帐篷了吗？博因顿夫人当时正坐在洞穴前吧？你看到她了吗？
是的。
她状态还好吗？

我记得她骂了其中一个仆人一顿。
啊？
那些仆人都不会说英语。要知道，信仰和语言往往是交流最大的阻碍。
具体是哪个仆人呢？
营地里那些贝都因仆人中的一个。
他去取什么东西，我不知道具体怎么回事，她挥舞着拐杖威胁他，还大喊大叫。
他长什么样子？
高高的个子，戴着当地人经常戴的头巾，裤子破破烂烂的都是补丁，连绑腿也绑得很马虎。这些人实在需要好好管教一下！
你能从营地里的仆人之中认出他来吗？
太远了，我看不清他的脸。再说，这些阿拉伯人都长得一个样。
但是我向你保证，我会试着把他找出来！
就这样，我等到太阳没那么晒了，然后在 4 点 15 分左右，出发去散步了。
除了博因顿夫人，营地里没有一个人影，我正好经过了她坐的地方。
路上，我遇到了杰拉德医生，他在发抖，浑身哆嗦。我一眼就看出来他得了疟疾。
我提出跟他一起回营地，给他拿奎宁，但是他说他帐篷里有药。
你有没有遇到那群人中的其他人？
大约 5 点 15 分或 5 点 30 分返回营地的路上遇到了，我先回了自己的帐篷，然后来到公共大帐篷，跟柯普先生一起喝茶。我记得没过多久，雷蒙德·博因顿和他的妹妹卡罗尔也进来了。
金小姐是最后一个进来的。晚饭已经准备好了，就在那时我们发现……

博因顿一家听到这个消息，是什么反应？
不太好说……他们似乎很平静。
他们跟金小姐一起出去了，我待在原地。我讨厌低级的好奇心。这就是我所知道的。
谢谢你。
博因顿小姐，可否请你说说那个不幸的下午你都做了什么？
吃完午饭后，我们都出去散步了。之后我回到营地……
我大部分时间都跟我哥哥雷蒙德还有金小姐在一起。后来就是我自己散步了。
你是大概几点回营地的？
我想是5点10分。
然后呢？
然后？我母亲还坐在那儿没动。
我过去跟她说了两句话。我说天气很热，我要去休息一会儿。她说她就坐在那儿，原地不动……不过她脸色很奇怪，比平时红多了。
然后呢？
然后，我就去大帐篷里看书了。
小姐，当得知你母亲去世后，你有什么感觉？
我不明白你在暗示什么……
我相信你明白。

这是个很大的冲击！
真的吗？
小姐，你记不记得你跟你哥哥在耶路撒冷的一个晚上有过一次谈话？
天啊，你知道这件事？
那天晚上，我们疯了，疯了！
在美国的时候还没那么糟糕，但是这次旅行让我们深深感觉到了。
深深感觉到什么？
那天晚上，我们再也忍不住了！情绪爆发了！我们做了个计划，但最终没有实施。
感觉到我们和别人不同！我们已经绝望了。
第二天早上，我们觉得整个计划显得那么荒谬、可笑……还有邪恶！
你可以发誓吗？
我发誓，我从未伤害过她……
你可以请你哥哥到这里来吗？
可以。
我跟你说的是真相！全部真相！

你妹妹告诉你了？
是的，我当然知道你的怀疑是有道理的，整件事很可疑。
杀死我继母是个异想天开的想法，我们只是想发泄一下自己郁积的情绪！
我不敢指望你相信我的说法，但事实就是如此。我 6 点前一点跟我母亲说过话。
我保证，那时候她还好好活着。
周围都是仆人，来回走动着。如果你认为还有别的假设，那可真是荒唐。
你知道吗？博因顿先生，金小姐在 6 点半检查尸体时，她认为死亡时间至少在一个小时以上！一个小时以上，你听清楚了？
这不可能！莎拉肯定搞错了。
波洛先生，你生活在犯罪的氛围之中。每次有人突然死亡，在你看来都可能是犯罪。
每天都有人死去，尤其是心脏病患者，这种死亡其实很正常……
你是在指导我该怎样工作吗？
不，当然不是。但我母亲的死，没什么值得怀疑的。
你错了，因为还有一件事：杰拉德医生药箱里的毒药被人拿走了。
毒药？毒药……
是的，这改变了一切！

你为什么要搞出
这一切来？
你认为我应该
保持沉默？
是的。
你当时不够清醒，自己也不是很确定。
也许注射器一直放在那里。
毛地黄毒苷的剂量也许是你记错了。
你不需要担心！
我的证词
作用不大。
你会看到，
你的朋友博因顿
一家会逃脱罪行的。
这可不是
我想要的。
你瞧，他们谁都没能逃脱。
就算在坟墓里，
她也能伸出手控制住
他们。她还是这么可怕。
现在，她死了，但比以前更吓人。
她好像正在享受这一切！
看，
是波洛
先生！
天哪，我从没走过这么多石头路，我可怜的靴子！
你为什么穿这种鞋子到这里来？
不管在什么情况下，
我都喜欢得体的衣着。
如果我是你，
在沙漠中，我会
放弃这种想法。
我是来咨询杰拉德医生的。
我确信博因顿夫人的性格在这起案件中
至关重要。
有一点我不太明白，既然
全家人已经完全屈服于她，
她为什么还要安排这次国
外之旅？这样不是有跟陌
生人接触从而削弱她的
权威的危险吗？
全世界老太太都一样，
她们会厌倦。

她已经把老虎驯服了。一切对她来说无聊透顶。她想像亚历山大大帝一样，寻找可以征服的新世界。
她计划去国外旅行，以避免看到她驯服的野兽反扑。
她也可能在寻找新的刺激……
她为此付出了代价！
真是个可怕的老女人！
我还记得我们在酒店里的那次争吵。我非常兴奋，就像是肩负着什么神圣使命似的。
我承认，我当时语气很冲，而且有点说过头了。
你还记得确切的话吗？
我记得，她是这样说的：
我从不会忘记。记住这一点。我从不会忘记任何事，任何一个举动，任何一个名字，任何一张脸……
韦斯特霍姆爵士夫人也许跟你提过这件事，她当时也在场。博因顿夫人用不怀好意的口吻回答了我，她甚至都没有看着我，让我感到非常害怕。
这是个可怕的老女人！直到现在，我仿佛还能听到她的声音……
相信我，我平时不轻易受到惊吓的。但我时常还会回想起她那邪恶、不可一世的眼神。

我明白你正在调查
博因顿夫人的死因。
我是他们家的老朋友，这件事搞得他们每个人都很混乱。
如果有什么必须的手续、安排事项……
有任何需要，
找我就行。
我相信，
他们全家人会
感谢你的。
坦白说，她就不应该来
这么远的地方旅行！
既然遇见你了，你能不能
具体说说博因顿夫人去世
那天下午发生的事情？
当然可以。
吃完午饭，休息了一阵子，
我们就去远足。
我独自一人，不急不慢地返回营地。
半路上，我遇见了韦斯特霍姆爵士夫人。
她身份显赫，机智过人。
我们一起在 5 点 40 分左右回到了营地。
她坚持要喝茶，
我很愉快地陪她
喝了一杯茶。
之后，仆人们准备好了晚餐，并派了一个人去叫老太太，
却发现她在椅子里去世了……
谢谢你，柯普先生。
请原谅我的冒昧，
博因顿夫人有没有可能
留下一大笔财产？
一大笔钱！

安曼

我昨天已经结束了所有的盘问，现在可以把游客们带回安曼的酒店了。
明天，我们来开个会做个总结。
你找到凶手了吗？
我有证据揭开凶手的面纱。
但如果跟贝都因人有关，你不就无法证明了吗？
我想过了，但是不想冒犯你，这个假设是无稽之谈。
我看着这些仆人来来往往，他们忙得要命，没空去杀害一位跟他们毫无瓜葛的老太太。
再说他们根本不会使用注射器！
这样就说得通了，很有条理！
这一切都是假象啊！

在过去的几个小时里，我一直在聆听你们说的话。我认为，只要询问相关人员，就能找出真相。要想知道谁犯了罪，只需要让他或她开口即可。
我研究了博因顿夫人是自然死亡的这个可能性，结论是不可能。消失的毒药，不翼而飞的注射器，尤其是死者家人的态度……
让我确信这个可能性是不存在的。
于是接下来，我就必须验证是不是博因顿家的孩子们按照预谋合伙杀害了她。
动机很明显：每个人都能从她的死亡中获益，不仅可以获得巨额财富，还可以摆脱暴君的统治……
但是我马上就认定，合伙作案这个假设不成立。他们两个说的话不一致，没有组织好不在场证明。
于是我开始考虑是特定的某个人做的。雷蒙德·博因顿便成了头号嫌疑人。经过一番观察，我推断他在阳台上讲话的对象是他妹妹卡罗尔。
他们两个人无论外貌还是性情都如出一辙，有点神经质，有点叛逆！我还听到他们在计划除掉博因顿夫人。
很抱歉，金小姐，雷蒙德还刚好面临情感上的大危机，那就是他坠入了爱河。

雷蒙德·博因顿跟其他人一起在3点15分左右离开了营地。不久之后雷蒙德和莎拉两个人单独行动。最后，雷蒙德一个人先回营地，那时是5点50分，他去见了母亲，他声称那时博因顿夫人还活着……
有执业资格的金小姐在6点半检查了尸体，她的结论是死亡时间至少在一个半小时前。两份完全矛盾的证词啊！
如果我们不考虑金小姐犯错的可能性……
我从不犯错。如果错了，我会承认的。
那不是金小姐撒谎，就是博因顿先生在撒谎。事实上，当雷蒙德散步回来后，他发现母亲已经死了！
我的计划成功了，但不是我下手的。是卡罗尔吗？
假设卡罗尔·博因顿是凶手，她在5点10分回到营地，去见了母亲。但没有人看到她。总之，卡罗尔会是个理想的嫌疑犯……
雷蒙德终于下手了吗？
所以她什么都没说。
一个小时后，雷蒙德回来了，装作跟母亲讲话，之后对母亲已死这件事只字未提。卡罗尔的猜测变成了现实吗？
卡罗尔向我保证她和她哥哥根本没打算去实施他们的计划，她向我发誓她是无辜的。
假设卡罗尔·博因顿是无辜的，那么雷蒙德就是在去跟母亲谈话的5点50分杀死了她……
但是金小姐也就比他晚了五分钟回到营地，以这段距离来说，她是可以看到雷蒙德去找他母亲的。

如果雷蒙德发现他母亲还活着，那就是金小姐扎了那致命的一针，她把自己当成了正义使者……
没错，我的确跟杰拉德医生说过，在某种情况下，为了多数人的利益，牺牲一个人似乎是必要的。
但是我发誓，我从没伤害过那个令人厌恶的老太太！
你们两个人中，肯定有一个在撒谎！
是我撒谎了！
我走到母亲身边时，她已经死了……我本来是想告诉她，从今以后我就是自由的人了，我要掌握自己的命运。结果她死了！
所以到底是谁杀了她呢？那时候，金小姐和雷蒙德·博因顿情意正浓。
柯普先生没有明显的杀人动机，他有不在场证明，他跟韦斯特霍姆爵士夫人在一起……
杰拉德医生躺在床上发着高烧。营地里没有一个人影，仆人都在睡觉。
正是犯罪的好时机啊！有没有人可能实施犯罪呢？
博因顿一家人明显地表现出了负罪感，似乎可以肯定凶手就是博因顿家的某个人！
使用毛地黄浓缩液，这是个聪明的想法，但是明智的做法应该是把毒药放进博因顿夫人的药瓶里。
为什么还需要注射器？
只有可能是凶手没办法接近博因顿夫人手里的药瓶。
换言之，这个凶手是博因顿家以外的人！

这个人跟博因顿夫人不是很熟，无法进入她的洞穴，拿到她的药瓶。
总之，这桩罪行是博因顿家外面的人犯下的！
那就只剩下柯普先生、金小姐、韦斯特霍姆爵士夫人，以及杰拉德医生了。
除非柯普先生是个狂热的利他主义者，我们找不到他希望博因顿夫人死去的理由。
金小姐 3 点半跟其他人一起离开了营地，6 点左右才回来。
似乎也没有机会下手。
作为一名医生，杰拉德医生很容易装出疟疾发作的样子。
你在瞎说！
但事实上，正是杰拉德医生首先提出了谋杀的可能性，所以朋友们，这个推论也是不成立的！

好了，让我们来谈谈问题的关键点，
回忆一下博因顿夫人是怎么回应
金小姐说的话的。
金小姐说，
博因顿夫人用不怀好意的口吻回
答了我，她甚至都没有看着我。
她说，我从不会忘记任
何事，任何一个举动，
任何一个名字，任何一
张脸。这句话给金小姐
留下了深刻的印象。
奇怪的是，
博因顿夫人没有提到
她被冒犯的事情，
而是强调“一张脸”！
这就清楚了，博因顿夫人这句话
不是对金小姐说的，而是对
金小姐身后的那个人说的！
在那一刻，她认出了另一个人，
一张过去的脸孔，一个送上门的猎物。
这也就是她为什么在去世那天下午
意外地变得和蔼可亲……
很明显，她想甩掉她的家人，因为她有别的猎物上钩了！
为了跟新的受害者见面，她把碍事的人赶走了……
她的家人离开后不久，
就轮到韦斯特霍姆爵士
夫人了。

韦斯特霍姆爵士夫人！
她明确说过，在去散步之前，她看到一个阿拉伯仆人去找博因顿夫人，并且不知道为什么激怒了她。
她无法看清仆人的脸，大帐篷和岩石之间的距离大约有 200 米。
然而她又准确地描述了那个阿拉伯仆人的衣着特征……这在 200 米之外是不可能看清的！
这让我很好奇。为什么会如此强调破破烂烂的裤子和松垮的绑腿呢？
因为这是真实的！
事实上，爵士夫人打扮成贝都因人，进入杰拉德医生的帐篷里翻找药箱。她看见了毛地黄毒苷，于是将它们装入注射器……
……跑去找那个正在打瞌睡的受害者。
五分钟后，爵士夫人恢复成正常的模样出去散步……
可是为什么呢？

为什么？因为韦斯特霍姆爵士夫人在结婚前犯了罪，并在监狱服刑了一年。
如果这件事被公之于众，她的政治生涯将毁于一旦。
但是博因顿夫人什么都知道。只要她还活着，对爵士夫人来说就是威胁。因为博因顿夫人很擅长玩弄她的猎物，并会选择最惊人的方式揭露真相！
爵士夫人非常了解这个前监狱看守的性格。
所以她想尽一切办法追踪她，并选择了一个偏远的地方除掉她……
我今天提取了爵士夫人的指纹，我们很快就会拿到证据了。
砰！

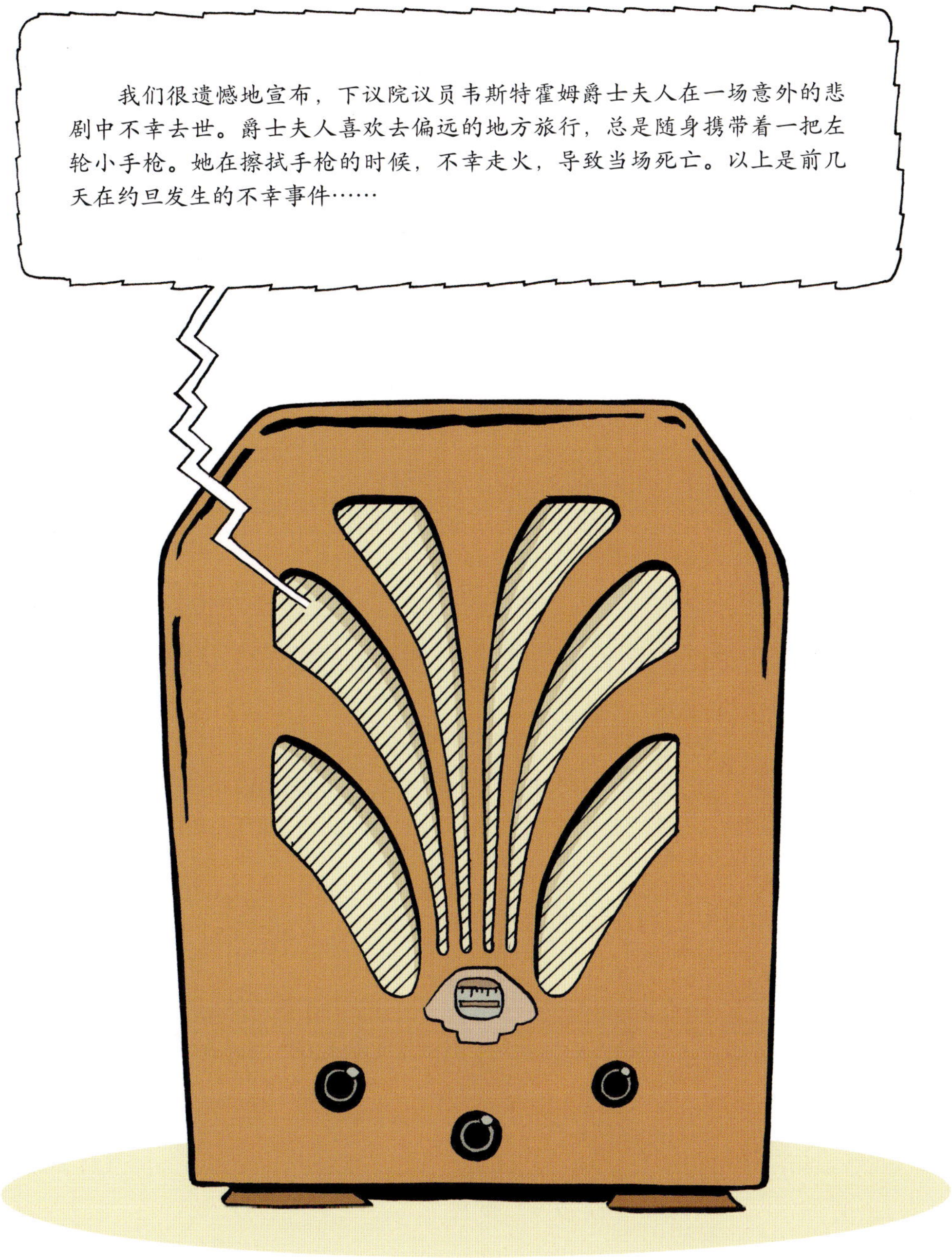
我们很遗憾地宣布，下议院议员韦斯特霍姆爵士夫人在一场意外的悲剧中不幸去世。爵士夫人喜欢去偏远的地方旅行，总是随身携带着一把左轮小手枪。她在擦拭手枪的时候，不幸走火，导致当场死亡。以上是前几天在约旦发生的不幸事件……

Agatha Christie

# 阿加莎·克里斯蒂作品 图像小说版

**《东方快车谋杀案》**

〔德〕本杰明·凡·艾格尔斯巴格 改编
蔡峰 绘

**《无人生还》**

〔法〕帕斯卡尔·达沃兹 改编
〔法〕卡利克斯特 绘

**《尼罗河上的惨案》**

〔法〕伊莎贝尔·博捷 改编
〔法〕卡利克斯特 绘

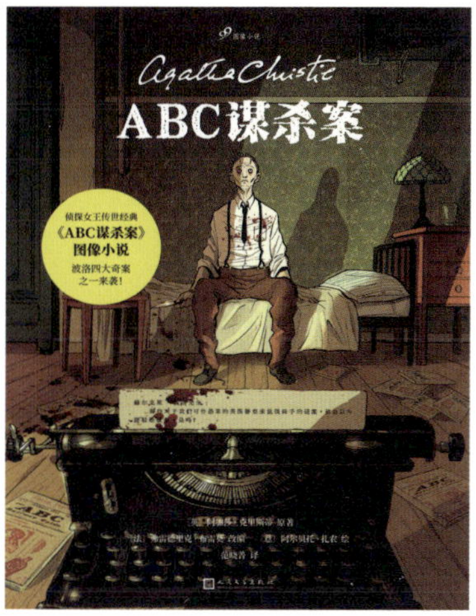


**《ABC 谋杀案》**

〔法〕弗雷德里克·布雷莫 改编
〔意〕阿尔贝托·扎农 绘

**《三幕悲剧》**

〔法〕弗雷德里克·布雷莫 改编
〔意〕阿尔贝托·扎农 绘

**《死亡约会》**

〔法〕迪迪埃·克亚-居约 改编
〔法〕马雷克 绘

**《高尔夫球场命案》**

〔法〕弗雷德里克·布雷莫 改编
〔意〕阿尔贝托·扎农 绘

U0820433

# 中国人居环境
# 金牌住区评估标准及案例应用

中国房地产研究会人居环境委员会　编
开　彦　王涌彬　主编

中国建筑工业出版社

**图书在版编目(CIP)数据**

中国人居环境金牌住区评估标准及案例应用/开彦，王涌彬主编：中国房地产研究会人居环境委员会编．-北京:中国建筑工业出版社，2009
ISBN 978-7-112-11149-7

Ⅰ.中… Ⅱ.①开…②王…③中… Ⅲ.①居住区-景观-设计-评估-标准-中国②居住区-景观-设计-案例-中国 Ⅳ.TU984.12

中国版本图书馆CIP数据核字（2009）第121524号

编写单位：中国房地产研究会人居环境委员会
主　　编：开　彦　王涌彬
执行主编：周静敏　朱彩清

责任编辑：徐　纺　滕云飞

**中国人居环境金牌住区评估标准及案例应用**
中国房地产研究会人居环境委员会　编
*
中国建筑工业出版社出版、发行（北京西郊百万庄）
各地新华书店、建筑书店经销
上海界龙艺术印刷有限公司制版、印刷
*
开本：889×1194毫米　1/16　印张：16¾　字数：520千字
2009年07月第一版　2009年07月第一次印刷
定价：160.00元
ISBN 978-7-112-11149-7
(18399)
版权所有　翻印必究
如有印装质量问题，可寄本社退换
（邮政编码　100037）

## 《中国人居环境金牌住区评估标准及案例应用》编委会组织机构

指导单位：中国房地产研究会
主编单位：中国房地产研究会人居环境委员会
协编单位：北京梁开建筑设计事务所
顾　　问：张元端　赵冠谦
编委会主任：开　彦
编委会副主任：王涌彬　秦　铮　韩秀琦　周静敏　肖　溪
编　　委：顾云昌　赵士绮　毛　钺　王宝刚　刘　泉　刘东卫　吕俊华
孙克放　吴国力　朱彩清　彭春芳　王　萌　张　伟　宋序彤
张菲菲　汪晓岗　金笠铭　周　波　吴忠泉　赵文凯　陶　滔
梁应添　谢远骥　袁　路　丛　军　樊　航　季　节
(排名不分先后)
主　　编：开　彦　王涌彬
执行主编：周静敏　朱彩清

中国房地产研究会人居环境委员会
地址：北京市海淀区三里河路九号建设部南配楼504、505室
电话：010-58934512　　010-58934510
传真：010-58934522
邮编：100835
网址：中国人居环境网　　www.chinachs.org.cn

# 序 一

## 开拓创新，推进新时期住区人居环境建设

人口资源环境委员会副主任　中国房地产研究会会长

**刘志峰**

人类住区的发展是与人类社会的变迁以及文明的延续紧密地联系在一起的。我国早在三皇五帝时期即有“人宅相扶，感通天地”之哲语，进入现代社会，人居环境更是成为社会广泛关注的热点话题。

作为人居环境建设最基本的组成内容，住区建设不仅与广大城乡居民的生活息息相关，还关系到城镇建设的可持续发展，关系到整个国家的安定团结和社会的稳定和谐。进入新世纪以来，随着我国经济的快速发展和人们生活水平的不断提高，城乡居民的居住理念正逐步从满足生存需要，向追求生活质量、追求生活舒适度转变。如何不断地开拓创新，以满足人们日益丰富和多元的居住需求，推进新时期的住区人居环境建设，对于贯彻落实科学发展观，积极构建“资源节约型、环境友好型”社会有着不容忽视的重要意义。

近年来，我国各级政府在科学发展观的指导下，坚持以人为本，着力关注民生，在不断加大住区投入力度，逐步完善住区基础设施建设的同时，积极推动住宅产业的可持续发展，加快完善面向中低收入家庭的住房保障制度，取得了十分重要的成果。可以看到，我国住宅的功能质量、环境质量和配套水平都有了较大程度的提高，但同时也存在着一些突出问题。例如，高品质住宅质量需求与落后生产方式的矛盾、住房市场化进程加速和制度建设滞后的矛盾等。面对快速工业化和城市化的严峻挑战，改革和发展的任务仍然十分艰巨。这就需要我们不断地总结成功经验，加快建立和完善住宅产业技术政策，尤其需要围绕改善住区人居环境的关键领域加强科技创新和研究力度。

中国房地产研究会人居环境委员会是中国房地产研究会领导下的一个充满创新活力的二级社团组织。自2003年，人居环境委员会发起全国性的人居环境实践活动——“中国人居环境与新城镇发展推进工程”以来，开展了一系列有关人居环境领域重大课题的理论研究和实践，获得了业界的充分认可。本书展示的即是他们在承担建设部课题“城镇规模住区人居环境评估指标体系研究”的过程中所进行的独特探索和思考。他们以课题研究为龙头，积极开展“中国人居环境金牌建设试点项目”的实践，引导城镇住区在开发建设中注重节能、环保与可持续发展的方向。

希望本书的出版能够对广大城乡住宅建设者的实际工作有所启发和帮助，能够助力于新时期中国住区人居环境建设的持续健康发展，建设一个人与自然和谐相处的美好家园。

时值伟大祖国六十华诞，在这一重要历史时刻，人居环境委员会将多年来的工作成果结集出版，不仅是对我国住区人居环境建设进行的一次有益的总结和探讨，亦可作为众多为了建设和谐人居家园而艰苦奋斗、无私奉献的建设者们对祖国的一份珍贵献礼。

是为序。

2009年4月13日

# 序 二

## 努力开创住区人居环境理论与实践新篇章

中国房地产研究会名誉副会长兼人居环境委员会主任委员
张元端

随着工业文明的不断发展，城市化进程的不断加快，人类居住生存的环境乃至整个生态系统都在发生着巨大的变化，甚至正遭受着巨大的破坏。人类环境中的诸多矛盾正变得越来越突出。另一方面，随着国民经济的持续发展、城镇人口的增加、居民消费观念和消费结构的转变，人们对住房的需求将持续增加，对居住环境、居住质量的要求将不断提高。如何应对和解决这些问题，是当前我们在人居环境建设过程中不能回避的问题。

作为国内最早关注并长期致力于人居环境理论研究和实践的全国性社团，“中国房地产研究会人居环境委员会”于2003年11月在“首届中国人居环境高峰论坛”上发出了《中国人居环境与新城镇发展推进工程倡议书》，首次提出“住区人居环境规划建设、住区人居环境生活品质、资源能源和绿色环境保护、健康住区居住生活方式、技术创新与技术进步、城市文化传统和居住文化、城市功能更新改造工程”等七大技术纲要。并充分发挥学术资源丰沛的优势，在全国发起了旨在解决快速城市化进程中人居环境问题的全国性实践行动——“中国人居环境与新城镇发展推进工程”。

随后，人居环境委员会承担了建设部重要科研项目“城镇规模住区人居环境评估指标体系研究”，积极开展多项以创新和求实为特点的人居环境专项课题研究。课题研究除了在研究内容和研究思路上有新的尝试以外，在研究方法上也采用了理论研究与市场开发互动的技术路线，在全国各地开展了中国人居环境金牌建设试点工作，取得了良好的效果。目前，人居环境金牌试点项目已经遍布全国25个省、直辖市、自治区的62个城市。从住区、城镇、建筑三个层面不断推进我国人居环境建设的可持续发展，逐渐形成了“企业、社团、政府”多方参与、共建人居的独特模式。

由于这项工作的开展经历了我国房地产市场复杂变化的过程，其间根据国家政策和市场情况，对已有的住区评估技术标准不断地修正、完善，为科研课题的研究注入了大量不同地区、不同规模、不同气候条件下的实际案例，使课题成果更具实用性。

2008年3月，“城镇规模住区人居环境评估指标体系研究”顺利通过建设部科技司专家组验收，并获得了较高的评价！验收委员会认为：“这项成果首次从生态、配套、环境、科技、亲情、人文、服务等七个方面科学、全面、系统地阐述了住区人居环境建设的内涵和方法，填补了我国住区人居环境评估领域的空白，达到国际先进水平，具有较高的推广价值。”并希望这一研究成果能够对住区的开发、设计、建设、管理、材料供应以及科研教学等各部门提供真正有益的参考和启发，并且通过更为广泛的实际运用，进一步加以提升和完善。

本书就是人居环境委员会在承担部级重要科研项目“城镇规模住区人居环境评估指标体系研究”过程中，从构建评估体系的角度积极推动我国住区环境建设的理论与实际相结合的阶段性成果，是课题组全体专家历时4年、经过对全国近百个“中国人居环境金牌试点项目”的不断调研、检测，不断地经过实践加以修正而凝聚成的集体智慧结晶。希望通过这一阶段性研究成果，对我国现代住区建设的内涵和构成有一个较为清晰、科学的界定和认识，为我国的住区人居环境建设提供相应的技术指标和合理可行的评估方法，以统筹协调的科学发展观积极引导房地产市场健康发展，构建绿色和谐的美好人居环境。

“一万年太久，只争朝夕”。今日之中国，正处处奏响科学发展的主旋律。努力构建和谐住区，建设生态文明，不断深入推进更多与人居环境密切相关的各项理论和实践研究，是时代对我们的要求，也是我们执着追求、锲而不舍的工作目标。

張元端

2009年6月21日于“偶一书斋”

# 前 言

开　彦　王涌彬

人居环境是我们这个时代不容忽视的重要命题。与西方发达国家不同，我国的人居环境建设既蕴含了深厚的传统人文底蕴，也面临着快速城市化以及经济全球化等一系列新问题的挑战，而庞大的人口基数和地区发展的不平衡更是为中国人居环境问题的求解增添了诸多不可预见的艰难。这些困难和挑战都促使我们必须从一个全新的角度和视野来思考和审视中国的人居环境问题。

我们认为，对于充满了综合性和复杂性的中国人居环境事业而言，从构建标准和评估体系入手来推动住区人居环境的建设，将是一个很好的从主要矛盾入手解决问题的思路。

在过去的十几年中，以住宅小区为主体的开发模式占据了城市建设的主导地位，其以自身为核心、较少考虑住区与城市其他功能协调的做法直接导致了住宅小区与城市机能的割裂，带来的问题是居民生活不便，住区缺乏活力，城市形象千篇一律，缺乏鲜明特色。因此，关注住区与城市的融合，以人居环境的视角创建新的住区开发模式，使住区开发更加符合资源节约与环境友好的要求，成为我们编制住区人居环境评价标准的一个基本原则，中心思想是和谐发展。即本体系编制的目的在于通过各项定性或定量指标的设置，积极倡导住区环境与城市发展相和谐，人与生态环境保护相和谐，居住于其间的人与人之间相互和谐。通过和谐这把标尺，带动人居环境的改善、生态文明的建设、科学发展观的具体贯彻和落实。

具体在评估体系的编制上体现了以下几个特点：

一、提纲挈领，突出重点。课题启动伊始，我们便明确了体系编制的最终目的，是建立一个能全面概括、简单易行并对当前大规模的房地产开发具有实际指导意义的住区人居环境评估操作体系。这意味着我们不能遵从一般的评估体系研究中存在较多变量和计算公式、往往过于复杂的研究范式，必须准确地把握住区发展的方向和规律，提纲挈领，便于使用者理解和把握精粹。但是如前所述，人居环境内涵丰富，涉及面广，要在这个复杂的巨大系统中，寻找出最为关键的评估指标因素，并非易事。经过几年来的专项研究、试点实践和数据论证，在科学理性分析的基础上，课题组将住区人居环境评估内容总结归纳为生态、配套、环境、科技、亲情、人文、服务七个方面，并以此为编制纲要，逐级设置各项评估内容和检查细目。

二、强调实用和适用。我们尝试改变过去较为庞杂的编排体例，采用目前国际上较为流行的编排方式，以满足不同专业人员使用操作的需求。例如，每一个具体的得分项目，均设置了检查目标、分值权重、评估检查细目、采取的措施以及相对应的评分表，检查人员可参照本标准依次打分评估，可以直接得到一个对住区项目建设的综合评估。此外，本书还列出了用于住区开发不同阶段的评估因素群和指标体系，帮助相关机构和技术人员把握好住区项目开发的实施要点，从项目的市场目标、产品定位、规划设计、科技成果应用等多方面提供必要的实施策略和技术保障。

三、实践与理论并重。本课题项目研究采用了“理论目标—试点实践—提炼标准”的开放式研究技术路线，以课题研究为导向，通过在全国吸收具备一定人居环境基础的住区项目作为试点。这些试点项目不仅为课题研究提供了大量的第一手数据，成为课题研究成果检验和修正过程中不可缺少的实践平台，其项目本身亦成为课题研究的重要组成部分并通过试点获得了良好的社会效益和品牌升华。截至本书出版，各地的试点项目已遍布全国26个省、直辖市、自治区的62个城市，总建筑面积达到2500$\text{hm}^2$。为此，本书在重点介绍了“城镇规模住区人居环境评估指标体系”的形成背景、评估因素以及评估方法研究等基础上，精心选取了74个优秀的中国人居环境金牌建设试点项目作为案例,加以全面的展示和剖析。在所选取的项目中，一部分称作“中国人居环境金牌住区”，是已通过人居委专家组正式验收的项目；另一部分称作“中国人居环境金牌建设试点项目”，是指已列入人居委金牌试点，尚未完成最终验收或中期检查的项目。通过对这些项目特色的总结和评析，使读者能更加深入地理解和体会本评估体系的编制思想。对于发展潜力巨大的中国房地产行业而言，这些代表着不同地域特色和居住文化的居住区开发项目在一定程度上集中代表和反映了近些年来我国住区建设总体水平和未来发展趋势，具有较高的史料研究和参考价值。

本书的出版得到了住房和城乡建设部各相关部门及中国房地产研究会领导的大力支持和帮助，尤其是在课题立项之初，得到了住房和城乡建设部城建司副司长陈蓁蓁女士的指导和帮助，课题组全体专家以及人居环境委员会全体同仁为课题研究及本书出版付出了大量的劳动和心血，梁开建筑设计事务所对本课题的研究提供了全过程参与和支持，广大试点单位对课题研究及本书出版提供了大力的支持和帮助，在此一并表示感谢！同时，对因时间关系未能收录本书一部分试点项目，计划在再版时给予补充。尽管我们对本书的内容进行了反复修改和校正，但难免仍有错误或不当之处，诚请提出批评和建议。

我国的人居环境理论研究还刚刚起步，本书的出版只是人居环境委员会主编系列丛书的一个良好开端。随着人居环境委员会相关理论研究和实践的不断深入，更多的研究成果将与大家见面，也希望更多的单位和部门，更多的有识之士参与到人居环境建设中来，中国人居环境的发展归根到底需要全社会的共同参与。

2009年7月8日

# 目 录

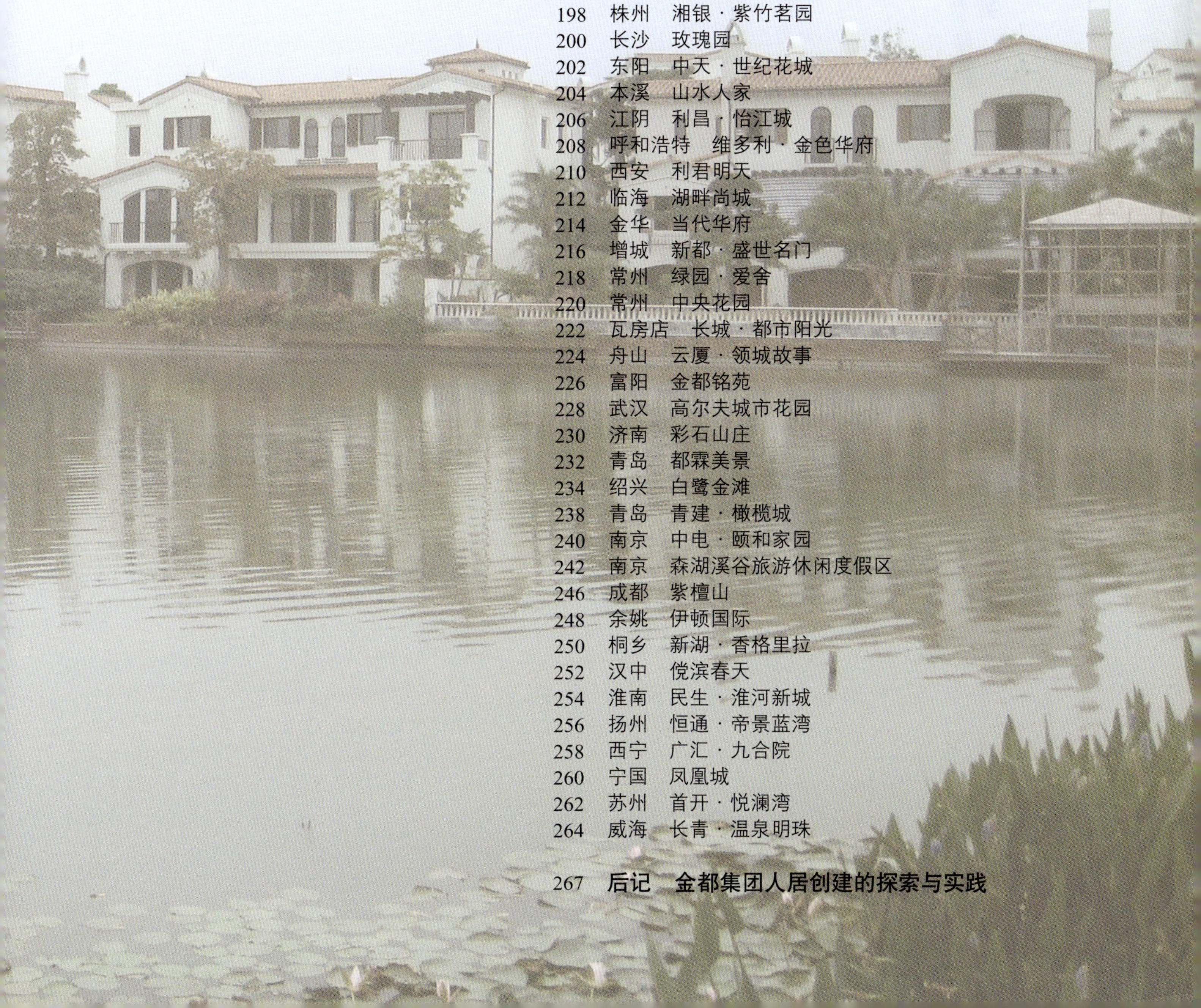

中国人居环境与新城镇发展推进工程

# 规模住区人居环境评估指标体系

## 绪 论

1、编制背景 在历经了二十多年经济持续发展和高速城市化之后，“规模住区”的出现是房地产业发展的一种必然。规模住区容易营造完整的住区环境，有利于降低开发成本和获得规模效益，便于开展大规模营销活动。与此同时，房地产开发企业实力逐渐增强并具备了相当多的开发经验，为规模住区提供了可能。各地规模住区开发应运而生。

规模住区的定义不同于一个居住小区，不能用做小区规划的办法去对待规模住区的规划设计，对于规模住区的开发建设不单纯是解决城镇居民生活的居住场所，还关系到城镇居民的购物、出行、交往、文化娱乐、教育、就业等多种要素，要解决好居住与自然环境、居住与城市环境的关系，规模住区应具备相应的城市职能，是城市重要的组成部分。

鉴于目前全国各地规模住区数量的不断增多，而规划设计人员对规模住区认识不足，缺少先进的规划理念作为指导，不同程度阻碍了城市的健康发展，为了及时纠正这一偏差，特此提出规模住区人居环境评估指标体系，以指导规模住区的开发实践。

2、编制目标 编制本体系意在建立一个能全面概括、正确引导、简单易行、清晰明了的评估规模住区人居环境的指标体系。本体系编制是在中国房地产研究会人居环境委员会（下称“人居委”）开展的“中国人居环境与新城镇发展推进工程”指导下开展的。它的特色是源于实践、指导实践，易于房地产开发企业的理解和掌控，是房地产项目评价的目标，同时也是住区建设各阶段的实施指南。

本体系中的规模住区人居环境建设宗旨是：通过住区的开发建设，营造一个与自然环境和城市环境和谐共生的人居环境。人居环境的内容是丰富多彩的，具有多层次的特点，因此我们在构建住区硬环境的同时，还要兼顾到生态资源的保护，能源的节约和再利用，城市生活的便利和丰富多彩，社区邻里之间的亲情，以及居住文化的传承等人居软环境的建设，创造一个舒适健康的、和谐宜人的住区人居环境。通过精明增长方式，达到最大化合理利用资源能源、保护生态、减少污染、传承文化；通过科学规划和设计，提供复合城市功能，创建现代居住生活新模式，为城市创造价值。

3、研究路径 规模住区人居环境评估指标体系的研究和编制过程是从住区建设的实践中来，再到住区建设的实践中去的漫长过程，人居委用4年的时间完成了“城镇规模住区人居环境评估指标体系研究”课题的研究。

正确的理念来源于正确的工作方法，研究工作首先需要做大量的基础调查研究，掌握翔实的一手资料。为了达到这一目的，人居委同时在全国范围开展了“规模住区人居环境金牌建设试点”工作，即开发单位在自愿的基础上接受人居委对住区建设全过程的指导技术咨询，包括在项目的策划、规划设计、建筑设计、科技研究、施工及验收的全过程之中，人居委在各个阶段都会组织资深的专家给予各方面的指导和帮助，使项目得以健康的发展。这项工作进展顺利，得到了地方政府、开发企业和广大住户的支持和肯定。通过这些试点工程，人居委掌握了全国不同地区、不同规模、不同类型的大量规模住区的技术资料。通过对实际工程的分析比较和总结提炼，提出了“规模住区人居环境建设七大特色目标”。逐步在金牌建设试点项目的推进中将“七大特色目标”进行量化，使指标体系逐步得到完善并易于操作。

在开展“中国人居环境与新城镇发展推进工程”的过程中，人居委陆续编制完成《规模住区人居环境技术评估指标体系》，《规模住区规划设计与评估验收技术要点》、《试点项目预评价报告书》、《试点项目中间检查细目表》、《试点项目综合评估验收表》等大量技术文件，为试点提供了技术支持。而“七大特色目标”则简明、扼要地点出了规模住区人居环境建设的特色与总目标，使开发项目相关部门一开始就能掌握试点的精髓，一目了然。

4、评估内容　规模住区人居环境评估指标体系内容有：生态、配套、环境、科技、亲情、人文和服务七个方面。住区人居环境强调住区与城市、住区与地域资源的关系；强调通过室内外的空间环境建设为住户提供舒适健康、和谐宜人的居住条件；强调用科技的手段引领居住生活的品质。评估内容主要为下面七个方面：

(1) 生态：生态规划先行，突出人与自然

优化土地资源，积极整治和利用地形地貌、林木植被、水系河流，最大限度地保护环境与各种自然生态条件。住区规划与周边生态、人文、建筑等环境和谐协调，体现健康安全城市建设的原则要求。

(2) 配套：完善配套建设，创造城市价值

规模住区规划要在城市建设过程中，促进城市功能的完善和整体功能优化，有利于增加就业和促进经济社会发展，为重塑城市形象做贡献。通过优化城市区域功能，完善城市设施配套，保护城市文化风貌，实现区域土地增值。

(3) 环境：理顺空间布局，构建宜居环境

住区与建筑具有合理的空间布局、良好的个性空间、精致园林小品的情趣空间、邻里沟通互动的自然空间和健康休闲的运动空间。交通组织简约而生态；能有效避免噪声和空气的污染。突出体现生态、绿色和健康的人类住区发展的要素。住宅平面紧凑合理，室内具备良好的声、光、热、空气环境等居住性能条件。

(4) 科技：整合科技资源，引领品质升华

体现节能、节地、节水、节材与环保的开发原则，贯彻高舒适度定量节能优化整合技术，努力实现高舒适度、定量节能、低成本、易行技术的综合效益。革新设备管道布置方式，引导实施全装修成品房供应的机制。通过住宅科技的应用提升居住环境品质，引领居住未来。

(5) 亲情：突出人本关爱，体现社区和谐

要有突出的亲情社区特色，体现对人的关爱。有完善的保健、运动、休闲配套服务设施和人际交往与文化活动场所。体现对老年人、儿童和残疾人等特殊人群特别的关怀，设置了充分的设备设施。营造具有人本关爱、新涵养、新风尚的亲情居住氛围。

(6) 人文：提升住宅品质，传承居住文化

应有居住文化的城市情结，打造既有传统人居文化思想，地方建筑文化特色，又能满足现代人生活需要的文化住区，努力营造宜人的生活居住氛围，逐步建立一个环境宜人、生活便利、归属感强的全新社区文化生活模式。

(7) 服务：健全服务管理、保证物业增值

住区景观环境优美、卫生条件良好、社会风气和谐、安全保障齐全。通过物业公司健全的管理，浓厚的社会服务意识，提高居住人群的认同感，从而提升住区的社会知名度和居住者的自信心，保证住宅的保值增值。

5、评估模式　规模住区人居环境评估指标体系适用于住区建设的各个阶段，在项目的策划、设计阶段可根据指标体系的内容进行控制，在施工的过程中仍可按照本体系的各项技术指标进行监管。对于已建好的规模住区也可以利用本体系评估验收。为了便于项目各个阶段的操控和总体评估，本体系分别制定了项目综合验收评估指标体系和阶段性的指标体系，以供不同需求使用。

为了配合人居环境金牌建设试点的推广和培育工作，除本评估标准体系主体正文外，在附录中编排了各种相应的表格，供不同专业的专家在各种项目不同阶段跟踪检查和指导工作时使用。表格的内容和评估指标体系内容相对应，并利用评分的方法将各项指标进行量化，使检查或评估结果更加清晰、明了。

本指标体系还适合于分期开发的项目，如分期开发一期建成后的评估也可被看作为最终的认定，但要具有一定的规模，或有相对的独立性。理由是规模住区开发大都需要较长的时间，多数是分期完成的，而后期产品的品质一般均比前期要好。

本指标体系现定为2009年版本，是在试行一段时间后，经认真修订的全新版本，以保证本体系适应生活水平提高、技术进步与观念更新的住区发展实际情况。

6、使用方法　规模住区人居环境评估指标体系是通过评分的办法来衡量住区的环境品质，并以权重分值确定各个指标的重要程度。评估体系由“必要项目”和“加分项目”两部分组成。必要项目是指住区建设必须完成的内容，也是强制

性内容。表中将必要项目和分值之间的对应关系放在一起，置于评估指标体系主体正文的前面，可一目了然地表达必要项目的内容和重要程度。为了通过评估认证，所有的“必要项目”必须达到要求，而“加分项”可以根据不同地区，项目的不同环境和特点加以选择，选择的项目越多，总分越高，说明项目的亮点越多，评定等级越高。本体系认为：不论南方与北方、沿海与内地，评价内容是一致的，只是在某些指标方面略有差别。通过评估认证的项目根据分数的高低分为三个等级，分别为通过、良好和优秀。项目的评定等级和分数，可以大致反映开发项目的总体水平。

7、评估效用 本体系是以不低于现有国家规范和相应行业标准为基础，并参照了国际上相关评估标准和市场化操作手法而编制的。目的是使房地产项目开发有一个高水准和便于操作的参照系，满足不断提高的规模住区建设与开发的要求。本体系尽可能地以定量和定性的条文体例和表格的简易表达方式，可供房地产开发策划定位、规划设计、施工实施和检查验收各阶段不同专业人员直接参照，也可供各阶段制定实施方案之用。

## 应用范围

1、本体系为在建设部科技发展司立项的科技研究成果，由中国房地产研究会人居环境委员会完成，主要应用于指导规模住区的规划和建设，同时为已建成规模住区的评估提供了简单易行的评价方法和标准。为适应规模住区人居环境金牌试点推进工作的需要，在评估验收指标体系的基础上，又制定了一系列的分阶段的评分表格，目的是配合专家在试点跟进工作的需要，这部分的内容将附在评估验收指标体系之后，供住区在不同的阶段参考和使用。

2、本体系适用于规模住区开发在项目策划定位、规划设计、工程施工以及已完成竣工验收等各阶段的人居环境建设指导、检查、评估工作。

3、 本体系也可供人居环境研究人员、规划设计机构和大专院校教学参考。

## 评估说明

1、为了便于对不同建设阶段的规模住区人居环境评估，本评估标准可对前期策划与规划设计阶段、建筑施工阶段（中间检查）和竣工后的综合验收阶段分别进行评估，可作为分阶段成绩。竣工后的验收评估是综合性的、全方位的、可检查的评估，是最终的评估。

2、各阶段评估均可参照本标准进行，由专家现场评估打分，专家个人按分项权重计量后的平均值计算，均以百分制计分。“通过”分数线为70分；“良好”分数线为76～85分；“优秀”分数线为86以上。

3、最终验收评估包括过程执行评估和指标体系评估二个部分，均采用加权评分的方法进行。过程评估总分为100分，权重值占30%；综合指标体系总分为100分，权重占70%。项目开发建设总得分为100分。

4、规模住区人居环境指标体系最终验收评估的得分成绩，是建立在七大指标体系的一级指标成绩都获得“通过”（70分）的基础之上。如果有一项一级指标未通过，则整个项目评价为不及格，对于一级单项总体有突出表现的，可在项目建设一级指标总分中酌情加1～3分。

5、本评估标准体系在实际应用时，根据项目的特点、开发阶段、市场要素等不同情况，可依据本标准提供的标准条文编制适合的评估表格。

## 名词术语

1、规模住区：系指城镇以居住功能为主的成片开发的规模较大而具备一定城市配套机能的完整生活住区。一般可由多个独立居住组团（城市街坊）或二至三个以上开放小区构成。人们生活方便，和城市其他功能区有机联系。

2、人居环境金牌建设试点：2003年底，人居委发出“中国人居环境与新城镇发展推进工程”倡议，针对住区人居环境建设而开展的理论与实践相结合的品牌活动，在不同地区选取有代表性的项目，将科研成果直接应用到开发项目中，这类项目称“人居环境金牌建设试点”。人居环境金牌建设试点研究是建设部科研课题“规模住区人居环境评估指标体系研究”的分项课题。

3、硬件与软件建设：人居环境评价包括硬环境和软环境两方面要素：即人居物质环境和人居社会环境。是自然要素、人文要素和空间要素的统一体的两个侧面。就人居软环境而言，它更多地涉及社会学、心理学及行为学的研究内容。

4、紧凑城市：紧凑型城市是指城市结构致密而紧凑，城市土地、生态环境、城市基础设施可以高效利用，城市交通完善快捷，城市生活环境与工作环境舒适方便的城市。紧凑型城市不仅包含着地理的概念，更重要的在于城市内在的紧密关系以及时间、空间的关联度。通过紧凑城市概念在创造人文环境、综合土地利用、减少出行距离、提高城市效益等方面作出范例。

5、社区：是社会学领域的名词。实际是指环境建设、住区设施、物业服务、人际交往、文化传承等方面的融洽关系。与当今提出的和谐社会建设有共同之处。住区建设和社区建设是指房地产开发规模建设目标的两个方面。

6、空间环境结构：是住区环境品质营造重要的环节。空间环境直接关系住区环境景观形象，关系到每家每户生活感受度。住区规划设计的主要目标是创造各式各样的满足不同功能要求的空间环境，并形成序列空间环境结构，形成住区特色，提高住户的满意度。

7、室内环境品质：主要指室内居住性能的建设，包括声、光、热和空气质量在内的品质指标。上述评价要素在房地产开发中，经常因为增加成本、技术与产品的可靠性等因素而流于概念和形式。房地产开发需要以追求高品质来摆脱“粗放型”的建设模式。

8、定量节能设计：定量节能建筑设计，首先需要确定舒适度等级，也就是确定项目市场目标。通过整合资源，特别是应用被动设计理念，达到理想目标和投资效益的结合。一般用计算机模拟，把节能、舒适、健康和降低费用的指标以量化方式落实到建筑各个方面，达到节能和居住舒适的目标。

9、高舒适度：对于现代建筑的舒适度，量化节能技术有一整套的衡量标准，具体包括：温度、湿度、空气运转速度、柔和冷热辐射、新风补充量、噪声控制等基本要素。以高舒适度档次的住房为例，要保证夏天温度在26°C左右，冬天保持在18°C左右；每人每小时要保证30m$^3$的新鲜空气；30%～70%的适宜的相对湿度；在室内要控制风的流动速度，不能让人有不舒适的感觉等。我们主张高舒适度与低能耗同步考虑。

10、物业增值：物业的增值因素是通过科学合理的规划设计、工程质量和社会服务来达到的品质的提升。物业品质在建设完成以后大体已经固定；如物业地点、房屋结构、空间形态和环境景观特征等已经不能改变，但是，对于文化建设、服务质量、环境卫生、社会风气等软环境建设则可以通过社会服务来达到住区品质的上升，进而可以使物业增值。

# 规模住区人居环境评估指标体系第一部分
# 指标体系评估

（总分100分，综合评分权重为70%）

## 1.0 生态——生态规划先行，突出人与环境

（按100分评定，体系权重为16 %）

目标：建立正确的场地生态资源保护，与城市环境协调连接的规划观念。

必要条件：无人为的对场地自然、人文和历史的破坏现象；

与周边住区和居民无纠纷发生。

评估内容：住区建设选址，基地原有地形、地貌的保护利用，基地原有植被、水体的保护利用，人工环境建设布局，周边生态环境协调等方面内容。

**得分评定：**

### 得分项目1.1 住区建设选址

目的：正确选址以保证建设项目居住安全、合理并使工程顺利进行。

检查：1.1.1 应选择在适宜健康居住的地方。远离污染，保证场地空气、水的清洁，避免噪声、光、电磁波等不良因素的污染；

1.1.2 防灾减灾。充分考虑应对地震、火灾、泥石流、滑波等自然灾害的防治措施；

1.1.3 确定合理开发强度、住区建筑密度、容积率等指标必须符合城市总体规划要求；

1.1.4 应能承受在建造过程中道路、施工用水、电、气的供应；有消防、安全的保障。

措施：1.1（A）建设场地选址受影响的因素多，本标准以规划目标为主导要素，认真掌握当地规划部门提供的资料。

1.1（B）参考市场要素。

**住区建设选址（20分）** 评分表1.1

| 序号 | 评估检查细目 | 是否评估 | | 分值 | 评估得分 |
|---|---|---|---|---|---|
| 1.1.1 | 远离污染源 | Y | N | 5 | |
| 1.1.2 | 充分考虑发生自然灾害的应对措施 | Y | N | 5 | |
| 1.1.3 | 开发强度合理，符合城市总体规划要求 | Y | N | 5 | |
| 1.1.4 | 能够承受施工荷载，有消防、安全的保障 | Y | N | 5 | |

### 得分项目1.2 地形地貌利用

目的：地形地貌保护是生态原则的体现，地形地貌利用可创造项目的附加值。

检查：1.2.1 对基地自然地形、地貌进行保护和合理利用完好；

1.2.2 建筑布置因地制宜，随坡就势，不刻意追求住区规划总平面构图形式上的完美。

措施：不做大的场地平整，以减少土、石方工程量，尽量做到土、石方就地平衡。

**地形地貌利用（15分）** 评分表1.2

| 序号 | 评估检查细目 | 是否评估 | | 分值 | 评估得分 |
|---|---|---|---|---|---|
| 1.2.1 | 保护基地自然地形、地貌，建筑布置合理 | Y | N | 8 | |
| 1.2.2 | 减少土石方工程量，争取就地平衡 | Y | N | 7 | |

### 得分项目1.3 原有植被、水体的保护利用

目的：原生态树木植被、水系是不可多得的资源，对它们的充分利用是对保护环境和项目增值最为有效的行为。

检查：1.3.1 保留基地原有的具有城市泄洪功能的水渠，如规划改道水渠，必须保证泄洪功能不受影响；

1.3.2 保护好基地古树名木和景观水系，尽量保留利用基地原生态植物群落；

1.3.3 减轻地表径流，可兴建水池或采取其他场地环境恢复措施，弥补因开发引起的对环境变化的影响；

1.3.4 景观用水应采用自然水系的水、中水或收集的雨水，不得采用自来水。

措施：应对基地可保护植被数量、水系河流的径流规律做好了解。

植被、水体的保护利用 （20分） 评分表1.3

| 序号 | 评估检查细目 | 是否评估 | | 分值 | 评估得分 |
|---|---|---|---|---|---|
| 1.3.1 | 保证基地城市泄洪功能 | Y | N | 5 | |
| 1.3.2 | 保护基地古树名木、景观水体和文物建筑 | Y | N | 5 | |
| 1.3.3 | 减轻地表径流，弥补因开发引起的对环境变化的影响 | Y | N | 5 | |
| 1.3.4 | 景观用水不采用自来水 | Y | N | 5 | |

### 得分项目1.4 人工环境建设、布局

目的：引导人工与自然的关系，适度把握人工度，使景观环境建设协调合宜。

检查：1.4.1 住区绿地率应大于35%；

1.4.2 选择当地适宜生长和易于存活的树种；

1.4.3 植物配置应做到乔、灌、草搭配，点、线、面结合，特别应注意避免遮荫树不足的现象；

1.4.4 提倡垂直绿化，墙面、屋顶、平台绿化能取得良好的美观效果以及隔热、除尘、保湿等生态效益；

1.4.5 小品、雕塑、座凳、灯具、标牌等设计有序，简洁大方。

措施：1.4（A）室外人工环境设计应委托专业人员参与；

1.4（B）规划布局均衡，设计亲切宜人，不追求气派、气势，而强调环境的均好性，同时注意营造品质和公共空间特色；

1.4（C）植物的形态和色相，要与周边建筑形体与色彩统筹考虑，相映成趣。

人工环境建设、布局（30分） 评分表1.4

| 序号 | 评估检查细目 | 是否评估 | | 分值 | 评估得分 |
|---|---|---|---|---|---|
| 1.4.1 | 住区绿地率大于35% | Y | N | 6 | |
| 1.4.2 | 选择当地适宜生长和易于存活的树种 | Y | N | 6 | |
| 1.4.3 | 植物配置合理 | Y | N | 6 | |
| 1.4.4 | 墙面、屋顶等有垂直绿化 | Y | N | 6 | |
| 1.4.5 | 环境小品设计有序，简洁大方 | Y | N | 6 | |

### 得分项目1.5 周边环境协调

目的：使项目成为城市建设的组成部分，和城市文化风貌协调一致。

检查：1.5.1 住区的建筑风貌、生态环境、绿化景观应置于城市总体环境之中，按照所在区域景观系统深入构思，取得内外环境协调；

1.5.2 当住区临近城市公共绿地、河岸等重要景点时，应注意吸纳利用，其建筑布置和绿化系统应留有视线通廊；

1.5.3 住区环境适度开放，外围墙应通透，为城市添绿。住区临近城市道路时，注意房屋局部后退，以提供城市居民休闲的绿地。

周边环境协调（15分） 评分表1.5

| 序号 | 评估检查细目 | 是否评估 | | 分值 | 评估得分 |
|---|---|---|---|---|---|
| 1.5.1 | 住区的生态环境与城市总体环境协调 | Y | N | 5 | |
| 1.5.2 | 注意建筑布置，留有景观视线通廊 | Y | N | 5 | |
| 1.5.3 | 住区环境为城市添景 | Y | N | 5 | |

## 2.0 配套——完善城市功能，创造城市价值

（按100分评定，体系权重为10%）

目标：配套齐备，方便生活，同时实现住区与城市配套互补，完善城市功能。

必要条件：配套项目与住区建设同期进行，居民满意度高。

评估内容：从教育配套、服务商业配套、文化体育配套、市政设施配置、景观环境功能等几个方面进行。

**得分评定：**

**得分项目2.1 与城市配套设施关系密切，住区与城市互补**

目的：综合利用资源，使项目建设与城市互补、互为贡献。

检查：2.1.1 项目对城市的依赖关系大，与城市核心商业区（街）的距离不超过1.5km。项目对城市配套的贡献率高；

2.1.2 结合用地周边的设施情况和现有条件的项目配套水平，允许配建项目数量和面积增减，做到合情配套、功能齐全，适度超前；

2.1.3 公共建筑和公共服务设施具有其专业特点和个性特色，满足设置要求，布局符合服务半径、方便、安全、经济等要求。

与城市配套设施关系（40分） 评分表2.1

| 序号 | 评估检查细目 | 是否评估 | | 分值 | 评估得分 |
|---|---|---|---|---|---|
| 2.1.1 | 与城市核心商业区（街）的距离不超过1.5km | Y | N | 10 | |
| 2.1.2 | 结合用地周边情况，允许配建项目数量和面积增减，做到合情配套、功能齐全，适度超前 | Y | N | 20 | |
| 2.1.3 | 满足配套项目设置的专业要求，布局符合服务半径、方便、安全、经济等要求 | Y | N | 10 | |

**得分项目2.2 配套完整，符合相关规定要求**

目的：保证住户生活品质，舒适方便。

检查：2.2.1 教育设施配套：500m范围内有托儿所、幼儿园、小学校；

2.2.2 服务业商业等配套：不超过200m范围内有便民店、邮局、银行、副食、餐馆和医务所等不少于3个；

2.2.3 大型城市设施：2km范围内有超市、医院、宾馆、公园、体育、文化等不少于3个。

公共建筑配套完整（30分） 评分表2.2

| 序号 | 评估检查细目 | 是否评估 | | 分值 | 评估得分 |
|---|---|---|---|---|---|
| 2.2.1 | 500m范围内有托儿所、幼儿园、小学校 | Y | N | 10 | |
| 2.2.2 | 200m范围内有便民店、邮局、银行、副食、餐馆和医务所等不少于3个 | Y | N | 10 | |
| 2.2.3 | 2km范围内有超市、医院、饭店、公园、体育、文化等不少于3个 | Y | N | 10 | |

**得分项目2.3 市政设施到位，配置齐全**

目的：市政设施是住区的必要条件，是成熟住区的保证。

检查：2.3.1 市政公用设施配套齐全，水、电、气、通信配套到位，空调（含采暖）设施有安排。

2.3.2 管理有方，制度完整。有良好的维修保证。

2.3.3 无垄断现象发生。

市政设施到位（30分） 评分表2.3

| 序号 | 评估检查细目 | 是否评估 | | 分值 | 评估得分 |
|---|---|---|---|---|---|
| 2.3.1 | 市政公用设施配套齐全，水、电、气、通信配套到位、空调（含采暖）设施有安排 | Y | N | 15 | |
| 2.3.2 | 管理有方、制度完整、有良好的维修保证 | Y | N | 10 | |
| 2.3.3 | 无垄断现象发生 | Y | N | 5 | |

## 3.0 环境—合理空间布局，构建宜居环境

（按100分评定，体系权重为30%）

目标：具备适宜居住的良好条件。满足人在生理上和心理上对居住功能的各项要求，有一个健康、舒适的居住环境。

评估内容：从住区空间整体布局、住宅内部功能组织和居住的空气质量、声、光、热物理环境等方面进行。

**得分评定：**

**得分项目3.1 住区空间布局合理，环境优良**

目的：通过合理规划，创造舒适、安全、健康的居住空间。

检查：3.1.1 住区功能结构合理，建筑布置有序，空间层次清晰，环境均好性强；

3.1.2 路网格局因地制宜，构架清晰、顺畅、便捷、可达性强；人流、车流组织合理，与景观环境有机结合；出入口选择得当，避免过境交通穿越；

3.1.3 静态交通组织合理，停车位数量较充足，停车方式得当，布局合理，方便使用；

3.1.4 与外部交通有机联系，公共交通站点不超过300m，公共交通便利；住区出入口的位置以及数量设置合理；

3.1.5 市政管线布置合理，无明显的矛盾问题。

措施：3.1(A) 选择素质良好的建筑设计团队；

3.1(B) 交通组织要以人的需求为核心，充分考虑人的出行方向和行为规律，落实安全、健康、生态的各项目标。

住区空间布局（30分） 评分表3.1

| 序号 | 评估检查细目 | 是否评估 | | 分值 | 评估得分 |
|---|---|---|---|---|---|
| 3.1.1 | 住区功能布局合理有序，环境均好性强 | Y | N | 6 | |
| 3.1.2 | 交通组织顺畅，与景观环境有机结合。出入口选择得当，避免过境交通 | Y | N | 6 | |
| 3..1.3 | 停车方式得当，布局合理，数量较充足 | Y | N | 6 | |
| 3.1.4 | 城市交通联系方便，距公共交通站点不超过300m | Y | N | 6 | |
| 3.1.5 | 市政管线布置合理 | Y | N | 6 | |

**得分项目3.2 住宅内部功能齐全、布局紧凑、设施设备完善**

目的：通过平面功能空间组织，管网设备的安排，最大化地利用面积。

检查：3.2.1 住宅套内居住空间、厨房、卫生间等基本空间完备，并设有储藏、用餐及阳台等空间，各功能空间形状合理，基本空间长短边之比≤1.8，建筑层高适宜；

3.2.2 各功能空间布局紧凑，能按照人的行为轨迹组织流程。套内交通不穿行起居室、卧室，纯交通面积不超出使用面积的1/20，能做到居住活动流线顺畅，动静分区，公私分离，洁污分开；

3.2.3 建筑空间布局具有可改造性、灵活性，能按照不同功能要求进行调整；

3.2.4 住宅设施设备完善，管网布置紧凑、有序，管道接口定位准确，厨房、卫生间设施配套完善齐全，给水、排水与燃气设施完备。设备、管道设置考虑改造和更换方便；

3.2.5 所有公共管道的阀门、电气设备和用于总设备系统调节和检修的部件，均不应布置在住宅套内。 用于各户冷热水表、电表和燃气表的设置应便于管理。

住宅内部功能组织（30分）　评分表3.2

| 序号 | 评估检查细目 | 是否评估 | | 分值 | 评估得分 |
|---|---|---|---|---|---|
| 3.2.1 | 住宅套内功能完善、尺度适宜、布局合理 | Y | N | 8 | |
| 3.2.2 | 各功能空间布局紧凑，套内交通不穿行起居室、卧室 | Y | N | 8 | |
| 3.2.3 | 建筑空间布局具有可改造性 | Y | N | 5 | |
| 3.2.4 | 住宅设施设备完善，管网布置紧凑 、有序，管道接口定位准确 | Y | N | 5 | |
| 3.2.5 | 公共管道设备检修的部件，均不应布置在住宅套内。住户水、电表和燃气表的设置应便于管理 | Y | N | 4 | |

## 得分项目3.3 居住空气质量良好

目的：建立正确的现代建筑通风观念，处理好主动与被动的通风方式。

检查：3.3.1 通过合理的住区规划布局和住宅建筑设计，组织住宅自然通风，合理设置风口位置，组织气流防止短流，且提高自然通风效率。不留通风死角，做到自然状态下居住空间通风顺畅；

3.3.2 厨房设竖向或水平油烟道，有组织排放油烟，6层以上住宅在屋顶设机械排风装置。卫生间设竖向或水平风道，暗卫生间及不适宜开窗通风的卫生间须加设机械排风装置，防止串气、泛味；

3.3.3 应考虑住宅在外窗密闭情况下的换气方式，可加设换气装置或设有组织的新风系统，新风经过滤、杀菌等处理后送入室内，新风量不少于每人每小时30m$^3$。采暖和空调季节新风机应有热交换系统；

3.3.4 控制住宅装修对空气的污染，应对装修的材料和施工实施监控，并在完工后对室内空气质量做检测，检测不合格必须进行整改，应倡导、实施一次装修到位。

居住空气质量（10分）　评分表3.3

| 序号 | 评估检查细目 | 是否评估 | | 分值 | 评估得分 |
|---|---|---|---|---|---|
| 3.3.1 | 做到自然状态下居住空间通风顺畅，不留通风死角 | Y | N | 3 | |
| 3.3.2 | 厨房设排油烟道，卫生间设排风道，暗卫生间及不适宜开窗通风的卫生间须加设机械排风装置 | Y | N | 3 | |
| 3.3.3 | 考虑住宅在外窗密闭情况下的换气方式，新风量不少于每人每小时30m$^3$ | Y | N | 2 | |
| 3.3.4 | 控制住宅装修对空气的污染，装修完成后做检测，检测不合格必须进行整改，倡导、实施一次装修到位 | Y | N | 2 | |

## 得分项目3.4 住宅声环境良好

目的：提高我国的降噪技术水平，改善声环境质量。

检查：3.4.1 有效控制基地周边噪声对居住环境的影响，要求住区室外等效噪声级，白天≤55dB(A)，夜间45dB(A)，夜间偶然噪声级≤60dB(A)；

3.4.2 特别注意住区周边沿街住宅的防噪声；

3.4.3 做好住宅建筑室内噪声防治，住宅室内允许噪声标准：白天≤45dB(A)，夜间≤35dB(A)；

3.4.4 住宅建筑平面布置和空间划分坚持动静分区的原则，卧室不与电梯间、空调机房等设备用房相邻，以减少对有安静要求的房间的噪声干扰；

3.4.5 采取有效减振、减噪、消声措施，有效控制机电系统和设备的运行噪声。

措施：3.4(A)采取隔离和降噪措施，可采用布置公用建筑、建隔声屏或绿化带作缓冲区，住宅临街或正对噪声源方向的 外窗，必须采用双层窗或中空双玻、三玻等气密性好的外窗，以提高隔声效果；

3.4(B)住宅内部除要求建筑外门、窗的密闭防噪外，要做好分户墙和楼板的隔声处理，以及户内给水排水管道和卫生洁具等所产生的噪声防治。

住宅声环境（10分） 评分表3.4

| 序号 | 评估检查细目 | 是否评估 | | 分值 | 评估得分 |
|---|---|---|---|---|---|
| 3.4.1 | 住区室外等效噪声级，白天≤55dB(A)，夜间≤45dB(A)，夜间偶然噪声级≤60dB(A) | Y | N | 2 | |
| 3.4.2 | 注意住区周边沿街住宅采取防噪声措施 | Y | N | 2 | |
| 3.4.3 | 做好住宅内部分户墙和楼板、给水排水管道和卫生洁具等所产生的噪声防治。住宅室内允许噪声标准：白天≤45dB(A)，夜间≤35dB(A) | Y | N | 2 | |
| 3.4.4 | 住宅平面布置做到动、静分区，保证卧室等空间的环境安静 | Y | N | 2 | |
| 3.4.5 | 采取有效减振、减噪、消声措施，有效控制机电系统和设备的运行噪声 | Y | N | 2 | |

## 得分项目3.5 住宅日照、光环境良好

目的：建立对住宅日照的检查方法，同时照顾好用地、环境等要素的利用关系。

检查：3.5.1 通过计算机日照分析，科学合理安排建筑位置，确保每套住宅至少有一个居住空间获得日照，当有4个或4个以上居住空间时，应有2个居住空间获得日照，日照时段符合国家日照标准规定；

3.5.2 设计采光性能最佳的建筑朝向，发挥庭院、天井、中庭的采光作用，使每套住宅均有良好的自然采光条件。室内采光系数最低值为0.5%～1%（光气候Ⅲ区），窗地面积比：卧室、起居、书房为 1/7；厨房为1/7，尽量做到卫生间直接采光；

3.5.3 住宅室内照明质量良好，光源位置合理，照度适宜，公共部位保证最低照度标准。住宅适当部位设置夜间照明指示灯；

3.5.4 避免对居住生活造成眩光等干扰。设置防眩光设施，如采用遮阳百叶、遮光幕等，有效避免光污染，住区有良好的灯光设计和夜景。

住宅日照、光环境（10分） 评分表3.5

| 序号 | 评估检查细目 | 是否评估 | | 分值 | 评估得分 |
|---|---|---|---|---|---|
| 3.5.1 | 通过计算机日照分析，确保住宅日照符合国家日照标准规定 | Y | N | 3 | |
| 3.5.2 | 每套住宅均有足够的自然采光条件。窗地面积比符合国家规范，尽量做到卫生间直接采光 | Y | N | 3 | |
| 3.5.3 | 住宅室内照明质量良好，光源位置合理，照度适宜 | Y | N | 2 | |
| 3.5.4 | 避免对居住生活造成眩光等干扰，住宅有良好灯光设计和夜景 | Y | N | 2 | |

**得分项目3.6 住宅热环境良好**

目的：节能的目的是改善热环境，热环境需要科技的保证。

检查：3.6.1 为居住者提供舒适的生活热环境，住宅室内温湿度应符合下表要求：

住宅室内空气热环境指标

| 参　数 | 标准值 | |
|---|---|---|
| | 冬 季 | 夏 季 |
| 温度 | 18～22℃ | 24～26℃ |
| 相对湿度 | ≥30% | ≤70% |

3.6.2 建立住宅外围护结构隔热保温优化技术体系，热工性能良好；

3.6.3 采暖及空调装置适宜，分户计量便利、分室控温到位；

3.6.4 有太阳能供应热水系统。

住宅热环境（10分）

评分表3.6

| 序号 | 评估检查细目 | 是否评估 | | 分值 | 评估得分 |
|---|---|---|---|---|---|
| 3.6.1 | 住宅室内温湿度应符合相关规定：温度冬季18～22℃　夏季24～26℃；相对湿度30%～70% | Y | N | 3 | |
| 3.6.2 | 建立住宅外围护结构保温隔热体系 | Y | N | 3 | |
| 3.6.3 | 采暖及空调装置合宜，分户计量便利、分室控温到位 | Y | N | 2 | |
| 3.6.4 | 有太阳能供应热水系统 | Y | N | 2 | |

## 4.0 科技——整合科技资源，引领品质升华

（按100分评定，体系权重为20%）

目标：通过住宅科技的广泛应用，切实提高居住品质，并做到节约资源，防止污染，实现住宅建筑的可持续发展。

评估内容：从节约能源、节地、节水、节材、污染防治等五方面进行。

**得分评定：**

**得分项目4.1 节约能源，提高室内舒适度**

目的：既要把能源节省下来，降低居民支出，同时还要改善居住温度、湿度、新风补给等品质。

检查：4.1.1 室内温度、湿度和新风补充符合规定要求；

4.1.2 体形系数控制。减少外围护结构面积，正确设计不同朝向下的建筑最佳长宽比；

4.1.3 外墙采用能有效隔断热桥的外保温方式。控制窗墙面积比，外门窗、玻璃及户门、阳台门等的热工性能及气密性良好，传热系数小；

4.1.4 屋面保温层采用高效保温材料，有效切断地面、墙面冷桥，有相应的保温措施；

4.1.5 采用适当的遮阳方式和外遮阳装置；

4.1.6 优化建筑中采暖、空调、热水供应、炊具、照明等各设备系统的设计选型和运行；

4.1.7 利用可再生能源，如太阳能、风能、地热能、生物质能等技术，可再生能源利用效率占总能耗的比例高。

措施：4.1（A）建立定量节能的理念，运用计算机模拟的方法指导节能设计与节能施工；

4.1（B）运用被动节能建筑设计与主动节能设计原理，整体优化节能措施，降低节能成本，使节能效果最大化。

节约能源，提高室内舒适度（25分） 评分表4.1

| 序号 | 评估检查细目 | 是否评估 | | 分值 | 评估得分 |
|---|---|---|---|---|---|
| 4.1.1 | 室内温度、湿度和新风补充符合规定要求 | Y | N | 5 | |
| 4.1.2 | 控制体形系数，正确设计不同朝向下的最佳日照率 | Y | N | 4 | |
| 4.1.3 | 做好外墙保温，外门窗热工性能及气密性良好，传热系数低 | Y | N | 4 | |
| 4.1.4 | 屋面有相应的保温措施 | Y | N | 3 | |
| 4.1.5 | 采用适当的遮阳方式和外遮阳装置 | Y | N | 3 | |
| 4.1.6 | 优化建筑中采暖、空调、热水供应、炊具、照明等各设备系统的设计选型和运行 | Y | N | 3 | |
| 4.1.7 | 可再生能源利用率占总能耗的比例高 | Y | N | 3 | |

### 得分项目4.2 节约用地，提高土地利用率

目的：建立紧凑型规划设计理念，在优化环境建设的前提条件下，提高土地的利用率。

检查：4.2.1 利用废弃土地进行改良、开发，优先选择已开发且具有城市改造潜力的地区建设住宅。没有未经许可非法占用耕地的现象；

4.2.2 适当的容积率和覆盖率选择，保证适宜的土地开发强度；

4.2.3 优化住宅单体设计，提高使用面积系数，高层使用率≥72%，多层≥78%；

4.2.4 采用新设备、新工艺、新材料，减少公共设施占用土地面积；

4.2.5 充分利用地下空间，提高土地利用效率；

4.2.6 严格限制实心黏土砖的使用，就地取材，采用当地新型墙体材料取代黏土砖。

措施：4.2（A）用紧凑型方法规划设计住区，做到疏密有致，保证绿地，空间有序；

4.2（B）加大住宅进深；尽量一梯多户设计；在适当气候区域使用东西向住宅；

4.2（C）扩大地下空间的使用比例，改善地下空间使用功能。

节约用地，提高土地利用率（25分） 评分表4.2

| 序号 | 评估检查细目 | 是否评估 | | 分值 | 评估得分 |
|---|---|---|---|---|---|
| 4.2.1 | 使用废弃土地进行改良、开发，优先选择已开发且具有城市改造潜力的地区建设住宅 | Y | N | 4 | |
| 4.2.2 | 选择适当的容积率和覆盖率，保证一定的土地开发强度 | Y | N | 5 | |
| 4.2.3 | 优化住宅单体设计，提高使用率，高层使用率≥72%，多层≥78% | Y | N | 5 | |
| 4.2.4 | 采用新设备、新工艺、新材料，减少公共设施占用土地面积 | Y | N | 4 | |
| 4.2.5 | 充分利用地下空间，提高土地利用效率 | Y | N | 4 | |
| 4.2.6 | 严格限制实心黏土砖的使用，采用当地新型墙体材料 | Y | N | 3 | |

### 得分项目4.3 节约用水，保证水质

目的：把节约用水贯彻到规划设计的各个方面，并使科技节水应用普及。

检查：4.3.1 坚持低质低用、高质高用的用水原则，充分利用市政供水以外的水资源；

4.3.2 采用调频调压水泵，保证出水压力，优选节水器具和设施；

4.3.3 收集住区雨水、生活污水，并经适当处理后回收和再利用；

4.3.4 做好公共场所节约用水。公用的便器、水池等采用节水器具，绿化浇灌采用滴灌、微喷等节水方式；

4.3.5 住区节水率≥20%，回用率≥10%。

措施：4.3(A) 确定合理的用水收费标准，使居民和节约用水能联动起来；

4.3(B) 保证饮用水、日常用水、景观水、灌溉水等水质，定期水样检查；

4.3(C) 选择适宜的各种水处理技术，坚持生态、高效、低成本；

4.3(D) 地面停车场宜采用植草砖铺砌，人行便道等室外场地应采用渗透型地面及透水性好的地面材料。

节约用水，保证水质（20分）

评分表4.3

| 序号 | 评估检查细目 | 是否评估 | | 分值 | 评估得分 |
|---|---|---|---|---|---|
| 4.3.1 | 坚持低质低用、高质高用的用水原则，充分利用市政供水以外的水资源 | Y | N | 4 | |
| 4.3.2 | 采用调频调压水泵，优选节水器具和设施 | Y | N | 4 | |
| 4.3.3 | 住区雨水、生活污水经适当处理后回收和再利用 | Y | N | 4 | |
| 4.3.4 | 公共场所的便器、水池等采用节水器具，绿化浇灌采用滴灌、微喷等节水方式 | Y | N | 4 | |
| 4.3.5 | 住区节水率≥20%，回用率≥10% | Y | N | 4 | |

## 得分项目4.4 节省用材，回用复用建材

目的：用环保、生态和可持续的理念使用建材，保护和充分利用建材资源。

检查：4.4.1 坚持集成化生产模式，应用标准化和定制化方式指导生产施工；

4.4.2 可再生材料的利用，如工业废料、竹材、木材等；

4.4.3 推行商品住宅一次装修到位，停止住户自行装修对已有建筑构件或设备的损坏、拆除而造成的浪费；

4.4.4 对旧建筑的翻修、改造，最大限度地利用现有建筑结构和围护结构，最大限度地利用尚可利用的旧建筑材料。

措施：4.4.(A) 节省建筑主体结构用材，如采用高强度混凝土、预应力技术等。在技术经济可能的条件下发展钢结构住宅；

4.4.(B) 采用节材新工艺、新措施，实现材料的重复连用、复用；

4.4.(C) 制定切实可行的成品房市场供应的制度。

节省用材，回用复用建材（20分）

评分表4.4

| 序号 | 评估检查细目 | 是否评估 | | 分值 | 评估得分 |
|---|---|---|---|---|---|
| 4.4.1 | 坚持集成化生产模式，应用标准化和定制化方式指导生产施工 | Y | N | 5 | |
| 4.4.2 | 可再生材料的利用，如工业废料、竹材等 | Y | N | 5 | |
| 4.4.3 | 推行商品住宅一次装修到位 | Y | N | 5 | |
| 4.4.4 | 对旧建筑的翻修、改造，最大限度地利用现有建筑结构和围护结构，最大限度地利用尚可利用的旧建筑材料 | Y | N | 5 | |

## 得分项目4.5 保护环境，防治污染

目的：建筑与环境紧密相连，减少建筑排污、排气，以保护环境。

检查：4.5.1 做好生活垃圾收运，应采用垃圾袋装、分类收集的方法；

4.5.2 积极选用有机垃圾生化处理技术，做到全自动控制，全封闭处理，降低环境污染；

4.5.3 住区通风无死角，无热岛现象。

措施：4.5（A）垃圾收集后经压缩装置压入配套垃圾箱运出。高层住区可采用气动垃圾收集系统，清洁高效；

4.5（B）对废电池等有害废品特殊集中处置，并宜采用有机垃圾生化处理等实现垃圾减量化、无害化和资源化的先进技术；

4.5（C）正确安装空调，减少空调使用量。

保护环境，防治污染（10分） 评分表4.5

| 序号 | 评估检查细目 | 是否评估 | | 分值 | 评估得分 |
|---|---|---|---|---|---|
| 4.5.1 | 生活垃圾采用袋装、分类收集的方法 | Y | N | 4 | |
| 4.5.2 | 选用有机垃圾生化处理技术，做到全自动控制，全封闭处理，降低环境污染 | Y | N | 3 | |
| 4.5.3 | 住区通风无死角，无热岛现象 | Y | N | 3 | |

## 5.0 亲情——突出人本关爱，体现社区和谐

（按100分评定，体系权重为8%）

目标：突出人本关爱，体现社区和谐。

评估内容：从住区空间围合感和凝聚力、居民活动和邻里交往的场所设置、无障碍设计等三个方面来进行。

**得分评定：**

**得分项目5.1 住区空间围合感和凝聚力**

目的：通过建筑布局创造丰富空间层次，满足居住心理安全感、亲情感、舒适感要求。

检查：5.1.1 住区空间层次丰富、序列清晰、围合感强；

5.1.2 住区空间通透，视野开阔，环境景观延续，围合但不封闭；

5.1.3 有明显的方位标识，楼号和单元门号清晰，识别性强；

5.1.4 私密保护好，户型独立设置、个性受到保护、无视线干扰现象。

措施：通过精细规划、建筑设计及环境设计形成围合空间，提高凝聚力。

住区空间围合感和凝聚力（40分） 评分表5.1

| 序号 | 评估检查细目 | 是否评估 | | 分值 | 评估得分 |
|---|---|---|---|---|---|
| 5.1.1 | 住区空间层次丰富、序列清晰、围合感强 | Y | N | 10 | |
| 5.1.2 | 住区空间通透，视野开阔，环境景观延续，围合但不封闭 | Y | N | 10 | |
| 5.1.3 | 有明显的方位标识，楼号和单元门号清晰，识别性强 | Y | N | 10 | |
| 5.1.4 | 私密保护好，户型独立设置、无视线干扰现象 | Y | N | 10 | |

**得分项目5.2　居民活动和邻里交往的场所设置**

目的：检查交往场所的设置水准，保障交往活动的质量。

检查：5.2.1 住区公共空间集中、分散相结合，点、线、面相结合，景观丰富，环境温馨；

5.2.2 人际交往、文化活动、休憩、健身、儿童游戏场地充足；设施、设备配套较齐全；儿童游戏场地良好；有老人室内外活动空间；

5.2.3 住区环境清洁、美观、休闲，小品雕塑具有生活感、文化感；

5.2.4 住区会所形式多样，规模适当；集会、休闲健身、文化活动丰富多样；管理有序。

措施：5.2（A）每10万$m^2$住宅区应有一处老人、儿童室外活动场地，不少于80$m^2$的室内场地。有青少年球类运动场地（或室内）一处；

5.2（B）物业管理有制度。小区经常开展书画、展览，茶艺、插花、服饰、歌咏、烹饪比赛等群众喜闻乐见的文化娱乐活动，居民享有丰富的社区文化生活，又增加相互交往的机会。

居民活动场所设置（40分） 评分表5.2

| 序号 | 评估检查细目 | 是否评估 | | 分值 | 评估得分 |
|---|---|---|---|---|---|
| 5.2.1 | 公共空间集中分散结合，景观丰富 | Y | N | 10 | |
| 5.2.2 | 休憩、健身、儿童游戏场地充足；设施、设备配套较齐全 | Y | N | 10 | |
| 5.2.3 | 住区环境清洁、美观、休闲，小品雕塑具有生活感、文化感 | Y | N | 10 | |
| 5.2.4 | 会所等文化活动场所丰富多样、管理有序 | Y | N | 10 | |

**得分项目5.3 无障碍设计**

目的：体现对社会特殊人群的关怀，让老年人等特殊人群享受平等、公正、自如的生活方式。

检查：5.3.1 针对老年人住宅，进行无障碍和可塑性设计，并设置相关设施，如扶手、防滑及报警装置等；

5.3.2 住区环境建设实施无障碍的技术规定，增设坡道、扶手等，住区信号标识符合国际化要求；

5.3.3 应注重以老年人为主要服务对象的相应医疗保健和健身设施建设，500户以上的住区，应设老年之家一处；

5.3.4 鼓励住区建设老年公寓，提供社会化服务。

措施：熟悉针对老年人的建筑设计规范、无障碍设计规范。

无障碍设计（20分） 评分表5.3

| 序号 | 评估检查细目 | 是否评估 | | 分值 | 评估得分 |
|---|---|---|---|---|---|
| 5.3.1 | 进行无障碍和可塑性设计，设置相关设施 | Y | N | 5 | |
| 5.3.2 | 实施无障碍的技术规定，增设坡道、扶手等，住区信号标识符合国际化规定 | Y | N | 5 | |
| 5.3.3 | 注重以老年人为主要服务对象的相应医疗保健和健身设施建设，500户以上的住区，应设老年之家一处 | Y | N | 5 | |
| 5.3.4 | 住区建设有老年公寓，提供社会化服务 | Y | N | 5 | |

## 6.0 人文——提升住宅品质，传承居住文化

（按100分评定，体系权重为8%）

目标：住宅品质升级，传承居住文化。

评估内容：从地方历史文脉传承、现代人文精神再创造二个方面进行展开。

**得分评定：**

**得分项目6.1 地方历史文脉的传承**

目的：传承城市文化情结，创造既有中国建筑文化特色，又能满足和引领现代人生活需要的现代化建筑。

检查：6.1.1 基地及周边古迹文物、历史文化遗存保护得当；

6.1.2 重视城市历史文化传承，对新建建筑高度、建筑密度作有效控制；

6.1.3 新建筑区建筑风格和造型、色彩等方面尊重周围已形成的城市空间、文化特色和景观；

6.1.4 住区建筑环境氛围营造要体现对不同地区、民族生活习惯的尊重与适应，与城市协调不冲突。

措施：6.1(A) 对基地内的历史文物采用积极保护方针；修复和利用并举、文物和景观结合，使文物既能受到保护，又能发挥作用；

6.1(B) 列入规划、设计和施工的全过程。

地方历史文脉的传承（40分） 评分表6.1

| 序号 | 评估检查细目 | 是否评估 | | 分值 | 评估得分 |
|---|---|---|---|---|---|
| 6.1.1 | 古迹文物、历史文化遗存保护得当 | Y | N | 10 | |
| 6.1.2 | 重视城市历史文化传承，对新建建筑高度、建筑密度作有效控制 | Y | N | 10 | |
| 6.1.3 | 建筑风格和造型、色彩等方面尊重周围已形成的城市空间、文化特色和景观 | Y | N | 10 | |
| 6.1.4 | 住区建筑环境氛围营造与城市协调不冲突 | Y | N | 10 | |

**得分项目6.2　现代居住人文精神再创造**

目的：在城市氛围中营造一个环境宜人、生活便捷，归属感强的全新社区文化生活模式。

检查：6.2.1 住区规划肌理清晰、居住生活方便舒适、现代文化气息浓烈；

6.2.2 住区公共空间有文化主题内容、广场空间景观丰富、绿地树木面积保证、公众参与性强；

6.2.3 街道景观丰富，标志性建筑明显突出、城市广告有序、城市小品雕塑有品位；

6.2.4 公园绿地水系布局合理、均好性强，水系清洁无污染、自然亲和性强烈；

6.2.5 公共建筑功能性强，适用、经济、美观，具有大众性、文化性，有较高的文化品位；

6.2.6 居住建筑品质优良、适用、耐看，居住满意度高。

现代人文精神再创造（60分） 评分表6.2

| 序号 | 评估检查细目 | 是否评估 | | 分值 | 评估得分 |
|---|---|---|---|---|---|
| 6.2.1 | 住区规划肌理清晰、居住生活方便舒适、现代文化气息浓烈 | Y | N | 10 | |
| 6.2.2 | 住区公共空间有文化主题内容、广场空间景观丰富、绿地树木面积保证、公众参与性强 | Y | N | 10 | |
| 6.2.3 | 街道景观丰富，标志性建筑明显突出、城市广告有序、城市小品雕塑有品位 | Y | N | 10 | |
| 6.2.4 | 公园绿地水系布局合理、均好性强，水系清洁无污染、自然亲和性强烈 | Y | N | 10 | |
| 6.2.5 | 公共建筑功能性强，适用、经济、美观，具有大众性、文化性，有较高的文化品位 | Y | N | 10 | |
| 6.2.6 | 居住建筑品质优良、适用、耐看，居住满意度高 | Y | N | 10 | |

## 7.0 服务——健全服务管理，保证物业增值

（按100分评定，体系权重为8%）

目标：健全服务管理、保证物业增值。

评估内容：从社会化专业化管理、智能化管理、高质量物业服务三个方面来进行。

**得分评定：**

**得分项目7.1 社会化、专业化的管理**

目标：提高物业管理水平，增强社会服务意识，从而提升住区的社会名气和居住者的自信，导致住房价值的提升。

检查：7.1.1 物业管理贯穿项目策划、设计、建设和使用的全过程。对项目的使用、维修、改造的好坏、方便程度负有责任，全寿命的原则充分体现；

7.1.2 小区有专业化的物业管理团队。在住宅竣工交付使用的过渡期，物业管理团队由开发商委派。在业主委

员会成立后，由业主委员会通过招标选聘物业管理公司；

7.1.3 物业管理公司要建立、健全完善的管理制度，并严格执行；

7.1.4 区内保安、保洁、绿化服务工作应充分到位，区内环境整洁优美，物业管理公司员工与居民是“亲人”关系，实行亲情化服务。

措施：尽早成立业主委员会，完善规章制度。

社会化、专业化的管理（30分） 评分表7.1

| 序号 | 评估检查细目 | 是否评估 | | 分值 | 评估得分 |
|---|---|---|---|---|---|
| 7.1.1 | 物业管理贯穿项目策划、设计、建设和使用的全过程 | Y | N | 8 | |
| 7.1.2 | 有专业化的物业管理团队。在交付使用的过渡期，由开发商委派，当业委会成立后，由业委会通过招标选聘物业管理公司 | Y | N | 8 | |
| 7.1.3 | 有完善的管理制度，并能严格执行 | Y | N | 7 | |
| 7.1.4 | 区内保安、保洁、绿化服务工作充分到位，环境整洁优美 | Y | N | 7 | |

## 得分项目7.2 智能化管理

目的：提高智能化的配置水平，实用性、方便性和先进性得到体现。

检查：7.2.1 提供智能消防系统，如火灾自动报警系统、消火栓灭火系统、自动喷水灭火系统、气体灭火系统等；

7.2.2 装配智能安防系统：小区门口以及其他地方设置监控器，住宅楼单元门上设置可视对讲系统；

7.2.3 配备智能物业信息系统，以利于物业管理公司进行监控、管理；

7.2.4 提供智能化通信设施，如网线等。

措施：7.2（A）应有专业智能化公司配合；

7.2（B）建立中心控制室。

智能化管理（30分） 评分表7.2

| 序号 | 评估检查细目 | 是否评估 | | 分值 | 评估得分 |
|---|---|---|---|---|---|
| 7.2.1 | 提供智能消防系统 | Y | N | 8 | |
| 7.2.2 | 装配智能安防系统 | Y | N | 8 | |
| 7.2.3 | 配备智能物业信息系统 | Y | N | 7 | |
| 7.2.4 | 提供智能化通信设施，如网线等 | Y | N | 7 | |

## 得分项目7.3 提供高质量的物业服务

目的：通过物业管理改善居住的品质质量，提高房产增值的可能。

检查：7.3.1 提供门卫值勤、安全巡逻、消防安全管理、车辆管理服务；

7.3.2 维护业主产权利益，协助办理业主入住及产权手续，完善物业管理的备案手续；

7.3.3 负责设备设施系统的接管验收、保养，并负责施工单位的返修管理；

7.3.4 提供专业保洁与园林绿地的养护与管理服务，以及杀虫、灭鼠；

7.3.5 社区居民的归属感和自豪感强烈。居民对开发商、物业管理公司和街道办事处、居民委员会工作的认同率和满意度应达到80%以上。

措施：7.3（A）对房屋、构筑物和相关场地应能进行及时的维修和养护。

电梯、水泵与水池（箱）、供热、中央空调、燃气、电力、应急照明、智能化系统等公用设备应能按时进行日常维护、检修和强制保养，保证正常运行；

7.3（B）通过物业管理企业或社区的其他机构，为小区内的居民增设各种上门服务的业务，包括有偿的为居民购物送货上门，做室内清洁、做饭或洗涤衣物，以及上门医疗服务等；

7.3（C）根据住宅小区的实际情况，开展一些有利于公益事业、有利于居民交往的公益活动，例如组织居民（特别是离退休的老人）参与公益事业或公共设施管理的评议活动；发动居民捐书成立社区图书馆及爱心超市并承担义务管理员；发动少年儿童分片包干绿地和雕塑的监督维护；

7.3（D）掌握工程质量状况的完整施工技术资料。

高质量物业服务（40分）　　评分表7.3

| 序号 | 评估检查细目 | 是否评估 | | 分值 | 评估得分 |
|---|---|---|---|---|---|
| 7.3.1 | 提供门卫值勤、安全巡逻、消防安全管理、车辆管理服务 | Y | N | 10 | |
| 7.3.2 | 协助办理业主入住及产权手续、完善物业管理备案手续 | Y | N | 6 | |
| 7.3.3 | 负责设备设施系统的接管验收、保养及返修管理 | Y | N | 7 | |
| 7.3.4 | 提供专业保洁与园林绿地的养护与管理服务 | Y | N | 10 | |
| 7.3.5 | 社区居民的归属感和自豪感强烈。居民对物业管理认同率和满意度达到80%以上 | Y | N | 7 | |

## 附表一：指标体系评估综合表

（分值100分，权重70%）

| 评估项目 | 分项内容 | 定性定量指标 | 所占分值 | 是否参与评估 | | 评估得分 | |
|---|---|---|---|---|---|---|---|
| | | | | Y | N | | |
| 生态<br>100分<br>权重16% | 住区建设选址<br>（20分） | 远离污染源 | 5 | | | | |
| | | 充分考虑发生自然灾害的应对措施 | 5 | | | | |
| | | 开发强度合理，符合城市总体规划要求 | 5 | | | | |
| | | 能够承受施工荷载，有消防、安全的保障 | 5 | | | | |
| | 地形地貌利用<br>（15分） | 保护基地自然地形、地貌，建筑布置合理 | 8 | | | | |
| | | 减少土石方工程量，争取就地平衡 | 7 | | | | |
| | 植被、水体的保护利用<br>（20分） | 保证基地城市泄洪功能 | 5 | | | | |
| | | 保护基地古树名木、景观水体和文物建筑 | 5 | | | | |
| | | 减轻地表径流，弥补因开发引起的对环境变化的影响 | 5 | | | | |
| | | 景观用水一般不采用自来水 | 5 | | | | |
| | 人工环境建设、布局<br>（30分） | 住区绿地率大于35% | 6 | | | | |
| | | 选择当地适合生长和易于存活的树种 | 6 | | | | |
| | | 植物配置合理 | 6 | | | | |
| | | 墙面、屋顶等有垂直绿化 | 6 | | | | |
| | | 环境小品设计有序，简洁大方 | 6 | | | | |
| | 周边环境协调<br>（15分） | 住区的生态环境与城市总体环境协调 | 5 | | | | |
| | | 注意建筑布置，留有景观视线通廊 | 5 | | | | |
| | | 住区环境为城市添景 | 5 | | | | |
| | | 单 项 总 分 | | ×16%= | | | |

| 评估项目 | 分项内容 | 定性定量指标 | 所占分值 | 是否参与评估 | | 评估得分 |
|---|---|---|---|---|---|---|
| | | | | Y | N | |
| 配套<br>100分<br>权重10% | 与城市配套设施关系（40分） | 与城市核心商业区（街）的距离不超过1.5km | 10 | | | |
| | | 结合用地周边情况，允许配建项目数量和面积增减，做到合情配套、功能齐全，适度超前 | 20 | | | |
| | | 满足配套项目设置的专业要求，布局符合服务半径、方便、安全、经济等要求 | 10 | | | |
| | 公共建筑配套完整（30分） | 500m范围内有托儿所、幼儿园、小学校 | 10 | | | |
| | | 不超过200m范围内有便民店、邮局、银行、副食、餐馆和医务所等不少于3个 | 10 | | | |
| | | 2km范围内有超市、医院、饭店、公园、体育、文化等不少于3个 | 10 | | | |
| | 市政设施到位（30分） | 市政公用设施配套齐全，水电气供应到位、空调（含采暖）设施有安排 | 15 | | | |
| | | 管理有方、制度完整。有良好的维修保证 | 10 | | | |
| | | 无室断现象发生 | 5 | | | |
| | 单 项 总 分 | | | × 10%= | | |

| 评估项目 | 分项内容 | 定性定量指标 | 所占分值 | 是否参与评估 | | 评估得分 |
|---|---|---|---|---|---|---|
| | | | | Y | N | |
| 环境<br>100分<br>权重30% | 住区空间布局（30分） | 住区功能布局合理有序，环境均好性强 | 6 | | | |
| | | 交通组织顺畅，与景观环境有机结合。出入口选择得当，避免过境交通 | 6 | | | |
| | | 停车方式得当，布局合理，数量较充足 | 6 | | | |
| | | 城市交通联系方便，距公共交通站点不超过300m | 6 | | | |
| | | 市政管线布置合理 | 6 | | | |
| | 住宅内部功能组织（30分） | 住宅套内功能完善、尺度适宜、布局合理 | 8 | | | |
| | | 各功能空间布局紧凑，套内交通不穿行起居室、卧室 | 8 | | | |
| | | 建筑空间布局具有可改造性 | 5 | | | |
| | | 住宅设施设备完善，管网布置紧凑、有序，管道接口定位准确 | 5 | | | |
| | | 公共管道设备检修的部件，均不应布置在住宅套内。住户水、电表和燃气表的设置应便于管理 | 4 | | | |
| | 居住空气质量（10分） | 做到自然状态下居住空间通风顺畅，不留通风死角 | 3 | | | |
| | | 厨房设排油烟道，卫生间设排风道，暗卫生间及不适宜开窗通风的卫生间需加设机械排风装置 | 3 | | | |
| | | 考虑住宅在外窗密闭情况下的换气方式，新风量不少于每人每小时30m$^3$ | 2 | | | |
| | | 控制住宅装修对空气的污染，装修完成后作检测，检测不合格必须进行整改，倡导、实施一次装修到位 | 2 | | | |
| | 住宅声环境（10分） | 住区室外等效噪声级，白天≤55dB，夜间≤45dB(A)，夜间偶然噪声级≤60dB(A) | 2 | | | |
| | | 注意住区周边沿街住宅采取防噪声措施 | 2 | | | |
| | | 做好住宅内部分户墙和楼板、给排水管道和卫生洁具等所产生的噪声防治。住宅室内允许噪声标准：白天≤45dB(A)，夜间≤35dB(A) | 2 | | | |
| | | 住宅平面布置做到动、静分区，保证卧室等空间的环境安静 | 2 | | | |
| | | 采取有效减振、减噪、消声措施，有效控制机电系统和设备的运行噪声 | 2 | | | |
| | 住宅日照、光环境（10分） | 通过计算机日照分析，确保住宅日照符合国家日照标准规定 | 3 | | | |
| | | 每套住宅均有足够的自然采光条件。窗地面积比符合国家规范，尽量做到卫生间直接采光 | 3 | | | |
| | | 住宅室内照明质量良好，光源位置合理，照度适宜 | 2 | | | |
| | | 避免对居住生活造成眩光等干扰，住宅有良好灯光设计和夜景 | 2 | | | |
| | 住宅热环境（10分） | 住宅室内温湿度应符合相关规定：温度冬季18℃～22℃　夏季24℃～26℃；相对湿度30%～70% | 3 | | | |
| | | 建立住宅外围护结构保温隔热体系 | 3 | | | |
| | | 采暖及空调装置合宜，分户计量便利、分室控温到位 | 2 | | | |
| | | 有太阳能供应热水系统 | 2 | | | |
| | 单项总分 | | | × 30%= | | |

| 评估项目 | 分项内容 | 定性定量指标 | 所占分值 | 是否参与评估 Y | 是否参与评估 N | 评估得分 |
| --- | --- | --- | --- | --- | --- | --- |
| 科技<br>100分<br>权重20% | 节约能源,提高室内舒适度<br>(25分) | 室内温度、湿度和新风补充符合规定要求 | 5 | | | |
| | | 控制体型系数，正确设计不同朝向下的最佳日照率 | 4 | | | |
| | | 做好外墙保温，外门窗热工性能及气密性良好，隔热系数高 | 4 | | | |
| | | 屋面有相应的保温措施 | 3 | | | |
| | | 采用适当的遮阳方式和外遮阳装置 | 3 | | | |
| | | 优化建筑中采暖、空调、热水供应、炊具、照明等各设备系统的设计选型和运行 | 3 | | | |
| | | 可再生能源利用率占总能耗的比例高 | 3 | | | |
| | 节约用地，提高土地利用率<br>(25分) | 使用废弃土地进行改良、开发，优先选择已开发且具有城市改造潜力的地区建设住宅 | 4 | | | |
| | | 选择适当的容积率和覆盖率，保证一定的土地开发强度 | 5 | | | |
| | | 优化住宅单体设计，提高使用率，高层使用率≥72%，多层≥78% | 5 | | | |
| | | 采用新设备、新工艺、新材料，减少公共设施占用土地面积 | 4 | | | |
| | | 充分利用地下空间，提高土地利用效率 | 4 | | | |
| | | 严格限制实心黏土砖的利用，采用当地新型墙体材料 | 3 | | | |
| | 节约用水，保证水质<br>(20分) | 坚持低质低用、高质高用的用水原则，充分利用市政供水以外的水资源 | 4 | | | |
| | | 采用调频调压水泵，优选节水器具和设施 | 4 | | | |
| | | 住区雨水、生活污水经适当处理后回收和再利用 | 4 | | | |
| | | 公共场所的便器、水池等采用节水器具，绿化浇灌采用滴灌、微喷等节水方式 | 4 | | | |
| | | 住区节水率≥20%，回用率≥10% | 4 | | | |
| | 节省用材，回用复用建材<br>(20分) | 坚持集成化生产模式，应用标准化和定制化方式指导生产施工 | 5 | | | |
| | | 可再生材料的利用，如工业废料、竹材等 | 5 | | | |
| | | 推行商品住宅一次装修到位 | 5 | | | |
| | | 对旧建筑的翻修、改造，最大限度地利用现有建筑结构和围护结构，最大限度地利用尚可利用的旧建筑材料 | 5 | | | |
| | 保护环境防治污染<br>(10分) | 生活垃圾采用袋装、分类收集的方法 | 4 | | | |
| | | 选用有机垃圾生化处理技术，做到全自动控制，全封闭处理，降低环境污染 | 3 | | | |
| | | 住区通风无死角，无热岛现象 | 3 | | | |
| | 单 项 总 分 | | ×20%= | | | |

| 评估项目 | 分项内容 | 定性定量指标 | 所占分值 | 是否参与评估 Y | 是否参与评估 N | 评估得分 |
| --- | --- | --- | --- | --- | --- | --- |
| 亲情<br>100分<br>权重8% | 住区空间围合感和凝聚力<br>(40分) | 住区空间层次丰富、序列清晰、围合感强 | 10 | | | |
| | | 住区空间通透，视野开阔，环境景观延续，围合但不封闭 | 10 | | | |
| | | 有明显的方位标识，楼号和单元门号清晰，识别性强 | 10 | | | |
| | | 私密保护好，户型独立设置、无视线干扰现象 | 10 | | | |
| | 居民活动场所设置<br>(40分) | 公共空间集中分散结合，景观丰富 | 10 | | | |
| | | 休憩、健身、儿童游戏场地充足；设施、设备配套较齐全 | 10 | | | |
| | | 住区环境清洁、美观、休闲，小品雕塑具有生活感、文化感 | 10 | | | |
| | | 会所等文化活动场所丰富多样、管理有序 | 10 | | | |
| | 无障碍设计<br>(20分) | 进行无障碍和可塑性设计，设置相关设施 | 5 | | | |
| | | 实施无障碍的技术规定，增设坡道、扶手等，住区信号标识符合国际化规定 | 5 | | | |
| | | 注重以老年人为主要服务对象的相应医疗保健和健身设施建设，500户以上的住区，应设老年之家一处 | 5 | | | |
| | | 住区建设有老年公寓，提供社会化服务 | 5 | | | |
| | 单 项 总 分 | | ×8%= | | | |

| 评估项目 | 分项内容 | 定性定量指标 | 所占分值 | 是否参与评估 | | 评估得分 |
|---|---|---|---|---|---|---|
| | | | | Y | N | |
| 人文<br>100分<br>权重8% | 地方历史文脉的传承（40分） | 古迹文物、历史文化遗存保护得当 | 10 | | | |
| | | 重视城市历史文化传承，对新建建筑高度、建筑密度作有效控制 | 10 | | | |
| | | 建筑风格和造型、色彩等方面尊重周围已形成的城市空间、文化特色和景观 | 10 | | | |
| | | 住区建筑环境氛围营造与城市协调不冲突 | 10 | | | |
| | 现代人文精神再创造（60分） | 住区规划肌理清晰、居住生活方便舒适、现代文化气息浓烈 | 10 | | | |
| | | 住区公共空间有文化主题内容、广场空间景观丰富、绿地树木面积保证、公众参与性强 | 10 | | | |
| | | 街道景观丰富，标志性建筑明显突出、城市广告有序、城市小品雕塑有品位 | 10 | | | |
| | | 公园绿地水系布局合理、均好性强，水系清洁无污染、自然亲和性强烈 | 10 | | | |
| | | 公共建筑功能性强，适用、经济、美观，具有大众性、文化性，有较高的文化品位 | 10 | | | |
| | | 居住建筑品质优良、适用、耐看，居住满意度高 | 10 | | | |
| | 单 项 总 分 | | ×8%= | | | |

| 评估项目 | 分项内容 | 定性定量指标 | 所占分值 | 是否参与评估 | | 评估得分 |
|---|---|---|---|---|---|---|
| | | | | Y | N | |
| 服务<br>100分<br>权重8% | 社会化、专业化的管理（30分） | 物业管理贯穿项目策划、设计、建设和使用的全过程 | 8 | | | |
| | | 有专业化的物业管理团队。在交付使用的过渡期，由开发商委派，当业委会成立后，由业委会通过招标选聘物业管理公司 | 8 | | | |
| | | 有完善的管理制度，并能严格执行 | 7 | | | |
| | | 区内保安、保洁、绿化服务工作充分到位，环境整洁优美 | 7 | | | |
| | 智能化管理（30分） | 提供智能消防系统 | 8 | | | |
| | | 装配智能安防系统 | 8 | | | |
| | | 配备智能物业信息系统 | 7 | | | |
| | | 提供智能化通信设施，如网线等 | 7 | | | |
| | 高质量物业服务（40分） | 提供门卫值勤、安全巡逻、消防安全管理、车辆管理服务 | 10 | | | |
| | | 协助办理业主入住及产权手续、完善物业管理的备案手续 | 6 | | | |
| | | 负责设备设施系统的接管验收、保养及返修管理 | 7 | | | |
| | | 提供专业保洁与园林绿地的养护与管理服务 | 10 | | | |
| | | 社区居民的归属感和自豪感强烈。居民对物业管理认同率和满意度达到80%以上 | 7 | | | |
| | 单 项 总 分 | | ×8%= | | | |
| 指标体系评估总分 | | | | | | |

# 规模住区人居环境评估指标体系
# 第二部分　过程执行评估

（分值100分，总权重30%）

## 1.0 项目执行力（单项总分10分）

目标：检查试点项目整体执行水平，达到等级情况，给出总的评估。

必要条件：各种强制技术标准规范无违规现象。

评估内容：项目试点批准文件、试点特色目标建设、技术文件准备及项目完成效果概况。

检查项目的合法性：

1)各级主管部门颁发有效文件齐全；

2)各类住宅层数、电梯配置、日照指标、安全出口等符合规定要求。

**得分评定：**

**得分项目1.1 技术文件齐全**

目的：检查科学严谨的态度，认真对待技术问题，有利于项目的安全、卫生、健康的发展。

检查：1.1.1 项目初步设计、施工图设计、隐蔽工程、施工验收等各环节技术文件齐全；

1.1.2 技术变更、材料代用等洽商单完整。

技术文件齐全（5分）　　评分表1.1

| 序号 | 评估检查细目 | 是否评估 | | 分值 | 评估得分 |
|---|---|---|---|---|---|
| 1.1.1 | 项目初步设计、施工图设计、隐蔽工程、施工验收等各环节技术文件齐全 | Y | N | 3 | |
| 1.1.2 | 技术变更、材料代用等洽商单完整 | Y | N | 2 | |

**得分项目1.2 金牌试点效果显著**

目的：积极按照人居金牌试点的程序要求进行。

检查：1.2.1 总体形象突出，是城市或地域有影响力的项目；

1.2.2 试点特色成绩显著，销售情况良好，无滞销套型；

1.2.3 无重大纠纷发生。

金牌试点效果显著（5分）　　评分表1.2

| 序号 | 评估检查细目 | 是否评估 | | 分值 | 评估得分 |
|---|---|---|---|---|---|
| 1.2.1 | 总体形象突出，有影响力 | Y | N | 2 | |
| 1.2.2 | 试点特色鲜明，销售情况良好，无滞销套型 | Y | N | 2 | |
| 1.2.3 | 无重大纠纷 | Y | N | 1 | |

## 2.0 项目策划与规划（单项总分 50分）

目标：回顾项目前期策划和规划设计的专家评估成绩；项目执行过程表现、有无不严肃执行项目批准意见；体现项目的评估自始至终地重视规划设计。

必要条件：规划设计按专家审查方案或规划主管批准方案执行。

评估内容：检查规划设计的变动情况；专家评审意见和得分结论；收集市场的销售和业主的评论。

**得分评定：**

### 得分项目2.1 规划设计专家审查成绩优秀

目的：检查项目审查建立时对规划设计的评价，回顾专家评价的准确程度。

检查：2.1.1 查对项目规划设计获得的成绩，并计入综合评估验收分值；

2.1.2 项目建设实施按方案如实执行，能表现设计目标意图，品质优秀。

规划设计专家审查成绩优秀（30分） 评分表2.1

| 序号 | 评估检查细目 | 是否评估 | | 分值 | 评估得分 |
|---|---|---|---|---|---|
| 2.1.1 | 项目规划设计获得的成绩，并计入综合评估验收分值 | Y | N | 25 | |
| 2.1.2 | 项目建设实施按方案如实执行 | Y | N | 5 | |

### 得分项目2.2 项目定位符合市场销售需要

目的：检查项目定位符合城市发展和供需结构要求，市场反映良好。

检查：2.2.1 市场日销售、周销售和月销售纪录，分析销售形势；

2.2.2 访问主管部门及住户意见。

项目定位符合市场销售需要（10分） 评分表2.2

| 序号 | 评估检查细目 | 是否评估 | | 分值 | 评估得分 |
|---|---|---|---|---|---|
| 2.2.1 | 市场日销售、周销售和月销售纪录，分析销售形势 | Y | N | 5 | |
| 2.2.2 | 访问主管部门及住户意见 | Y | N | 5 | |

### 得分项目2.3 项目规划无重大改动

目的：维护审查批准的规划设计有一定的严肃性，保护城市建设的完整和业主的利益。

检查：2.3.1 检查项目规划设计的变动有一定的严肃性，保护城市建设的完整和业主的利益；

2.3.2 访问变动项目的建设情况，判断建设效果；

2.3.3 规划变动无重大反馈意见。

项目规划无重大改动（10分） 评分表2.3

| 序号 | 评估检查细目 | 是否评估 | | 分值 | 评估得分 |
|---|---|---|---|---|---|
| 2.3.1 | 检查项目规划设计的变动有一定的严肃性，保护城市建设的完整和业主的利益 | Y | N | 4 | |
| 2.3.2 | 访问变动项目的建设情况，判断建设效果 | Y | N | 3 | |
| 2.3.3 | 规划变动无重大反馈意见 | Y | N | 3 | |

## 3.0 专家跟进服务（单项总分 20分）

目标：发挥专家对项目的指导作用，使项目始终在专家的关注下取得进展。

必要条件：项目开发过程中与专家不间断保持联络。

评估内容：在项目专家组的安排下，在项目策划、规划设计、中期技术检查、市场营销等环节不断有专家参与，项目得到了全面的支持和帮助。

得分评定：

**得分项目3.1：策划定位是否邀请专家参与**

目的：前期策划定位是项目的基础，专家参与是实现目标定位的保证，通过专家的参与保证项目的健康发展。

检查：3.1.1 专家参与项目前期的记录和项目准备的效果；

3.1.2 规划设计是否按专家意见修改完善。

措施：3.1（A）对照专家审查意见，分析各条意见的完成情况；

3.1（B）未按专家意见修改的原因。

策划定位是否邀请专家参与（4分） 评分表3.1

| 序号 | 评估检查细目 | 是否评估 | | 分值 | 评估得分 |
|---|---|---|---|---|---|
| 3.1.1 | 专家参与项目前期的记录和项目准备的效果 | Y | N | 2 | |
| 3.1.2 | 规划设计是否按专家意见修改完善 | Y | N | 2 | |

**得分项目3.2：是否完成中期检查**

目的：中期检查是承上启下的重要过程，使项目更好地按照七大目标执行。

检查：3.2.1 中期检查的记录和意见。

是否完成中期检查（6分） 评分表3.2

| 序号 | 评估检查细目 | 是否评估 | | 分值 | 评估得分 |
|---|---|---|---|---|---|
| 3.2.1 | 中期检查的记录和意见 | Y | N | 6 | |

**得分项目3.3：人居环境城市论坛和宣传深度**

目的：宣传人居理论有利于项目的贯彻和提高全民的人居环境意识。

检查：3.3.1 人居论坛次数、宣传方式及效果。

人居环境城市论坛和宣传深度（10分） 评分表3.3

| 序号 | 评估检查细目 | 是否评估 | | 分值 | 评估得分 |
|---|---|---|---|---|---|
| 3.3.1 | 人居论坛次数、宣传方式及效果 | Y | N | 10 | |

## 4.0 项目影响力（单项总分20分）

目标：检查项目与城市的衔接关系，对城市的贡献率。

必要条件：无重大原则性事件及纠纷发生。

评估内容：了解社会各阶层对项目的评价，项目对城市有影响力，口碑好，满意度高。

得分评定：

**得分项目4.1：口碑好对周边有影响力**

目的：项目应当是周边项目最好和较好的项目。

检查：4.1.1 了解周边项目的情况，作横向的比较；

4.1.2 了解周边同类项目的价格情况。

口碑好对周边有影响力（8分）

评分表4．1

| 序号 | 评估检查细目 | 是否评估 | | 分值 | 评估得分 |
|---|---|---|---|---|---|
| 4.1.1 | 了解周边项目的情况，作横向的比较 | Y | N | 4 | |
| 4.1.2 | 了解周边同类项目的价格情况 | Y | N | 4 | |

## 得分项目4.2：各种纠纷能及时解决

目的：检查项目管理人员的服务意识和能力。

检查：4.2.1 分析处理纠纷的案例。

各种纠纷能及时解决（6分）

评分表4．2

| 序号 | 评估检查细目 | 是否评估 | | 分值 | 评估得分 |
|---|---|---|---|---|---|
| 4.2.1 | 分析处理纠纷的案例 | Y | N | 6 | |

## 得分项目4.3：居民满意度高

目的：居民满意度是检验项目全面、完整的最好尺子。

检查：4.3.1 直接当面访问住户，居民满意度高。

居民满意度高（6分）

评分表4．3

| 序号 | 评估检查细目 | 是否评估 | | 分值 | 评估得分 |
|---|---|---|---|---|---|
| 4.3.1 | 直接当面访问住户，居民满意度高 | Y | N | 6 | |

## 附表二：过程执行评估综合表

| 评估项目 | 分项内容 | 定性定量指标 | 所占分值 | 是否参与评估 |  | 评估得分 |
|---|---|---|---|---|---|---|
|  |  |  |  | Y | N |  |
| 项目执行力 10分 | 技术文件齐全（5分） | 项目初步设计、施工图设计、隐蔽工程验收、竣工验收等各环节技术文件齐全 | 3 |  |  |  |
|  |  | 技术变更、材料代用等洽商单完整 | 2 |  |  |  |
|  | 金牌试点效果显著（5分） | 总体形象突出，有影响力 | 2 |  |  |  |
|  |  | 试点特色鲜明，销售良好，无滞销套型 | 2 |  |  |  |
|  |  | 无重大纠纷 | 1 |  |  |  |
|  | 单 项 总 分 |  |  |  |  |  |
| 项目策划及规划 50分 | 规划设计专家审查（30分） | 项目规划设计获得的成绩，并计入综合评估验收分值 | 25 |  |  |  |
|  |  | 项目建设实施按方案如实执行 | 5 |  |  |  |
|  | 项目定位符合市场销售需要(10分) | 市场日销售、周销售和月销售记录，分析销售形势 | 5 |  |  |  |
|  |  | 访问主管部门及住户意见 | 5 |  |  |  |
|  | 项目规划无重大改动(10分) | 检查项目规划设计的变动有一定的严肃性，保护城市建设的完整和业主的利益 | 4 |  |  |  |
|  |  | 访问变动项目的建设情况，判断建设效果 | 3 |  |  |  |
|  |  | 规划变动无重大反馈意见 | 3 |  |  |  |
|  | 单 项 总 分 |  |  |  |  |  |
| 专家跟进服务 20分 | 策划定位邀请专家参与（4分） | 专家参与项目前期的记录和项目准备的效果 | 2 |  |  |  |
|  |  | 规划设计是否按专家意见修改完善 | 2 |  |  |  |
|  | 是否完成中期检查(6分) |  | 6 |  |  |  |
|  | 人居环境城市论坛和宣传深度(10分) |  | 10 |  |  |  |
|  | 单 项 总 分 |  |  |  |  |  |
| 项目影响影响力 20分 | 口碑好，有影响力（8分） | 了解周边项目的情况，作横向比较 | 4 |  |  |  |
|  |  | 了解周边同类项目的价格情况 | 4 |  |  |  |
|  | 各种纠纷能及时解决(6分) |  | 6 |  |  |  |
|  | 居民满意度高(6分) |  | 6 |  |  |  |
|  | 单 项 总 分 |  |  |  |  |  |
| 过程执行评估总分 |  |  |  |  |  |  |

**项目综合评估验收总分表**

| 指标体系评估总分×70%+过程评估总分×30% | 综合验收评估总分 |
|---|---|
|  |  |

# 规模住区人居环境评估指标体系

## 附件一： 评估因素及分值

一、指标体系评估

（分值100分，总权重70%）

1.0 生态 100分（权重16%）

必要条件：无人为的对场地自然、人文和历史的破坏现象

必要条件：与周边住区和居民无纠纷发生

得分项目1.1　住区建设选址 20

得分项目1.2　地形地貌利用 15

得分项目1.3　原有植被、水体的保护利用 20

得分项目1.4　人工环境建设、布局 30

得分项目1.5　周边环境协调 15

2.0 配套 100分（权重10%）

必要条件：配套项目与住区建设同期进行，居民满意度高

得分项目2.1：与城市配套设施关系密切，住区与城市互补 40

得分项目2.2：配套完整，符合相关规定要求 30

得分项目2.3：市政设施到位，配置齐全 30

3.0 环境 100分（权重30%）

得分项目3.1　住区空间布局合理，环境优良 30

得分项目3.2　住宅内部功能齐全、布局紧凑、设施设备完善 30

得分项目3.3　居住空气质量良好 10

得分项目3.4　住宅声环境良好 10

得分项目3.5　住宅日照、光环境良好 10

得分项目3.6　住宅热环境良好 10

4.0 科技 100分（权重20%）

得分项目4.1　节约能源，提高室内舒适度 25

得分项目4.2　节约用地，提高土地利用率25

得分项目4.3　节约用水，保证水质 20

得分项目4.4　节省用材，回用复用建材 20

得分项目4.5　保护环境，防治污染 10

5.0 亲情 100分（权重8%）

得分项目5.1　住区空间围合感和凝聚力 40

得分项目5.2　居民活动和邻里交往的场所设置 40

得分项目5.3　无障碍设计 20

6.0 人文100分（权重8%）

得分项目6.1　地方历史文脉的传承40

得分项目6.2　现代居住人文精神再创造 60

7.0 服务 100分（权重8%）

得分项目7.1　社会化、专业化的管理 30

得分项目7.2　智能化管理 30

得分项目7.3　提供高质量的物业服务 40

二、过程执行评估

（分值100分，总权重30%）

1.0 项目执行力（10分）（综合评分权重占5%）

必要条件：执行各种强制技术标准规范无违规现象

得分项目1.1　技术文件齐全 5

得分项目1.2　金牌试点效果显著 5

2.0 项目策划与规划（50分）（综合评分权重占15%）

必要条件：规划设计按专家审查方案执行

得分项目2.1　规划设计专家审查成绩优秀 30

得分项目2.2　项目定位符合市场销售需要 10

得分项目2.3　项目规划无重大改动 10

3.0 专家跟进服务（20分）（综合评分权重占5%）

必要条件：项目过程不间断保持联络

得分项目3.1　策划定位是否邀请专家参与 4

得分项目3.2　是否完成中期检查 6

得分项目3.3　人居环境城市论坛和宣传深度 10

4.0 项目影响力（20分）（综合评分权重占5%）

必要条件：无重大原则事件及纠纷发生

得分项目4.1　口碑好周边有影响力 8

得分项目4.2　各种纠纷能及时解决 6

得分项目4.3　居民满意度高 6

使用说明：人居环境金牌建设试点项目是开发企业和人居委共建协议项目，需要试点项目企业提出申请，住区试点部予以初审合格后正式立项成为试点成员，具体工作包括组织专家现场踏勘，项目规划及建筑设计审查和技术咨询，开展中期检查及最终评估验收。

为了能把握各个项目的进展和建设情况需要建设单位的积极配合，因此在这部分增加对开发单位执行力的相关考核。下面的内容就是为方便专家的操作而制定的各个阶段的考评内容，为了言简易行，也用分值的方法和表格表达，使其和试点项目的最终评估验收合拢。人居金牌建设试点项目的最终考核包括两部分，一部分是指标体系的评估，另一部分是项目过程执行的评估。

# 附件二：前期策划及规划设计阶段评估表（参考）

（总分100分）

| 评估项目 | 分项内容 | 定性定量指标 | 所占分值 | 是否参与评估 | | 评估得分 |
|---|---|---|---|---|---|---|
| | | | | Y | N | |
| 生态<br>100分<br>权重20% | 住区建设选址（20分） | 远离污染源 | 5 | | | |
| | | 充分考虑发生自然灾害的应对措施 | 5 | | | |
| | | 开发强度合理，符合城市总体规划要求 | 5 | | | |
| | | 能够承受施工荷载，有消防、安全的保障 | 5 | | | |
| | 地形地貌利用（15分） | 保护基地自然地形、地貌，建筑布置合理 | 8 | | | |
| | | 减少土石方工程量，争取就地平衡 | 7 | | | |
| | 植被、水体的保护利用（20分） | 保证基地城市泄洪功能 | 5 | | | |
| | | 保护基地古树名木、景观水体和文物建筑 | 5 | | | |
| | | 减轻地表径流，弥补因开发引起的对环境变化的影响 | 5 | | | |
| | | 景观用水一般不采用自来水 | 5 | | | |
| | 人工环境建设、布局（30分） | 住区绿地率大于35% | 6 | | | |
| | | 选择当地适合生长和易于存活的树种 | 6 | | | |
| | | 植物配置合理 | 6 | | | |
| | | 墙面、屋顶等有垂直绿化 | 6 | | | |
| | | 环境小品设计有序，简洁大方 | 6 | | | |
| | 周边环境协调（15分） | 住区的生态环境与城市总体环境协调 | 5 | | | |
| | | 注意建筑布置，留有景观视线通廊 | 5 | | | |
| | | 住区环境为城市添景 | 5 | | | |
| | 单项总分 | | ×20%= | | | |
| 配套<br>100分<br>权重15% | 与城市配套设施关系（40分） | 与城市核心商业区（街）的距离不超过1.5km | 10 | | | |
| | | 结合用地周边情况，允许配建项目数量和面积增减，做到合情配套、功能齐全，适度超前 | 20 | | | |
| | | 满足配套项目设置的专业要求，布局符合服务半径、方便、安全、经济等要求 | 10 | | | |
| | 公共建筑配套完整（30分） | 500m范围内有托儿所、幼儿园、小学校 | 10 | | | |
| | | 不超过200m范围内有便民店、邮局、银行、副食、餐馆和医务所等不少于3个 | 10 | | | |
| | | 2km范围内有超市、医院、饭店、公园、体育、文化等不少于3个 | 10 | | | |
| | 市政设施到位（30分） | 市政公用设施配套齐全，水电气供应到位、空调（含采暖）设施有安排 | 15 | | | |
| | | 管理有方、制度完整、有良好的维修保证 | 10 | | | |
| | | 无垄断现象发生 | 5 | | | |
| | 单项总分 | | ×15%= | | | |

| 评估项目 | 分项内容 | 定性定量指标 | 所占分值 | 是否参与评估 | | 评估得分 |
|---|---|---|---|---|---|---|
| | | | | Y | N | |
| 环境<br>100分<br>权重30% | 住区空间布局<br>（30分） | 住区功能布局合理有序，环境均好性强 | 6 | | | |
| | | 交通组织顺畅，与景观环境有机结合。出入口选择得当，避免过境交通 | 6 | | | |
| | | 停车方式得当，布局合理，数量较充足 | 6 | | | |
| | | 城市交通联系方便，距公共交通站点不超过300m | 6 | | | |
| | | 市政管线布置合理 | 6 | | | |
| | 住宅内部功能组织<br>（30分） | 住宅套内功能完善、尺度适宜、布局合理 | 8 | | | |
| | | 各功能空间布局紧凑，套内交通不穿行起居室、卧室 | 8 | | | |
| | | 建筑空间布局具有可改造性 | 5 | | | |
| | | 住宅设施设备完善，管网布置紧凑、有序，管道接口定位准确 | 5 | | | |
| | | 公共管道设备检修的部件，均不应布置在住宅套内。住户水、电表和燃气表的设置应便于管理 | 4 | | | |
| | 居住空气质量<br>（10分） | 做到自然状态下居住空间通风顺畅，不留通风死角 | 3 | | | |
| | | 厨房设排油烟道，卫生间设排风道，暗卫生间及不适宜开窗通风的卫生间需加设机械排风装置 | 3 | | | |
| | | 考虑住宅在外窗密闭情况下的换气方式，新风量不少于每人每小时$30m^3$ | 2 | | | |
| | | 控制住宅装修对空气的污染，装修完成后做检测，检测不合格必须进行整改，倡导、实施一次装修到位 | 2 | | | |
| | 住宅声环境<br>（10分） | 住区室外等效噪声级，白天≤55dB，夜间≤45dB(A)，夜间偶然噪声级≤60dB(A) | 2 | | | |
| | | 注意住区周边沿街住宅采取防噪声措施 | 2 | | | |
| | | 做好住宅内部分户墙和楼板、给排水管道和卫生洁具等所产生的噪声防治。住宅室内允许噪声标准：白天≤45dB(A)，夜间≤35dB(A) | 2 | | | |
| | | 住宅平面布置做到动、静分区，保证卧室等空间的环境安静 | 2 | | | |
| | | 采取有效减振、减噪、消声措施，有效控制机电系统和设备的运行噪声 | 2 | | | |
| | 居住日照、光环境<br>（10分） | 通过计算机日照分析，确保住宅日照符合国家日照标准规定 | 3 | | | |
| | | 每套住宅均有足够的自然采光条件。窗地面积比符合国家规范，尽量做到卫生间直接采光 | 3 | | | |
| | | 住宅室内照明质量良好，光源位置合理，照度适宜 | 2 | | | |
| | | 避免对居住生活造成眩光等干扰。住宅有良好灯光设计和夜景 | 2 | | | |
| | 住宅热环境<br>（10分） | 住宅室内温湿度应符合相关规定：温度冬季18℃～22℃夏季24℃～26℃；相对湿度30%～70% | 3 | | | |
| | | 建立住宅外围护结构保温隔热体系 | 3 | | | |
| | | 采暖及空调装置合宜，分户计量便利、分室控温到位 | 2 | | | |
| | | 有太阳能供热水系统 | 2 | | | |
| | 单项总分 | | ×30%= | | | |

| 评估项目 | 分项内容 | 定性定量指标 | 所占分值 | 是否参与评估 | | 评估得分 |
| --- | --- | --- | --- | --- | --- | --- |
| | | | | Y | N | |
| 科技<br>100分<br>权重25% | 节约能源，提高室内舒适度<br>（25分） | 室内温度、湿度和新风补充符合规定要求 | 5 | | | |
| | | 控制体型系数，正确设计不同朝向下的最佳日照率 | 4 | | | |
| | | 做好外墙保温，外门窗热工性能及气密性良好，隔热系数高 | 4 | | | |
| | | 屋面有相应的保温措施 | 3 | | | |
| | | 采用适当的遮阳方式和外遮阳装置 | 3 | | | |
| | | 优化建筑中采暖、空调、热水供应、炊具、照明等各设备系统的设计选型和运行 | 3 | | | |
| | | 可再生能源利用率占总能耗的比例高 | 3 | | | |
| | 节约用地，提高土地利用率<br>（25分） | 使用废弃土地进行改良、开发，优先选择已开发且具有城市改造潜力的地区建设住宅 | 4 | | | |
| | | 选择适当的容积率和覆盖率，保证一定的土地开发强度 | 5 | | | |
| | | 优化住宅单体设计，提高使用率，高层使用率≥72%，多层≥78% | 5 | | | |
| | | 采用新设备、新工艺、新材料，减少公共设施占用土地面积 | 4 | | | |
| | | 充分利用地下空间，提高土地利用效率 | 4 | | | |
| | | 严格限制实心黏土砖的利用，采用当地新型墙体材料 | 3 | | | |
| | 节约用水，保证水质<br>（20分） | 坚持低质低用、高质高用的用水原则，充分利用市政供水以外的水资源 | 4 | | | |
| | | 采用调频调压水泵，优选节水器具和设施 | 4 | | | |
| | | 住区雨水、生活污水经适当处理后回收和再利用 | 4 | | | |
| | | 公共场所的便器、水池等采用节水器具，绿化浇灌采用滴灌、微喷等节水方式 | 4 | | | |
| | | 住区节水率≥20%，回用率≥10% | 4 | | | |
| | 节省用材，回用复用建材<br>（20分） | 坚持集成化生产模式，应用标准化和定制化方式指导生产施工 | 5 | | | |
| | | 可再生材料的利用，如工业废料、竹材等 | 5 | | | |
| | | 推行商品住宅一次装修到位 | 5 | | | |
| | | 对旧建筑的翻修、改造，最大限度地利用现有建筑结构和围护结构，最大限度地利用尚可利用的旧建筑材料 | 5 | | | |
| | 保护环境，防治污染<br>（10分） | 生活垃圾采用袋装、分类收集的方法 | 4 | | | |
| | | 选用有机垃圾生化处理技术，做到全自动控制，全封闭处理，降低环境污染 | 3 | | | |
| | | 住区通风无死角，无热岛现象 | 3 | | | |
| | 单 项 总 分 | | ×25%= | | | |

## 附件三：建设部科技项目验收意见

2008年3月19日，建设部科技司组织专家对由中国房地产及住宅研究会人居环境委员会等单位承担的建设部科技计划项目“城镇规模住区人居环境评估指标体系研究”进行了验收。专家们认真听取了项目组的汇报，仔细审阅了相关技术资料，并对项目研究内容进行了质询。经过讨论，验收专家委员会达成如下意见：

1、项目提供的验收资料完整、内容翔实，符合验收要求。

2、项目选题正确，目标明确，针对当前快速城市化进程中，大量规模住区开发中缺少人居环境评估标准，建立了一套定性定量、易操作的评估标准体系。成果具有较高的实用价值。

3、项目研究提出了“规模住区”概念，并突出了人居环境协调发展的主题，将“七大技术纲要”确定为研究对象，提出了城镇规模住区人居环境建设实施原则和评估指标体系。在住区规划理念上有所创新。

4、项目研究包括城镇规模住区人居环境建设七大特色目标、评估因素体系、评估指标和评估方法等成果，具有科学性、系统性和完整性。

5、项目研究采用理论目标—试点实践—提炼标准的开放式研究技术路线，形成了一套由社团主导、企业参与、政府支持的完整的创新研究模式，具有推广意义。

鉴于以上几点，项目完成了预定目标，达到了考核指标要求。研究过程清晰、内容完整，有很高的实用价值，对中国房地产开发和快速城市化的发展有现实的指导意义。研究成果填补了我国住区人居环境评估领域的空白，具有中国特色，总体上达到了国际先进水平，具有较高的推广价值。验收专家委员会一致同意通过验收。

建议：

1、本项目成果在实践应用中需进一步提炼、扩展、完善。

2、国家有关部门进一步加大对该项研究的支持力度，以便进一步将人居环境研究扩大到整个城市层面。

验收专家组主任：

副主任：

二零零八年三月十九日

规模住区人居环境评估指标体系

# 理论框架与评价因素研究

## 1. 研究背景、目的及意义

### 1.1 规模住区开发渐成住宅建设主流

随着我国城市化和住宅郊区化的快速发展，20世纪末期开始在我国的城市核心区、近郊区和广大的新城镇中涌现出大量的房地产成片开发项目，即本课题研究的规模住区，俗称“大盘”。这种前所未有的大规模的人口集聚和造城运动，迅速地改变着城市的格局和社会的空间形态，对城市经济、社会的发展产生着深远的影响。根据“2005中国地产新大盘研究成果发布会”数据：全国大盘建筑面积在50万$m^2$以上的项目开发总数为272个，总建筑面积达2.48亿$m^2$，占当年全国施工面积的14%；其中建筑面积在200万$m^2$～300万$m^2$之间的是15家；100万$m^2$～200万$m^2$有84家，大约占50%。全国大盘开发的城市排名依次是北京、上海、重庆、深圳、广州、杭州、天津、东莞、南京和沈阳。大盘地产开发正势如破竹，形成不可阻挡的发展趋势。这是因为大盘更容易营造优良的住区环境，有利于降低开发成本和开展营销，可以获得规模效益。尤其是一些颇有实力的房地产商在开发过程中逐渐成熟起来，在市场的实践中积累起来的经营能力和操盘经验，为“规模住区”的出现提供了思想上和运作上的保障，于是全国各地“规模住区”在新的发展历史背景下应运而生。

### 1.2 缺乏理论研究规模住区人居建设存在较多的问题和隐患

按照我国现行规范，城市居住区的规模3～5万人口或者用地达到50万$m^2$～100万$m^2$的可定为居住区。一个居住区一般可包括3～5个居住小区。居住区除了必要的小区配套以外，需要配置更高一级的城市公共配套设施，从广泛的规划含义来说，规模住区是城市重要的功能区，应该具备较强的城市功能。

也就是说，“规模住区决不等于放大了的居住小区”，有其特有的属性和规律。但是，由于对城市发展规律缺乏深入探讨，或者是由于目的性与出发点的差异，致使在现实中，房地产商往往将小区类住区开发模式用于大盘地产运作，而没有顾及由于建设规模变化而导致的配套、就业、交通、区域活力、区域生命力，以至于城市区域竞争力形成等等方面所产生的质的变化，从而直接导致住宅小区与城市机能的割裂，居民生活不便，住区缺乏活力，城市缺乏特色。

例如，名噪一时、占地10$km^2$华南板块的7个住宅区，单就每一个住宅小区的设计水平而言，甚至超过了国际先进国家和地区的水平。诸如星河湾、南奥花园等为代表的开发项目，在提供住区建设正面经验的同时，作为新城发展的居住区级总体规划的把握和各小区的规划观念上存在着明显的硬伤。开发商只注重内部环境的培育，封闭式的物业管理，破坏了城市生活的多样性，对城市景观、环境和城市空间结构造成很大影响。居住区域内成为了一个个独立的、老死不相往来的楼盘，不能形成区域商业、学校、医院等服务中心，居民生活极端不便，住区使用功能上遭遇了极大的障碍，城市功能受到了严重的挑战。

又如，北京北部地区著名的特大级住区回龙观、天通苑居住区，人口规模均达十多万人，建筑面积数百万平方米。因为未考虑好就业、商业和交通的城市功能完善，使得居住区使用不便，早晚上下班高峰期间交通严重堵塞，居民不得不忍受着长时间通勤的痛苦。

广州番禺祁福新邨，连续十年在一个地方开发出了占地4000多亩（约2668000$m^2$）的住宅区，已入住人数达7万人。十年来在市政配套方面，总投资已达31.6亿元。除了一般设施外，还兴建了日处理生活污水约1万吨的污水处理厂和拥有500张病床的医院、大学一座，能为业主子女提供幼儿园至大学的一条龙教育服务。光小区保安人员就超过1000名，警犬40多条。小区土地尚可开发十年。要持续发展，就必须在公共服务设施方面下功夫。然而配套设施仅仅依靠房地产企业是难以满足居民需求的，一些社会公共服务设施和社会公共服务事业等城市公共职能也是开发企业无法取代的。

由此可见，正确把握规模住区（大盘地产）的开发方向迫在眉睫。规模住区必须重视属于城市规划范畴中的住区整体设计，而非仅仅是居住地点的选择，必须具备小区以外的城市共享公共配套功能，将生活、工作、购物、娱乐、休闲等功能综合起来考虑，具备新的生活行为方式，住区才能充满生命般的活力。为了顺应规模住区快速发展的潮流并积极引导房地产市场健康发展，满足美好人居环境和快速城市化发展的需要，有必要构建一套可操作的城镇规模住区人居环境评价指标体系，从人居环境的视角，对项目的市场目标、产品定位、规划设计、科技成果应用等方面，为相关机构和技术人员把握好“规模住区”项目开发实施要点，提供必要的实施策略和技术保障。

当前，我国政府高度重视人居环境建设。党的十七大报告更是提出要加快推进以改善民生为重点的社会建设，建设生态文明，改善城乡人居环境，基本形成节约能源资源和保护生态环境的产业结构、增长方式、消费模式。而大型房地产开发项目由于占据了更多的土地资源，承载了更多的居住人口，对于城市结构、城市功能、城市形象等的影响也更为深远。因此，引导规模住区健康发展，不仅仅关系到居民的安居乐业，城市的可持续发展，也是贯彻和落实构建资源节约型、环境友好型社会的国家战略的迫切要求。

### 1.3 以规模住区为对象的人居环境评估指标体系尚未建立

“规模住区”是我国的房地产业在经历了20多年的快速发展之后，在城市核心区、近郊区和广大的新城镇中出现的大规模房地产开发形式。它是我国住宅建设和房地产开发进入一个追求居住环境、讲求居住生活品质、提高建设质量水平的新的人居环境时代的重要产物。

规模住区系指城市成片开发、建设的居住新区。一般是开发项目规模较大，具备一定城市功能或配套机能的完整生活住区。规模住区主张建设开放的城市社区，人们生活其间，方便、安全，有较为充足的就业岗位、较为完善的市政公用设施；规模住区和城市有互补的联系，是城市重要的组成部分；规模住区在规划设计上强调综合考虑居住与生活、工作、购物、文化、教育、休闲等多种要素，是和谐的新的生活方式的空间载体。

虽然国家先后制定了一系列法规，如《住宅设计规范》、《城市居住区规划设计规范》等，但是由于对规模住区人居环境建设缺乏详细的、易于实施的相关细则等的指导，导致规模住区人居环境建设处于无章可循的困境。本研究将以规模住区为主要对象，为广大房地产开发企业提供一个简单易行，便于操作的规模住区人居环境评估指标体系，其目的是为了引导规模住区房地产市场的健康发展，指导规模住区的人居环境建设，营造节能、环保、舒适的美好家园。

## 2. 人居环境及其相关评价指标体系比较研究

### 2.1 人居环境基础理论研究

随着全球化和城市化的发展，随着世界范围内自然环境的恶化以及人类对于人与自然关系的深入思考，人居环境已经成为全世界共同关注的课题。尤其是随着联合国“环境与发展大会（1992）”和“人居二大会（1996）”的召开，人居环境思想日益成为不少地区的规划观和发展观，理论和实践得到进一步广泛结合。在我国，人居环境的研究才刚刚起步，20世纪90年代初期以吴良镛为代表的学者在“广义建筑学”的基础上提出了“人居环境学科科学导论”，对人居环境的构成、基本观念和方法论等进行了卓有成效的探讨。

综合已有的研究，“人居环境”就是指人类工作劳动、生活居住、休憩游乐和社会交往的空间场所，包括乡村、城镇、城市等在内的所有人类聚居场所和各种环境要素。人居环境科学着重探讨人与环境之间的相互关系，强调要把人类聚居作为一个整体，从生态、文化、社会、技术等各个方面，进行系统综合的研究，而不像城市规划学、地理学、社会学那样，只涉及人类聚居的某一部分或是某个侧面。

人居环境“五大前提、五大系统、五大层次、五大原则”构成了人居环境科学的理论框架。其中，“五大系统”和“五大层次”分别从横向和纵向界定了人居环境的内涵和外延。

就内容而言，人居环境包括自然系统、人类系统、社会系统、居住系统、支撑系统五大系统。（1）自然系统，是聚居产生并发挥其功能的基础，是人类安身立命之所，侧重于人居环境有关的自然系统的机制、运行原理及理论和实践分析。（2）人类系统，侧重于对物质的需求与人的生理、心理、行为等有关的机制及原理、理论的分析。（3）社会系统，强调人居环境是“人”与“人”共处的居住环境，人居环境在地域结构和空间结构上要适应“人与人”的关系特点，最终的目标是促进整个社会的和谐幸福。（4）居住系统，强调住房不能仅当作是一种实用商品来看待，必须把它看成促进社会发展的一种强有力的工具。（5）支撑系统，主要指人类住区的基础设施，包括公共服务体系、交通系统以及通信系统和物质规划等等。

从研究范围划分，人居环境分为全球、国家（区域）、城市、社区（邻里）、建筑五大层次。（1）全球：在研究人居环境的过程中，我们必须着眼于全球的环境与发展，特别要把眼光放在直接影响全球的共同的重大问题上。（2）国家（或区域 ）：国家对环境的考虑、强调生态、保护绿地和控制都市发展用地等制定规划政策。集中在土地再造系统、城市发展控制以及人口分布这三个主要问题上。（3）城市：优先土地利用与生态环境的保护；确保能源、交通、通信等基础设施的支撑系统；重视各类住区及公共建筑群的组织，要充分注重整体城市规划建设；改善密集的城市的环境质量，使之成为生态、健康、安全城市；继承城市文化情节，创新城市环境建筑艺术。（4）社区（邻里）：这里指城市与建筑之间一个重要的中间层，社区人居环境建设广义为：就城市结构系统而言，可包括居住区、片区、街道；就社会组织而言，可释义为社区、邻里;就城乡关系而言，可指小城镇、村镇等。（5）建筑：建筑既包括物质内容，也包含有精神的内容，反映了人类文明的进步。

本课题研究的“规模住区”，主要是指开发规模较大并具备一定城市配套机能的完整生活住区。因此，在人居环境的内容系统中，“规模住区”归属于五大系统的居住系统；在人居环境的五大层次中，“规模住区”主要是指社区层次和建筑层次。

## 2.2 人居环境评估指标体系比较研究

联合国曾在“反映可持续发展原则的人类住区的政策建议”中对建立人居环境评价指标体系提出了一些建议：为了提高居住区环境质量，必须建立有效的监督和评估程序，“监测的第一个步骤是确定一些指标。指标的数据可反映质量，也可反映数量”，“各国政府可根据指标现有水平和检测能力，采取不同的编制指标的方法”。

20世纪80年代初以来，国内学者从不同角度对城市以及住区人居环境评价指标体系进行了研究，在某种意义上为规模住区人居环境评价指标体系的研究奠定了基础。但是到目前为止还尚未形成一套确定的人居环境（主要是规模住区人居环境的问题）的指标体系和评价方法。

国内近年来关于住区人居环境评估指标体系的研究主要有以下几个方面：

(1) 从城市的层面对人居环境进行总体评价，规模住区人居环境只是作为其中的一个层次进行评估。比较有代表性的有：

● 将城市人居环境在地域层次上划分为近接居住环境（微观城市人居环境）、社区环境（中观城市人居环境）和城市环境（宏观城市人居环境）。其中以住宅为核心的近接居住环境又分为两个部分：住宅和邻里环境；社区环境为居民社会活动的主要环境，其地域范围相当于一个居住区；城市环境相当于整个城市系统环境。在地域层次划分的基础上，以城市人居环境的住宅、邻里、社区绿化、社区空间、社区服务、风景名胜保护、生态环境、服务应急能力8个方面为评价对象，充分考虑到评价指标选择的代表性、不可替代性和多层次性，选择29项指标构成一个相对完整的城市人居环境评价指标体系。（李王鸣，叶信岳，孙于．城市人居环境评价——以杭州城市为例．经济地理．1999，(2)）

● 将城市人居环境划分为两部分：人居硬环境和人居软环境。所谓人居硬环境是指一切服务于城市居民并为居民所利用，以居民行为活动为载体的各种物质设施的总和。包括居住条件、生态环境以及基础设施和公共服务设施三项内容。人居软环境是指人居社会环境，指的是居民在利用和发挥硬环境系统功能中形成的一切非物质形态的总和，是一种无形的环境，如生活情趣、生活方便舒适程度、信息交流与沟通、社会秩序、安全和归属感等。两者之间存在如下关系：硬环境是软环境的载体，而软环境的可居性是硬环境的价值取向。人居硬环境和软环境的呼应程度，即各类居民的行为活动轨迹与其所属的软、硬环境是衡量人居环境优劣和环境、社会、经济三种效益统一程度的标尺。限于工作重点，目前只讨论了硬环境的评价指标。（宁越敏，查志强．大都市人居环境评价和优化研究．城市规划，1999（6））

● 可持续发展中国人居环境评价指标体系。在对可持续发展理论及国内外可持续发展评价体系模式的基础上，针对可持续发展人居环境提出评价体系的层次结构。在纵剖面上，将人居环境可持续发展分为家居、社区、城镇和区域四个层面，在横剖面上，中国人居环境可持续发展水平将分别从经济发展、社会发展、资源与环境发展、科技发展和物质发展五个方面进行衡量。据频度统计法、理论分析法、专家咨询法选取了内涵丰富又比较独立的指标构成评价指标体系。（吴志强，蔚芳．可持续发展中国人居环境评价体系．科学出版社，2004）

(2)从微观住区层面评价，无法涵盖规模住区具有的城市属性

● 住宅小区人居环境评价指标体系研究。狭义的人居环境就是指人类聚居活动的场所，它是自然环境与在其基础上构建的人工环境的总和，是与人类生存活动密切相关的地理空间。据科学性、系统性、可比性、可量化、可行性原则，将小区人居环境评价指标体系分解为4大环境指标、3个层次，细化为44个指标项。根据能否直接得到具体的数据，将指标分为两类：硬指标是指能直接从统计数据库中取得数据的指标；软指标指不能直接取得数据的指标，它往往需要用语言进行描述。4大环境指标指：经济环境指标、社会环境指标、生态环境指标和技术环境指标。（朱若初，张二伟，张星，李智．住宅小区人居环境评价指标体系研究．建筑管理现代化，2004（5））

(3)从生态学、健康舒适度角度评价侧重点不同

● 生态城市评价指标体系。包括结构合理、功能高效和关系协调三部分。结构合理是指适度的人口密度，合理的土地利用，良好的环境质量，充足的绿地系统，完善的基础设施，有效的自然保护；功能高效是指资源的优化配置、物力的经济投入、人力的充分发挥、物流的畅通有序、信息流的快速便捷；关系协调是指人和自然协调、社会关系协调、城乡协调、资源利用和资源更新协调、环境胁迫和环境承载力协调。（宋永昌，戚仁海，由文辉，王祥荣，祝文彪．生态体系的评价方法和指标体系．城市环境与城市生态，1999（5））

通过比较以上人居环境评估体系研究，可以看到：

（1）人居环境作为一个大系统，是一个拥有多种功能的有机综合体，上述指标体系的纷繁复杂性反映了这一点；同时人居环境系统本身又是统一的，这表现在指标体系总体表现出的相似性。

（2）不同角度出发建立的评价指标体系存在着差异，对于规模住区人居环境评价的研究也有着不同的借鉴作用。

从城市人居环境角度出发的指标体系，考虑了整个城市对居民居住环境的影响，这种逐步扩大研究范围的方法很值得借鉴；但与居民关系最为密切的规模住区人居环境，只是城市人居环境大系统的一个组成部分。作为房地产企业而言，城市层面的区域发展、整体配套目标要求等是无法左右的。另一方面，规模住区介乎城市和居住小区之间的规模，本身具备城市的功能，因此，规模住区人居环境指标体系既包含了城镇居住组团（街坊）和小区的配套指标要求，还要满足城市机能要求。

微观居住环境的重点在居住小区，从这一角度出发评价导致的结果是开发单位往往会比较侧重小区内部居民生活环境的完善，而忽略住区与城市的密切关联。尽管我们的研究范围落定在规模住区的区域内，但是人居环境建设所具有的系统性决定了社区环境和小区环境之间是相互影响，相互联系的，它们之间的关系甚至是共存共荣的。倘若住区建设脱离了与聚居大环境之间的配套协调，就无法在更大范围建设舒适、方便的居住环境，居住区内部安全、舒适、健康的居住环境条件也很难得到实现，资源能源以及生态环境的最大化的利用更是成为泡影。

而侧重在生态城市和可持续发展能力评价指标的重点，则是强调进一步完善城市自身的潜在发展能力和环境优势。对规模住区人居环境而言，具有巨大的、间接的支撑作用。

（3）针对当前规模住区的人居环境指标体系研究尚不完整，尤其是缺乏对住区开发规模增大而带来的开发思想以及相应的配套设施指标的研究。近年来，我国的城市化进入了加速阶段，在取得了极大成就的同时，也在城市发展过程中出现了种种错综复杂的问题。我们迫切地感到在城市化快速发展的急遽变化中学术储备还不够，现有的建筑和城市规划科学对实践中的许多问题缺乏确切、完整的对策，尤其是规模住区条件下的建设模式和评估标准体系。因而迫切需要发展新的指导理论和相应的评估标准，对一系列聚居、社会和环境问题作进一步的综合论证和整体思考，以适应快速城市化发展的需要。

# 3．评价因素及指标体系的总体设计

## 3.1 评价原则

城镇规模住区人居环境评估指标体系是描述评价居住地域城市化建设模式和是否安全、舒适、和谐、方便的一套可感知的参数的集合，是评价人居环境质量的重要依据。由于城镇规模住区人居环境是一个非常复杂的巨系统，包含的内涵丰富，涉及面广，作为一个客观、公正、易于操作的评价指标体系的建立，评价因素的选择显得至关重要。

在评价因素的选择上，本体系遵循了以下几个原则：

（1）科学性：评价指标的选择，必须能科学地反映规模住区人居环境的涵盖内容和基本特征，既有定量指标，也有定性指标。

（2）系统性：评价指标体系中所设置的每个指标项都应能独立地反映小区的某一个方面或不同层面的水平。各指标间相互独立，又相互联系，共同构成一个有机的整体，使评价结果可以全面地反映小区的整体效果及其综合效益。

（3）可操作性：设置指标时应保证通过一般的比较简便的统计方法或者查阅资料就可以采集到确定指标值所需的数据，以便于专业人员在现场评价的应用特点。

（4）层次性：根据评价内容的需要和详尽程度，设立不同层次的指标体系，应避免同样指标在其他层次中重复出现。

## 3.2 评估指标体系的构成基础

本课题按照理论和实践同步进行、互相促进的方式开展。在开展课题研究的同时，人居委发起了旨在推动快速城市化背景下人居环境建设的全国性实践行动——“中国人居环境与新城镇发展推进工程”，并在全国各地开展了规模住区人居环境金牌建设试点工作。在这一过程中，编制了一系列规模住区人居环境建设的指导文件，如通过重点研究和编制完成《中国人居环境与新城镇发展推进工程技术纲要》、《中国人居环境与新城镇发展推进工程城镇规模住区开发技术评估指标体系》等，为规模住区人居环境试点工作奠定了技术基础；随后编制完成的《中国人居环境与新城镇发展推进工程规模住区金牌建设试点项目规划设计与评估验收技术要点》、《中国人居环境与新城镇发展推进工程金牌建设试点项目预评价报告书》直接为试点项目不同阶段提供了技术指导和目标检查的依据。而《中国人居环境金牌住区建设七大特色目标》则简明、扼要地指出了中国人居环境金牌住区建设的总目标与特色追求，使开发商一开始就能掌握试点建设的精髓，对建设要求了然于心。

本项目通过近六年的工作，截至本书出版，在全国62个城市建立了80多个具有类型代表性的房地产开发项目作为中国人居环境金牌试点项目，总面积达到2500万$m^2$。通过对不同规模、不同市场地位、不同建设阶段以及项目所在城市的特定要求，不断推出相关的技术文件，用于指导项目在产品定位、设计方案、中期检查、技术指导和综合验收等各不同阶段的策略和实施。在此基础上形成相应指标体系。然后再通过试点项目，摸索经验，验证评价因素，修正各类技术指标，并把人居环境和新城镇发展的相关创建目标落到试点项目之中。这一工作作为本课题的数据收集基础和实践平台，使得本课题研究获得了丰富的实践经验与例证，累积了编制本标准的基础条件，并完成了项目研究所需的大量资料采集及实证工作。

几年中完成的各项技术文件，为“城镇规模住区人居环境评估指标体系”课题研究提供了用于实践的一个完整的系列，它们是：

（1） 中国人居环境金牌住区建设七大特色目标

（2） 规模住区人居环境金牌建设试点项目规划设计及验收技术要点

（3） 规模住区人居环境金牌建设试点项目综合验收评估体系专家评估记分表

（4） 规模住区人居环境金牌建设试点项目中期检查记分表

（5） 中国人居环境与新城镇发展推进工程七大技术纲要

（6） 中国人居环境与新城镇发展推进工程规模住区开发技术评估指标体系

（7） 中国人居环境与新城镇发展推进工程金牌建设试点项目预评价报告书

（8） 规模住区人居环境金牌住区试点建设项目管理办法

## 3.3 七大目标评价指标体系

与本项目课题配套运作的“规模住区人居环境金牌建设试点项目”编制了各种技术管理文件，其中包括金牌建设试点项目建设申报伊始即广泛使用的技术指标体系，也有用于试点项目管理、检查和综合验收的原则条文。这些文件在项目开发建设过程中起到了指导、监督的作用，并在试点过程中不断得到修正和完善。

这一系列技术文件，成为课题“城镇规模住区人居环境评估指标体系”的研究基础。其中，《中国人居环境金牌住区建设七大特色目标》（图1）简明扼要地阐明了规模住区人居环境建设的总目标与建设要领，是贯穿项目建设始终的纲领性文件，是课题研究和推进试点项目向纵深发展的主体纲领，也是对全国各地试点项目的实践总结、房地产开发市场的需要以及人居环境建设的目标要求的高度提炼。七大目标的主题内容，最终成为在本研究课题规模住区人居环境建设评价指标体系中最主要的评估因素，其内容涵盖了住区人居环境建设的方方面面，既有人居硬环境的要求，也体现了人居软环境的追求，七大特色目标彼此联系、各有侧重，以求得最终评价的全面、客观。

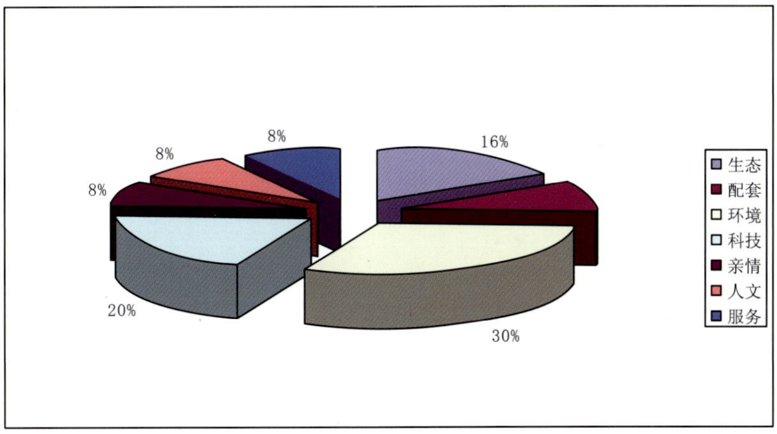


图1 中国人居环境金牌住区建设七大特色目标结构图

规模住区建设七大特色目标主要内涵如下：

（1）生态：生态规划先行，突出人与自然

生态环境是人类赖以生存的必要条件，是可持续发展的主体要素。生态规划的任务就是要利用好建设场地的资源条件、地形地貌、水系植被等要素，最大限度地保护和利用好环境，使建设项目与城市、与周边环境有很好的协调。本指标体系的重要特色，在于不是就住区论住区，而是始终将规模住区放在人居环境大系统中来考虑。主张住区区域生态规划先行原则，倡导住区与自然、住区与城市相融合，将住区融入到城市中，成为城市的一个细胞、一个环节。强调人与环境的和谐共处，而不是机械地强调“以人为本”，建立经济的、健全的、高效的城市住区生态系统。生态规划先行，首先要做到的是遵守城市规划对本地块的规划要求。

生态规划评价因素包括：住区建设选址，基地原有地形、地貌的保护利用，基地原有植被、水体的保护利用，人工环境建设布局，周边生态环境协调等方面内容。

（2）配套：完善城市功能，创造城市价值

在“配套”这一评价要素中，我们仍然强调的是住区与城市功能的协调与融合。住区设计要充分地考虑和利用好周边已有的公用配套设施。同时还要倡导住区设施在配置时要考虑为城市所用，通过对城市功能与住区配套设施的综合考虑，丰富和完善城市功能，为城市做贡献，增添活力、增加就业岗位，从而创造城市价值。

长期以来，由于住宅小区一般都是采取“封闭式”的管理模式，筑起围墙，自成体系，与社会的联系仅仅靠一两个出入口，住宅小区虽在城市却独立于城市。随着居民生活水平的不断提高，社区生活越来越丰富，作为对城市功能产生较大影响的规模住区，应提倡"融入城市"的"开放式"的小区开发理念，以促进住宅小区与城市之间的和谐。

配套评价指标因素包括：与城市配套设施关系密切，住区与城市互补、配套完整，符合相关规定要求、市政设施到位，配置齐全等方面内容

（3）环境：合理空间布局，构建宜居环境

按照人居环境的系统论和层次论，规模住区人居环境可以再细分为：住区外部环境、住区内部环境、住宅环境三个层次。住宅环境长期的作用深刻影响着居民的生理、心理、观念和行为，对人的生活质量将产生直接或间接的影响。规模住区人居环境建设，秉承“以人为本”的开发建设原则，以居住实态需求为目标，通过住区规划设计创造宜人的空间环境，满足人的生理上对居住功能的基本要求和心理上对居住环境的高层次要求，对人居环境合理性、实用性、舒适性、安全性有一个周到的考虑。特别是居住建筑设计套型内部居住性能，包括声、光、热和空气质量的改善和提高，具有重要的意义。

环境评价指标因素包括：住区空间布局合理，环境优良；住宅内部功能齐全、布局紧凑、设施设备完善。居住空气质量良好；住宅声环境良好；住宅日照、光环境良好；住宅热环境良好。

（4）科技：整合科技资源，引领品质升华

随着世界范围内能源与资源的日益紧张、匮乏以及快速城市化所带来的环境压力，要实现居住建筑的高舒适度低能耗的节能目标，已经越来越依赖于科技创新与优化整合技术，强调以被动式建筑设计和建筑设备系统主动节能设计为原理并采用计算机模拟技术，来实现高舒适度、定量节能、低成本和易行技术的综合效益。需要大力应用声、光、热、水、暖、电及空气质量等科技产品，使居住性能从本质上有一个大的飞跃。2006年，我国政府已经明确提出，到2020年，我国建筑的资源节约水平接近或达到现阶段中等发达国家水平；大部分既有建筑实现节能改造，新建建筑完全实现建筑节能65%的总目标，这一任务是十分艰巨的。本评价体系力求体现节约资源和保护环境的开发原则，通过人居科技的应用提升居住环境品质，以科技引导人居未来。

科技评价指标因素包括：节约能源，提高室内舒适度、节约用地，提高土地利用率、节约用水，保证水质、节省用材，回用复用建材、保护环境，防治污染等方面内容。

（5）亲情：突出人本关爱，体现社区和谐

人居环境核心是“人”，对人居环境的研究始终是以满足人类的居住需求为根本目的的。据马斯洛的需求层次理论，人的需求由低到高分为生理需求、安全需求、社交需求、尊重需求和自我实现需求五类。可见“人”天然具有社交需求，在公共活动和社会交往中获得尊重和自我实现。然而，现代城市住区邻里之间的交往大为减少，某种程度上可以说是“鸡犬相闻，老死不相往来”。随着人口老龄化时代的来临和人们需求层次的提升，需要我们在住区环境的营造中提供有利于公共交往的空间和场所，大力倡导“亲情住区”。人居环境的要求不仅仅体现在硬件设施上，更主要的体现在人文思想的建设上。本评价体系强调通过人居环境硬环境的营造（例如完善的保健、运动和休闲配套服务设施；供老年人、儿童和残疾人等特殊人群活动的设备设施），来促进住区软件设施的提高和改善，通过不同面积标准住宅户型的搭配，满足家庭小型化及亲属、朋友住在同一住区或同一栋楼的要求，最终为居民提供一个舒适、健康的居住环境以及有利于促进人际交往和开展公共活动的交往环境，在快速城市化带来的社会结构与居住环境巨变中，将人居环境的理念切实落实到住区建设中。

亲情评价指标因素包括：住区空间围合感和凝聚力、居民活动和邻里交往的场所设置、无障碍设计等三方面内容。

（6）人文：提升住宅品质，传承居住文化

“居住文化”是一个民族特定居住生活方式的高度概括。它既包括物质与空间层次，又包括知识与精神层面，是人类在居住范畴所创造的物质财富和精神财富的总和。规模住区人居环境建设重视居住文化的城市情结，打造既有传统人居文化思想又能满足现代人生活需要的现代住区，使人们无论居住在城内还是郊区，都能享受到同样便捷的交通、方便的服务、高雅的文化、优美的环境。

作为人类文化生活的产物，居住文化不是凝固不变的，而是不断发展的。新的居住文化会反过来促进经济的发展和科技的进步，改变着人的精神面貌和文明水准。所谓“居住改变中国”，就是这种反作用的高度提炼。因此，我们既要把传统的居住文化和城市文脉传承下来，还要通过我们的建筑设计和规划设计，不断地创造新的为大众接受并喜爱的社区文化生活模式。

人文评价指标因素包括：地方历史文脉传承、现代人文精神再创造二个方面。

（7）服务：健全服务管理，保证物业增值

随着住宅与房地产业的不断发展，传统的住宅管理模式逐渐被社会化、企业化、市场化的物业管理所替代。物业管理与社区服务成为创建和完善居住环境不可或缺的一环。而且随着居住硬件条件的不断改善，社区服务等软件建设的必要性和紧迫性将日益凸显。物业增值是指通过规模住区设计理念、工程质量、物业管理来达到增值的目的。住宅是具有投资属性的特殊商品，在住宅的全寿命过程中，不断增值是居住功能之外的重要使命。物业的增值因素是物业本身的品质和通过管理来达到的品质的提升。尽管物业品质在项目建设完成以后大体硬件环境条件已经固定；如物业地点、房屋的结构、空间形态和环境景观特征等已经不能改变，但是，对于文化建设、服务质量、环境卫生、社会风气等软件环境建设仍然可以通过主观管理来达到新的品质的上升，进而达到物业增值的目标。

服务评价指标因素包括：社会化专业化管理、智能化管理、高质量物业服务三个方面。

## 3.4 规模住区人居环境评估指标体系

在对《中国人居环境金牌建设试点项目综合验收评估体系》（图2）等系列文件共性和普适性内容的提炼和总结的基础上，历时6年，经过全国80多个具有区域代表性的住区人居环境金牌建设试点项目的不断磨合、分析和提高，课题组编制了《城镇规模住区人居环境评估指标体系》，作为本课题的核心成果报告。

本体系采用“后评估”评估标准模式来编制，也就是强调规模住区人居环境建设最终目标结果，它的各项评价指标是划一的。规模住区开发项目在策划、设计、实施、验收等不同阶段均可参照总目标的指标要求，分别确定适合不同阶段的评价因素群及指标体系，制定专家评估表格，以适应对各阶段目标检查和技术跟踪与咨询。

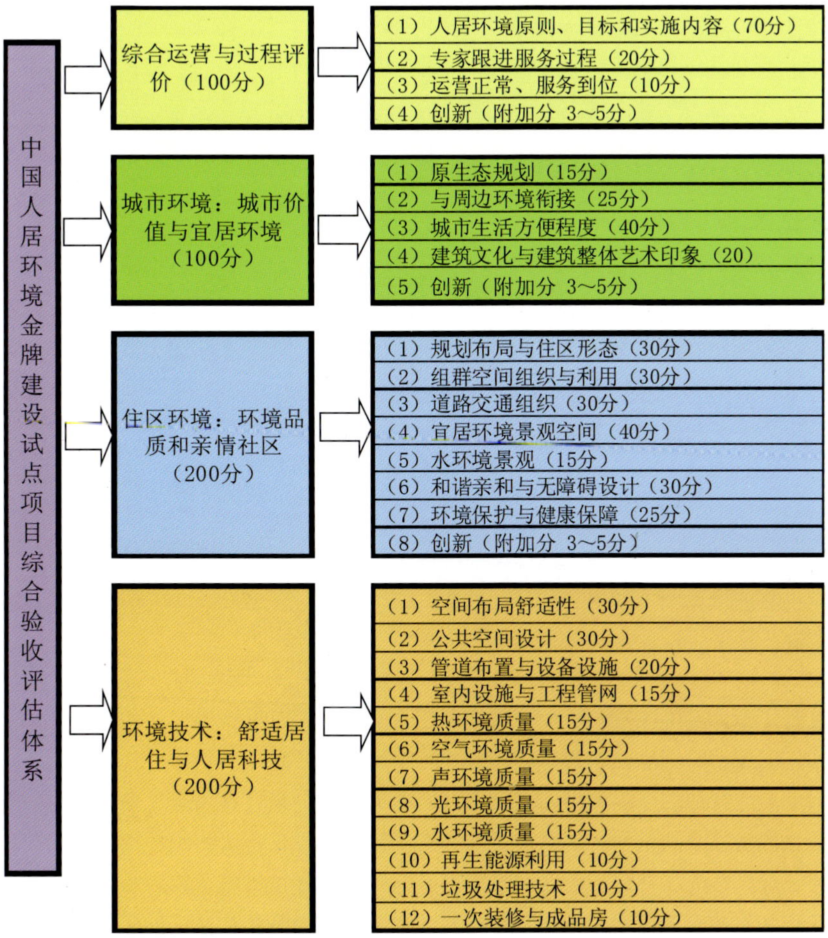


图2　中国人居环境金牌建设试点项目综合验收评估体系框架图

除本评估指标体系本体外，在指标体系的附录中编排了适合项目策划和规划设计阶段、项目中期检查阶段和项目最终综合验收评估阶段三个评价因素群和指标体系，以提供另行制定现场专家使用的评估表格文件的参考。这是因为在现场要受专家专业分组、时间分配、现场踏勘与检测条件的制约而进行的灵活安排，使评估成果更加具有可操作性，体现了本体系编制来自于实践，用于实践的适应性特征。

本体系把开发项目建设划分不同的阶段进行不同要求目标体系的评估，主要是把专家对各阶段的评估认定看作是批准必要过程的方式来进行的。这是充分考虑了我国住区开发实际情况来设定的，主要目的是能按不同阶段对试点项目起到技术协助、完善和督促的作用。同时还可根据需要加强开发项目的宣传和市场影响力，这对开发商是重要的。而项目分期开发建成后的评估也可被看作为最终的认定，因为按照市场规律，后期开发建成的项目，产品品质总是一期比一期更加成熟和完善。目标的评估指标并不会因为先评估而降低，一般来说总是“宽进严出”的尺度。

本体系各项指标尽管是试点项目综合验收评估的汇总，但仍定为试用版本，将在试行一个阶段后再做必要的修改或条文更新。

本体系从一级评价因素来说，包括过程评价和人居环境指标体系两个部分。人居环境指标体系按照层次分析法依次评价。优点是不但可以全面地把握环境质量的综合状况，而且还可以具体了解每个分项的环境质量状况，从而可以发现问题所在，明确今后需要重点解决的问题(图3)。

本体系编排采用分值的方法确定各个指标的重要程度；将得分项目和分值之间的对应关系放在一起置于评估指标体系本体的前面，可一目了然地表达项目的重要度。评估体系项目由“得分项”和“必要项”组成。为了通过评估认证，所有的“必要条件”必需达到要求，而“得分项”可以根据项目特点适当选择，但分值的多少会直接影响项目的总分。本体系认为：不论南方与北方、沿海与内地，评价因素是一致的，而只是在相对指标方面略有差别而已。通过评估认证的项目有一个基本得分要求，根据总得分的高低依次分为：通过、优良和优秀三个等级。

为了贯彻“宽进严出”的原则，项目策划和设计阶段的评估只设通过和未通过两档。本体系是遵照不低于现有国家规范和相应行业标准的规定，并参照了国际上相应标准和做法而编制的。目的是使我国房地产项目开发有一个高标准的参照系，满足不断提高的住区品质的要求。本体系尽可能地以定量和定性的条文体例和表格的简易表达方式，以满足房地产开发策划定位、规划设计、施工实施和检查验收各阶段的使用要求，可直接参照、观测比较或作为制定规模住区开发实施方案的依据。

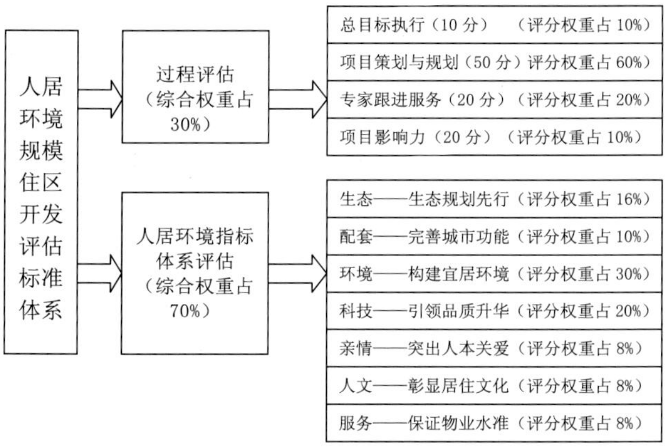


图3　规模住区人居环境评价指标体系整体框架图

# 4．本课题研究的创新点

## 4.1 研究内容的创新

### 4.1.1 首次明确提出了规模住区的概念，对未来的开发模式具有前瞻性

以小区开发为主要形式的房地产开发模式在中国最近20年的房地产开发史上获得了长足的发展。但是在短时期内，超大规模的开发易使整个行业产生普遍的浮躁情绪，以至于政府相关部门、设计师及开发企业均无暇思考我们的开发模式是否具有可持续性？是否符合经济社会和谐发展的时代要求？本课题研究不仅首次明确提出了“规模住区”的概念，对规模住区进行了清晰的界定。还尝试从人居环境的角度对规模住区的开发、评估进行了较为系统的研究和探讨，具有前瞻性和创新性。这种创新性还体现在本研究考虑到住区开发明显的区域性，并未停留在对“规模住区”定量界定的层面上，而是着重突出和把握了其内在的特性，积极地倡导住区与城市相协调，建设开放型住区等重要理念。所取得的这些成果对于未

来完善规模住区的人居环境建设，促进城市健康发展有重要的意义。

#### 4.1.2 首次提出以七大特色目标为核心的人居环境规模住区评估指标，填补了我国住区人居环境评价领域的空白

本课题汇聚了包括政府有关部门、人居领域资深专家、规划设计人员、房地产开发商在内的社会各界力量，通过近4年的专项研究、试点实践和数据论证，在科学理性分析的基础上，首次提出了以生态、配套、环境、科技、亲情、人文、服务等七大特色目标为核心的人居环境规模住区评估指标体系。这一突破将人居环境研究从一般的理论概念层面，推向了科学评价的层面，从而构建了一个能全面概括、简单易行、有实际指导意义的规模住区建设质量和居住品质的评价标准体系。实践证明，这一评估体系在指导规模住区开发和建设上是科学有效的。既对市场发展理念进行科学引导，又兼顾了开发模式的创新。

### 4.2 研究思路创新

#### 4.2.1 突破了以往的研究思路，从城市大环境来整体评估住区环境品质

广义的人居环境是指围绕人（个人、社会或人类）这个主体而存在的一定空间内的构成主体生存和发展条件的各种物质性和非物质性因素的总和。从本质而言，人居环境可以归结为一个复杂的巨系统，而且在这个系统中，各环节和各因素之间密切关联，互相影响。一只南美洲亚马逊河流域热带雨林中的蝴蝶，偶尔扇动几下翅膀，可能在两周后在美国德克萨斯州引起一场龙卷风。气象学家洛伦兹1963年提出蝴蝶效应理论已经证明了世界的互相依赖性。作为居住环境，这个紧密联系性则更加突出。例如，一道围墙也许可以挡住城市的噪声，却没法阻挡污染的空气。脱离了人居环境大系统来谈住区建设显然是没有意义的。尤其是大型规模住区，其本身就具有城市属性，如果仅仅就住区谈住区，无异于画地为牢，为住区的建设发展埋下了先天不足的种子。

因此，本课题特别强调将住区建设放到人居环境大系统中来考虑，从住区与自然、住区与城市、住区与社会系统等多个角度来思考，营造真正和谐的住区人居环境建设。设置了大量有利于促进住区与城市和谐、人与自然和谐的衡量指标。例如，得分项1.5：周边环境协调要求使项目成为城市建设的组成部分，和城市文化风貌协调一致；得分项2.1：与城市配套设施关系密切，住区与城市互补。目的：综合利用资源，使项目建设与城市互动、互为贡献是本体系的特色。

#### 4.2.2 强调宜居软环境创造，倡导城市新生活

人居环境常常被人们认为只和城市建设和房地产开发有关，而实际上，就本质而言，人居环境关注的是人与环境之间的相互关系，不仅研究城市规划、建筑、地理、社会、环境保护，还研究如何实现人与环境、经济、社会的和谐统一，改善城乡居民的生活和工作环境等等。因此，人居环境建设最终的目标并不只是建设起一幢幢漂亮的住宅，而是创造一种城乡新的生活方式，达到一种新的生活水准，也就是人居软环境的要求。

人居软环境是一种无形的环境。如生活方便舒适程度、信息交流与沟通、社会秩序等等。要衡量一个居住环境是否宜居，不仅要看住区的硬环境建设，还要看住区的社会、居住文化软件环境。从近年世界人居研究成果及关注热点来看，强调人居环境的社会性已经日益凸现。例如，1997年美国某城市提出的13条宜居标准：其中包括犯罪率低、中小学校好、医疗质量高、环境清洁美观、生活费用适宜、到城市不超过一小时路程等，更侧重从城市的软件环境、社会系统层面提出了衡量标准。

尽管人居软环境建设中的很大一部分内容，取决于城市的配套和服务，但是住区本身的建设仍旧至关重要。近年来，随着经济和房地产业的快速发展，我国的人居环境建设有了很大的提高，但是从现阶段大部分住区的规划和设计来看，关注的重点仍然主要是住区内部的规划设计、景观环境、建筑立面等硬件要素的营造。为此，本评估体系提出了更高的要求，即力图通过人居环境硬环境的营造，例如合理的空间布局、良好的个性空间、精致园林小品的情趣空间、邻里沟通互动的自然空间和健康休闲的运动空间，来营造出亲情社区和宜居环境。通过充分地考虑不同人群的居住行为和交往需求，使得后期的人际和谐具备了空间上的可能性，最终为居民提供一个舒适、健康的居住环境以及有利于促进人际交往、公共活动的交往空间。

本评价体系希望通过指导和带动核心地产和主流地产的开发，提高所在城市的城市化水准，通过城市人居文化再造计划，使城市开发不仅仅停留在小区居住的简单要求上，而是要追求打造更人文化的社区，为社区注入更多的文化内涵，全面提升社区的文化品质。提倡摒弃片面的奢华，非理性的盲从和不切实际的“形式”，切切实实地使住宅回归舒适、休闲、安全和文明，使人居环境更贴近自然、和谐和健康。从这一角度来说，本评估体系研究思路把评估的关注点从单纯的城乡建设深化到对人类生活影响更深刻的生活方式上。

#### 4.2.3 可操作性是本体系的基本原则

为了使成果能在实践中得以较好地应用，在编制评估体系的过程中始终强调体系的可操作性。本体系编制之前人居委已经在全国各地开展了规模住区人居环境金牌建设试点工作，为此编制了一系列的规模住区人居环境建设的指导文件。建立一个能全面概括、简单易行、有实际指导意义的规模住区开发人居环境预评价体系，指导项目的早期开发定位。我们舍弃了相对复杂的评价方法，将所有的评价项目和内容与房地产开发项目市场策划定位联系起来，与开发项目的设计、建设和销售发生关系，能直接有所帮助。为了实施的便捷性，课题组同期还编制了用于指导、检查、评价住区在规划设计、施工建造、维护管理等各阶段的系列技术文件，从技术目标、行动策略和评估指标等方面为房地产开发商把握好“规模地产开发”的方向，掌握好行之有效的“操盘”策略。

本课题研究的根本意义并不在于为竣工验收后的项目建立一个完善的评估检验标准，而是从住区项目立项开始即可为其直接提供技术帮助和体系支撑，最终达到提升住区品质，为居住者营造舒适、健康、安全的高品质人居环境目标。用于试点项目的评估检查指标指导文件的特色是建立于实践、源于实践、用于实践、高于实践，直接为房地产企业服务。因此，选择课题试点项目的时候，除了注重项目的区域代表性，并未设置过高的门槛，“低开高进”，简化程序，以期在课题研究的过程更多的企业和项目参与进来，直接带动人居环境建设水平的提高。

### 4.3 研究方法创新

#### 4.3.1 建立课题试点，研究与开发互动

本研究开题伊始就确立了源于实践、用于实践、指导实践的技术研究路线。采取研究与开发互动的科研方法。具体的做法是，我们以课题为先导，创建了操作性和指导性极强的全国性“中国人居环境与新城镇发展推进工程”，提出了人居环境建设七大纲要的总目标要求，并据此在全国吸纳具有人居环境建设基础并具有代表性的房地产开发项目为“中国人居环境金牌试点项目”。在试点项目的前期策划、规划设计、建筑设计、节能技术与产品应用到后期施工各个过程中，积极发挥课题组的专家优势和学术资源优势，与试点单位建立人居共建关系，并按照我们编制的评估技术标准指导和帮助地方政府、开发企业不断提高项目品质，共同推进人居环境建设实践。

这一创新使课题研究获得了强大的实践支撑平台，有效解决科研成果推广应用的难题。一方面我们通过试点收集和积累原始评估数据和要素，另一方面也随着试点项目的进展对评估技术标准进行试运行，在实践中不断充实、发现问题，不断加以论证、充实和修改，使“城镇规模住区人居环境评估指标体系研究”成为一个既有研究理论，又有标准，还有案例的具有实用价值的资料性、技术性文件。由于在金牌建设的过程中，科研单位和实践单位的共同参与，共同推进，研发推广和实践运用同步进行，成果应用一步到位，有效地避免了传统科研模式在研发完成后，科研成果往往还要花费很大的精力或财力进行推广和应用的困境。本科研成果本身就已经具备住区人居环境建设不可缺少的、有实际指导意义的技术标准文件，可用于房地产开发的全过程。

这一创新有效提升了项目开发品质，推动城市人居环境建设发展。试点的建立不仅使课题获得宝贵的第一手资料，还能通过试点向开发商宣传先进理念、先进技术，提升开发项目的综合素质与竞争力，作用明显，效果突出。尤其是为试点项目所在城市人居环境建设树立了样板，直接推动了当地人居环境的建设。

比如，金都房产集团在武汉开发的“金都汉宫”（见P134）位于武汉市老城区，居长江之滨。具体开发当中面临诸多问题。我会组织了市场、策划、规划、建筑方面的专家对项目进行分析研究和讨论，对整个项目的市场定位、规划设计等方面提出了很好的建议和意见。如将原方案的“1”字形布局改为富有变化的“s”形布局。这一改动不仅大大改善了住区内滨水景观效果，对丰富武汉城市的天际轮廓线也起到了极大的促进作用。金都房产集团总裁吴忠泉认为本课题采取的研

究与开发互动的研究方法，一方面可以在规划设计、施工组织、验收整改等各个阶段，为项目提供有益的指导，是提升项目人居环境品质最有力的助推器。另一方面，金牌建设试点项目的开发，也使参与项目开发的人员学会高品质住宅项目的运作，从而培养出一支具有精品意识的队伍，真正帮助开发企业将人居环境的理论系统在实践中加以完善。

中国人居环境金牌建设试点项目——贵阳“绿苑小区”（见P180）是由贵州省经济适用住宅发展中心和贵阳方源房地产开发公司共同开发的经济适用房项目。为了营造良好的居住环境，增加空地面积，在人居委专家的帮助和建议下，建设单位多次修改，不断优化方案，甚至主动拔掉一栋住宅楼，而且把部分多层住宅改为中高层住宅。虽然增加了成本，也要确保良好的居住环境。贵阳市副市长李忠为此高度评价：“中国人居环境与新城镇发展推进工程”是对“科学发展观”的具体落实。因为它不仅帮助我们有效地提升普通居民的居住品质，解决老百姓的安居乐业问题，还为贵州的建筑业特别是房地产业注入强大的动力和新的活力。

中国人居环境集团型金牌试点单位——阳光100集团（见P140，P160），是国内近年来发展速度极快和极具品牌价值的大型房地产企业之一。其开发总面积已达到400万$m^2$，并以每年100万$m^2$的建设速度在增长。随着阳光100集团在城市功能更新中扮演着越来越重要的角色，其技术需求和城市理论指导需求也日益强烈。对于本课题倡导的“为城市创造价值”思想，阳光100集团高度赞同并进行了积极的实践和探索。以“济南阳光100国际新城”为例，该项目是济南市最大的旧城改造项目，位于济南市城市中心区两大水泥厂旧址上，周边环境污染的情况非常严重。在极其恶劣的基础上，阳光100集团投入巨资，全力改善周边环境，通过精心规划和设计将原来水泥厂的泄洪沟巧妙地改建成宜人的水景。目前，在“济南阳光100国际新城”的带动下，这一地区的面貌已经焕然一新，不仅房子卖得很好，而且逐渐发展成为济南居民最向往的、宜居的高尚住宅区，济南的城市中心也开始西移。

这样的事例数不胜数。

这一创新还扩大了人居环境科学知识宣传和推广。为了探讨住区人居环境指标体系的适用性，课题组结合金牌试点项目评审活动，在全国近40个城市召开各种规格的人居环境研讨会50余次。论坛一般采用与当地的城市政府共同举办、知名专家学者专题报告的方式，对活动所在地的人居环境建设提供了宝贵的信息与技术顾问意见，获得了地方政府、企业的好评。为了多渠道宣传人居环境科学理论，普及传播人居环境科学知识，课题组还联合“中国建设报/中国人居”专版、“中国人居环境网”等媒体，结合当前国家、政府关于人居建设的政策导向，积极引导人居环境理论建设，及时将研究成果加以宣传推广，组织和发表课题相关文章近200篇。在课题开展的同时使得人居环境科学知识得到积极的宣传和推广。

#### 4.3.2 倡导科学共同体，战略联盟优势明显

人居环境工作涉及多个领域和专业，一个具有共同的科学信念和目标的科学共同体是一定时期内开展人居环境研究活动的基础。本课题即充分发挥科学共同体这种互相促进，互相补充，共同推动的作用。

首先，本课题建立了以城市与区域规划、建筑学、住宅与房地产专家学者为主体，融合社会、经济、人文、环保等领域知名专家学者组成的专家队伍，通过强大的组织与协调能力开展深入研究。其次，本研究积极探索了学术团队与社会力量紧密合作的新模式。这种新模式是人居环境委员会充分发挥自己专家优势和学术资源优势，参与并指导人居环境金牌试点项目的前期策划、规划设计到后期实施各个过程，直接为地方政府、开发商提供人居环境建设的理论和操作层面的技术支持，从而使地方政府、开发商和设计研发部门形成一个战略联盟，共享资源，共同努力推进我国人居环境建设。

## 5. 评价指标体系应用实例分析

为了配合本评价指标体系研究的开展，课题组在全国开展了“中国人居环境金牌建设试点项目”推进活动。截至2009年5月，已有80余个住区经严格审查被列入中国人居环境金牌建设试点行列，遍及全国25个省、直辖市、自治区共62个城市，总建筑面积近2500万$m^2$。

其中：华东地区（包括上海、山东、江苏、安徽、浙江、福建）45个

华南地区（包括广东、广西、海南）6个

西南地区（包括四川、云南、贵州、西藏、重庆）9个

西北地区（包括 宁夏、新疆、青海、陕西、甘肃）3个

华北地区（包括北京、天津、河北、山西、内蒙古）7个

华中地区（包括湖北、湖南、河南、江西）11个

东北地区（包括辽宁、吉林、黑龙江）6个（见图4）。

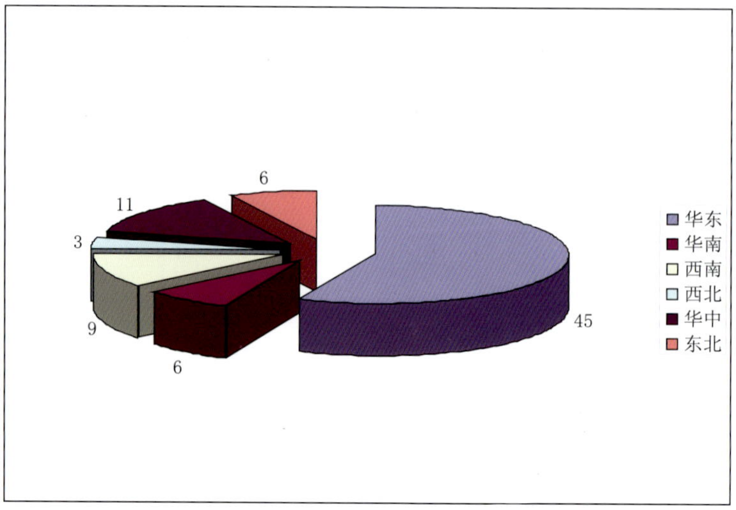


图4 金牌建设试点项目地理区划分析图

由于中国人居环境金牌建设试点项目辐射面广，具有区域代表性，对其的研究和分析即可达到验证本评估系统的先进性和不足之处的目的，也可在一定程度上反映当前中国人居环境建设的实际水平以及存在的问题。

## 6．结论

人居环境极大地影响着人们的生活质量、健康水平和生产效率。是衡量一个国家或地区经济发展和人民生活水平的重要指标，是建筑业可持续发展关键技术体系的重要组成部分。21世纪以来，随着我国房地产开发规模的不断增加，规模住区开发渐成住宅建设主流。大型住宅区的出现有其必然性，首先是土地出让模式形成了较大的地块，其次是房地产企业规模和实力增强，使其有能力开发大型住区项目，第三，大型住区有利于营造完整的住区环境和风格，有利于降低开发成本和获得规模效益。虽然国家先后制定了一系列法规，如《住宅设计规范》、《城市居住区规划设计规范》等，但是由于对规模住区人居环境建设缺乏详细的、易于实施的相关细则等指导，导致规模住区人居环境建设处于无章可循的困境。有必要构建一套可操作的城镇规模住区人居环境评价指标体系。从人居环境的视角，对项目的市场目标、产品定位、规划设计、科技成果应用等方面，为相关机构和技术人员把握好“规模住区”项目开发实施要点，提供必要的实施策略和技术保障。尤其是当前我国政府提出要加快推进以改善民生为重点的社会建设，建设生态文明，改善城乡人居环境，基本形成节约能源资源和保护生态环境的产业结构、增长方式、消费模式。引导规模住区健康发展，不仅仅关系到居民的安居乐业，城市的可持续发展，也是贯彻和落实构建资源节约型、环境友好型社会的国家战略的迫切要求。

以小区开发为主要形式的地产开发模式在中国最近20年的房地产开发史上获得了长足的发展。但是在短时期内，超大规模的开发易使整个行业产生普遍的浮躁情绪，以至于政府相关部门、设计师及开发企业均无暇思考我们的开发模式是否具有可持续性？是否符合经济社会和谐发展的时代要求？本课题首次在国内较详尽地研究了规模住区的成因、定义、内涵、特性以及设计要点等。明确提出了“规模住区”的概念：规模住区系指城镇成片开发、建设的居住新区。一般是开发项目规模较大，具备一定城市功能或配套机能的完整生活住区。考虑到住区开发明显的区域性，本研究并未停留在对“规模住区”定量界定的层面上，而是着重突出和把握了其内在的特性，积极地倡导住区与城市相协调，建设开放型住区等重要理念，所取得的这些成果对于未来完善规模住区的人居环境建设，促进城市健康发展有重要的意义，本课题采用“规模住区”一词扩张原来沿用十几年的“居住小区”的内涵，顺应了房地产业发展生态、节能、环保的必然趋势，对未来的发展具有前瞻性。

本课题汇聚了包括政府有关部门、人居领域资深专家、规划设计人员、房地产开发商在内的社会各界力量，通过近4年的专项研究、试点实践和数据论证，在科学理性分析的基础上，首次提出了以生态、配套、环境、科技、亲情、人文、服务等七大特色目标为核心的人居环境规模住区评估指标体系。这一突破将人居环境研究从一般的理论概念层面，推向了科学评价的层面，从而构建了一个能全面概括、简单易行有实际指导意义的规模住区建设质量和居住品质的评价标准体系，既对市场发展理念进行科学引导，又兼顾开发模式的创新。本体系强调住区是城市的重要组成部分，住区建设要放到人居环境大系统中来考虑，从住区与自然、住区与城市、住区与社会系统等多个角度来思考，营造真正和谐的住区人居环境建设。本体系把评估的关注点从单纯的城乡建设深化到对人类生活影响更深刻的生活方式上，希望通过指导和带动核心地产和主流地产的开发，提高所在城市的城市化水准，通过城市人居文化再造计划，使城市开发不仅仅停留在小区居住的简单要求上，而是要追求打造更人文化的社区，为社区注入更多的文化内涵，全面提升社区的文化品质。实践证明，这一评估体系在指导规模住区开发和建设上是科学有效的。

本研究以课题为先导，创建了操作性和指导性极强的全国性工程“中国人居环境与新城镇发展推进工程”，并在全国吸纳80多家具有人居环境建设基础并具有类型代表性的房地产开发项目为“中国人居环境金牌试点项目”。这种研究方法上的创新使本课题获得了强大的实践支撑平台，并直接推动了住区项目的品质提升和城市人居环境建设。实践和市场的检验和运行测试也使得本课题的研究成果具有更为持久的生命力。

由于本课题研究坚持来自于实践、用之于实践的技术路线，课题成果具有普遍的代表性和适用性。可应用于规模住区项目各个建设阶段的技术指导，也适用于设计人员、开发商、政府主管部门工作人员等不同人群，作为定性和定量的参考工具。

当然，本评价指标体系研究在体系内容构成、标准值确定等方面还存在着不足之处，尚需要不断进行调整并进行深入探讨。规模住区所具有的城市公共属性使其跳出了传统的房地产开发思维模式。本体系主要是从技术的角度为规模住区人居环境建设提供了指导要则和评价标准。在未来的住区发展和建设中，需要政府更多地从政策层面宏观统筹、规划和把握。快速城市化进程，需要高水平的城市规划作为保证。

本章参考文献：

[1] 开彦. 大盘不等于小区——大盘规划属性与城市化地位[N]. 中国房地产报. 2005,7,18
[2] 开彦. 做好人居环境这篇文章[N]. 中国建设报. 2004,1,15
[3] 王涌彬. 城镇化进程中的人居环境问题[N]. 中国建设报. 2004,2,5
[4] 吴良镛. 人居环境科学导论[M]. 中国建筑工业出版社. 2001
[5] 左玉辉. 环境学[M]. 高等教育出版社. 2006
[6] 李王鸣，叶信岳，孙于. 城市人居环境评价——以杭州城市为例[J]. 经济地理. 1999（2）
[7] 宁越敏，查志强. 大都市人居环境评价和优化研究[J]. 城市规划. 1999（6）
[8] 吴志强，蔚芳. 可持续发展中国人居环境评价体系[J]. 科学出版社. 2004
[9] 宋永昌，戚仁海，由文辉，王祥荣，祝文彪. 生态体系的评价方法和指标体系[J]. 城市环境与城市生态. 1999（5）
[10]陈秉钊等. 可持续发展中国人居环境[M]. 科学出版社. 2003

2009年6月30日修改

# 中国人居环境金牌住区

## 杭州

# 金都华府

开发单位：金都房产集团有限公司
设计单位：中联–程泰宁建筑事务所

技术经济指标：
所在地：浙江，杭州
总用地面积：74,514m²
地上总建筑面积：139,850m²
总户数：1,038户
容积率：2.09
建筑密度：14.86%
绿地率：32.5%
地下停车位：610个

鸟瞰图

“金都华府”位于杭州市上城区侯潮路以北，贴沙河以东，铁路以西，规划安置回迁地块以南的27号地块内。

小区的总体设计吸取了中国传统建筑的布局精神，强调人与自然的和谐共生，在充分利用贴沙河景观的同时注重小区内部环境的塑造，在布局上以院落为基本单位组成南北两个组团。两个组团在平面上错位布置，建筑体形的点、板结合，相互穿插，使各个院落能最大限度地向贴沙河开敞。整个小区的空间既有层次又富有变化，活动院落与绿化院落相互联系又有区别。

总平面布局中，结合住宅出入口布置了3个活动院落和两个绿化院落，活动院落布置在两排住宅单元出入口处，使住户能方便地进入，两排住宅间布置绿化院落，从连廊进入，环境较安静，活动院落与绿化院落错落布置，动静分离能很好地满足住户的活动与休闲需要。通过建筑群的合理布局，尽可能地降低建筑的层数。

整个建筑空间布局，东低西高、东退西进，使大部分住宅能享有贴沙河的景观，同时减少铁路的影响。

为了突出地块蕴藏的深厚的历史文化，在建筑设计上特别注重了小区文化品位的营造。

建筑墙面采用清新、明朗的白色，顶部采用深色调，基座采用棕色面砖，可令人联想到传统建筑的“粉墙黛瓦”。顶部退台处理，使紫阳山、钱江新城以及贴沙河的远山近水尽收眼底。

在交通流线的组织上，强调“人车分流”的原则和宜人的人行路线的组织。机动车辆在进入小区主入口或次入口后，通过东侧车行道的3个地下出入口，向下行驶到就近住房的地下停车库。随后，居民可由停车库内的电梯直接进入各建筑单元。步行流线清晰便捷，同时又十分自然地融入小区的景观园林体系之中。

对于消防，东侧7m宽的小区车行道路与西侧的消防专用道共同形成消防、急救环路。

专家验收评估意见：

小区以贯穿南北的中轴空间将两侧的若干组团串联成一个整体，采用塔板形式相结合，建筑单体长短不一、错位布置形成组团独立院落。组团结构清晰，功能分区明确，用地配置合理，做到公共与半公共、动与静的划分。单体建筑东低西高，以中轴大片空间为支点形成了非对称格局，空间平衡、连续而又灵动有序。交通采用人车分流，小区车道、步行道的设置和交通系统方向明确，符合人、车行为轨迹，做到了便捷、安全、无干扰。小区遵循了生态规划先行的原则，充分整合自然资源，利用周边的有利因素，争取到更多亲水近绿住户。并且广植乔木大树，草、灌、乔配置丰富，为居民创造了舒适、健康、生态、和谐的绿色家园。高层住宅建筑线条流畅，体形挺拔，新型墙体材料和玻璃造型简约、大方、稳重。建筑立面三段式的处理和黑、白、灰的色彩运用，体现了民族、地方的传统韵味。户型设计平面布局紧凑，各功能用房面积分配得当，且丰富多样，适应了市场需求，满足了社会不同人群的个性宜居选择。小区重视建筑节能技术的运用，从住宅墙体、门窗、屋顶等方面进行技术集成，达到杭州建筑节能目标。小区的智能化建设处于国内的领先水平，从安全防范、管理与监控信息网络三个方面做了比较深入的研究与实践，人性化的水平较高。此外小区实现了部分成品房装修一次到位，为杭州成品房供应市场起到了重要的引领作用。改进建议如下：适当增设健身康体设施，连廊及架空层增设座椅，完善无障碍设施的通达性。尽快落实商业服务配套设施，增加临时停车位，完善便民措施。

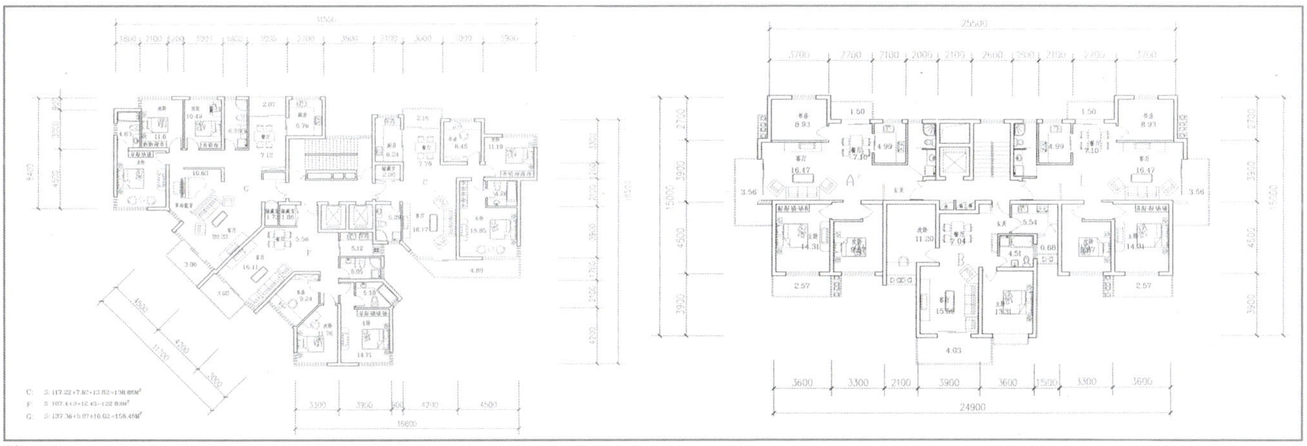

单元平面图

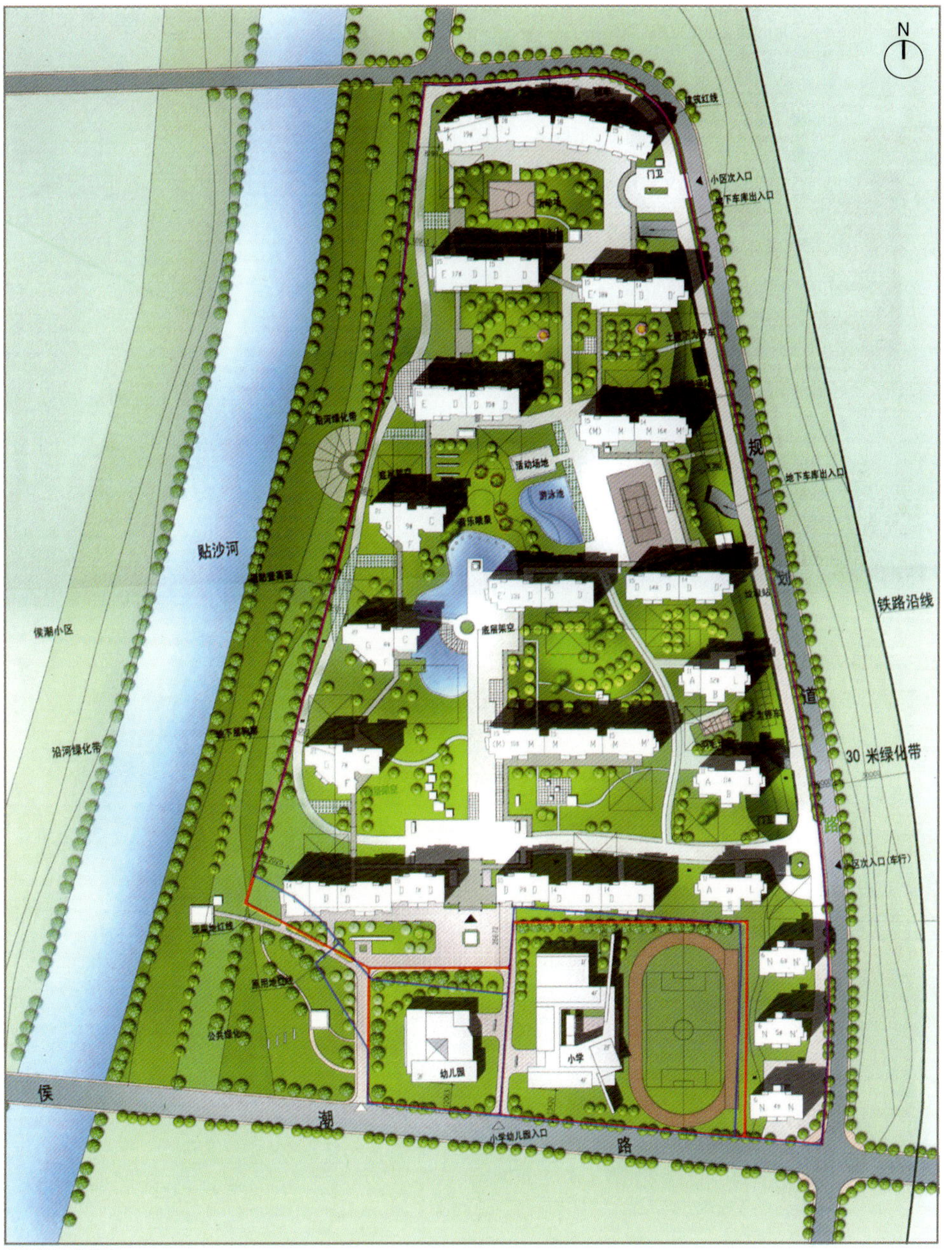


规划总平面图

游泳池景观

建筑造型

住宅侧立面

建筑形象

组团景观

小区内水景

景观与细部

## 嘉兴

# 金都佳苑

开发单位：嘉兴市金都房地产开发有限公司

设计单位：嘉兴中房建筑设计研究院

技术经济指标：

所在地：浙江，嘉兴

总用地面积：63,550m$^2$

地上总建筑面积：127,750m$^2$

总户数：711户

容积率：2.01

建筑密度：18.9%

绿地率：51.1%

规划总平面图

“金都佳苑”位于嘉兴市秀洲区。规划结合地形特点，以4列住宅结合点式穿插形成3个各具特色的院落。建筑围绕环境而布局，同时环境也依附建筑凸显活力。建筑组群间隔排列，隔而不断的各庭院均具有较强的领域感，均好性。

规划理念采用环境主题，在健康住宅方面进行了探索。以最具居住特色的传统庭院空间作为设计主要出发点之一。泛会所概念的实施成为本社区生活居住特色之一。人车分流的做法为社区提供了安全的环境。

户型设计实施公私分离、动静分离、洁污分区的原则，主要居住空间避免相互干扰，为保证阳光的充足创造了良好的条件。

入户花园、景观落地窗的处理，使居室拥有更多的阳光和景色，增加了室内外空间的交流。

空中花园等处理手法既为丰富的庭院空间增添了竖向立体绿化的可能，同时在视觉上也将阳光、蓝天、水面和庭院风景引入了室内，使生活环境更加优美、舒适。

专家验收评估意见：

现状的生态优势不多，但通过采用微地形造坡、庭院空间等手段，提高了小区的生态环境水准。项目区位条件好，周边配套充足、交通便捷，公共交通发达，小区的规划设计充分应用了这些有利条件，并使自身的交通组织、配套服务、环境景观等与周边环境相得益彰，使整体环境的服务功能层次清晰、内容完整。其中，主入口后退，为城市提供公共空间，并与城市公园连为一体，具有明显的创新意识和社会意识。园林设计有新意，庭院设计多样化，立体绿化延伸到地下车库，形成项目特色，微地形变化富有情趣，采用乡土树种，环境艺术造型简洁、大方，符合自然朴素的原则。住宅布局采用围合式，创造归属感，舒适、安全、私密性等优势突出，并设置了丰富的活动空间，增进交往，使社区内亲情的体现非常充分。住宅室内设计多样，反映了现代居住行为需求。人居科技应用比较充分，依靠被动式技术措施有效地提高环境质量，如人车分流、景观车库等等，符合生态绿色建筑的原则。物业管理到位，配套设施基本能够与居民入住同步。在与人居共建的过程中，配合紧密。专家参与充分，取得显著的效应。改进建议如下：随着入住人口的增加，应加强配套设施用途的引导，重点是公益性的配套功能。进一步完善无障碍设施的通达性，适当增加强体健身器械和座椅。增设雨水收集利用设施，以节约水资源。加强对外墙保温问题、太阳能、地热的应用研究。

建筑造型

建筑造型

中心区景观

宅间绿化

游泳池边的绿化

## 北京

# 金都杭城

开发单位：北京浙金都房地产开发有限公司

技术经济指标：
所在地：北京
总用地面积：90,777m²
地上总建筑面积：259,200m²
总户数：约1,450户
容积率：2.86
建筑密度：24.89%
绿地率：30%
停车位：1,476个

园林景观

“金都杭城”位于北京市朝阳区百子湾石门村1号，临近北京CBD核心区，交通便捷，主要目标客户为CBD的高薪白领。

基地以石门村路为界分东西两个区块，其中东区的东西长310m、南北跨度190m，西区东西长250m、南北跨度190m。配套的公共建筑有：西区1个12班幼儿园，1个24班小学，东区的1组商业综合楼。

住宅部分由10幢11～20层的高层住宅组成，小区采用围合式布局，人车分流，地下两层停车库。作为CBD白领居住区，项目坚持以高舒适度、高性价比的设计理念，以众多的水景，园林绿地与现代建筑融合。小区既有完备功能、又具有现代审美价值和文化内涵，整个项目将建设成具有江南风格的特色精品小区。

本项目采用了智能化的小区管理系统、先进的安保系统，运用中水回用、外墙保温等节能措施，采用了一系列的新型建材和住宅技术，来满足人们对住宅功能的需求。

专家验收评估意见：

本项目处于北京CBD地区外围，周边配套齐全、交通发达，区位优势突出。项目在规划和功能布局中主动后退，为城市提供了空间和绿地环境。各种商业及配套设施布局合理、结构清晰。在空间布局上，西区组团的长板与南部的短板，交错布置，形成院落式的内部空间。小区道路清晰简洁、交通顺畅，与城市交通连接合理。小区景观以南方园林绿化为主，设计手法自然得体。假山、廊厅、水池曲折有趣、富有变化，提升了小区的文化气质和生活氛围。住宅平面以板楼和一梯四户的小塔为主要形式，做到了自然通风采光，楼梯、电梯间全明设计，提高了住宅的健康性和舒适性。户型种类丰富，并为住户提供了大开间和可改造的灵活性，对应了多元性的市场需求。住宅平面布局合理，厨房和卫生间标准设计体现了精细化的特色，储藏空间设置的多样性方便了使用。采用了较新的硬泡聚氨酯、聚苯砂浆和钢丝网，确保外墙外保温的质量。为了体现分户采暖的公平和业主的利益，在住宅分户墙、住宅与公共空间的隔墙及各户之间均做了保温隔声措施，开创了使用此项技术的先河。厨卫设备管线集中，布置有序。小区的智能化系统，从安全防范、信息管理和信息网络三方面做了比较深入的研究。采用了多种“四节一环保”措施，如：中水、雨水收集、屋顶绿化等，体现了节约性与经济性。改进建议如下：进一步提高绿地景观环境的功能性和适用性，完善户外环境无障碍设施的通达性。地下车库东侧与西侧的出入口位置与行人交叉，应予改进。人造地形应注意水土保持，建议增加边沟、道牙等，避免泥土污染路面。环境中应增加座椅、硬地等，给人留有更多的停留空间。

园林景观鸟瞰

园林

健身场地

规划总平面图

建筑与园林

小路

小区内景观

水景

## 宁波

# 华丰·紫郡

开发单位：宁波华丰建设房产有限责任公司
设计单位：杭州浙华建筑设计事务所

技术经济指标：
所在地：浙江，宁波
总用地面积：200,389$m^2$
总建筑面积：330,608$m^2$
地下总建筑面积：50,545$m^2$
容积率：1.65
建筑密度：27%
绿地率：35%

高低相融的建筑形式

“华丰·紫郡”充分利用有利地形条件营造生态环境和自然资源，整个住宅区融于生态环境之中。在设计时，延续了“以人为本”的总体思想，结合小区整体规划和建筑设计，将现代景观设计艺术和宁波文化历史进行充分的结合。中央点式高层公寓建筑设计最大限度地保留了超大面积的中心庭院。各个组团既相互独立又彼此围合，每个组团的住户都拥有相对独立而半封闭的空间，有利于邻里之间的交流。组团之间以道路绿化等景观元素过渡，舒适而自然。点式分布的16幢高层公寓与其5m高的底层架空层继续形成立体空间上的层次感，并保持了中央绿化景观主轴的延续性和通透性。架空层的休闲小空间不仅丰富了邻里的交流空间 、提供了休憩健身的场地，而且与建筑之间精心设置的下沉广场、水上吧台、儿童乐园等景观设施相联合，形成了一个超大规模的公共开放性场所。

住区的道路系统呈哑铃形，充分考虑了人车分流和居民的安全性。机动车道形成南北两个环路，地下车库入口靠近小区入口，减少了小区内的机动车流量。步行系统以西侧和南侧主入口为主，同时辅以河道上的景观桥为次入口。各种层级的步行观景带，完全归散步者享有。步行系统安全舒适，按照无障碍标准进行设计。

住宅产品有别墅、花园洋房、多层、高层、小高层，面积从80～250$m^2$分为5个等级，满足了不同居民的需求。每户都有良好的通风面和景观面，户型内部空间紧凑、实用方便、宽敞明亮、视野开阔；同时观景阳台、主卧观景凸窗，既可获得尽可能多的阳光，也可以取得最佳的视觉及通风效果，提高了居住的舒适度。

专家验收评估意见：

本项目位于宁波政府规划和建设的重点区域。住区规划结构采用小区、小组团的两级结构，由8个小组团组成。规划结构清晰、整体布局严谨、空间层次分明、组团规模适宜。住区交通系统尽可能做到人车分流。车道以南北两个中间环形主要干道，联以次要干道与各组团相接，可达性好。住区主要出入口根据地块南北狭长的特点，于南部和西部各设一个与城市道路相连，次要出入口设于东侧，数量和位置适当，便于居民出入。住区停车采用地面、半地下、地下相结合方式。尤其是半地下车库，将地面绿化引入，达到采光通风的生态效果。停车位总数与住户约为1比1，满足了停车的要求。住区环境景观设计以“伴水共生”为主题，充分利用东侧自然河道景观，将其引入住区，形成生动活泼的溪流，营造了富有灵气的水景。区内植物配置合理，绿色环境丰富。住区空间形态采用东侧布置多层、地块中心设高层、西侧布置中高层，以形成城市空间上的梯度变化，不同层数住宅之间设置大小各异、围合开敞不一的庭院空间，提供了休闲、交往、健身、娱乐的活动场所。住区住宅布局均为南北朝向，日照、采光、通风良好。住宅产品多样，室内功能分区明确，空间尺度适宜，厨卫布置适当，细部处理周到。住宅立面造型简洁大方，色彩稳重静雅。住区建设注意应用实用科技产品，如采用墙体、屋顶、门窗保温，达到显著的保温节能效果；又如采用新风系统，部分住宅采用太阳能热水系统，全小区采用安全防范、信息管理、信息网络智能化系统等，贯彻了“科技提升居住品质”的理念。建议如下：积极推行全装修，以促进住宅产业化；有效利用架空层，使之成为充分活动场所；进一步做好节能和环境保护。

规划总平面图

建筑群形象

平面图

小区内景观

小区水景

宿迁

# 中通·名仕嘉园

开发单位：江苏中通房地产开发有限公司

技术经济指标：
所在地：江苏，宿迁
总用地面积：80,000m$^2$
总建筑面积：112,700m$^2$
总户数：758户
容积率：1.41
建筑密度：26.4%
绿地率：35.5%
地下停车位：380个
地上停车位：50个

鸟瞰图

“中通·名仕嘉园”用地位于江苏省宿迁市宿豫城区。交通便利，环境优美，周边政府机关林立，不远处为京杭大运河。

小区总体布局分为5个组团，规划采取环形交通，形成“轴—环—院落空间”相对开放的线性空间布局，使地块各空间的结构以及与城市周边关系有机组合。

小区总体布局的空间结构，以中央绿化和水系为核心，创造点、线、面相结合的多层次的绿化体系，加之局部首层架空、水边栈道、主入口轴林荫步行道以及步行商业街的带状绿化，使整个住区空间通透、绿荫葱葱、流水潺潺，形成一派江北水乡的优美景色。

小区交通采用人车分流的交通体系，在江南大道及恒山路设有小区次入口和主入口。设置环形路使各组团区块形成相对完整的空间。道路交通便捷、流畅，达到适度的人车分流。

在半地下汽车库上，做一些起伏的微地形，布置景观绿化，为儿童、老人等提供安全的地面活动场所。

住宅设计强调均好性，百分百的住户南向，大部分有景观面，景观阳台、服务阳台各在其位。

入口设置玄关，客厅、餐厅相对独立分开，服务阳台靠近厨房。户型多采用大开间、小进深设计，利于户内空气的流通，营造健康生态的户型空间。

本项目在充满朝气的氛围中，力求塑造全新现代风格的城市社区形象，引入现代的材料和技术，采用明快的色彩、简洁流畅的造型、精致的细部处理。借鉴现代主义的建筑语汇，以纯净的白色和浅灰色面砖为主色调，搭配局部的活跃色彩，体现其高雅的品味。

住宅采用平、坡结合的现代处理手法，结合构架，板、墙体的自由组合，建筑造型新颖别致，简洁大方，充满时代气息。

专家验收评估意见：

本项目是宿迁市规模较大的新建住区。规划设计尊重社区所在的优越地理位置，充分挖掘地域文化精髓，遵照把宿迁园林化、森林化的要求，塑造了“水清、地绿、天蓝”的田园型住区。小区规划结构清晰，交通组织做到人和车的适当分流。环形的小区道路具有较好的引导性和通达性，方便机动车与步行人群的出行。院落空间不受机动车的干扰。建筑布局采用板式住宅与点式住宅相结合布局方式，使小区的中心景观通透而灵动，强化了小区的凝聚力，板式住宅周边易于形成较规整的邻里单元，形成层次感的居住空间。小区以多层住宅为主，贴近宜人的城市尺度。住宅有良好的日照和通风，建筑造型大方，具有时代气息和地方特色。景观环境设计层次清晰，强调了中心景观的开放性与公共性，恰当地安排了小区会所、托儿所和体育活动设施，为老人和儿童提供了良好的活动场所。环境设计采用多种手法和景观要素，增加了环境的观赏性和趣味性。利用半地下车库的设置，形成微地形的变化，不但有效地利用了地下空间，又丰富了景观环境。生活配套设施齐全位置适中。建议如下：地面材料应选择透水性较强的块材，以利于地面水的回收。建议增加雨水收集系统，以补充景观用水。室外无障碍设施的设计应再进一步系统化。建议增种乔木，以增加荫凉，提高环境的使用性和功能性。

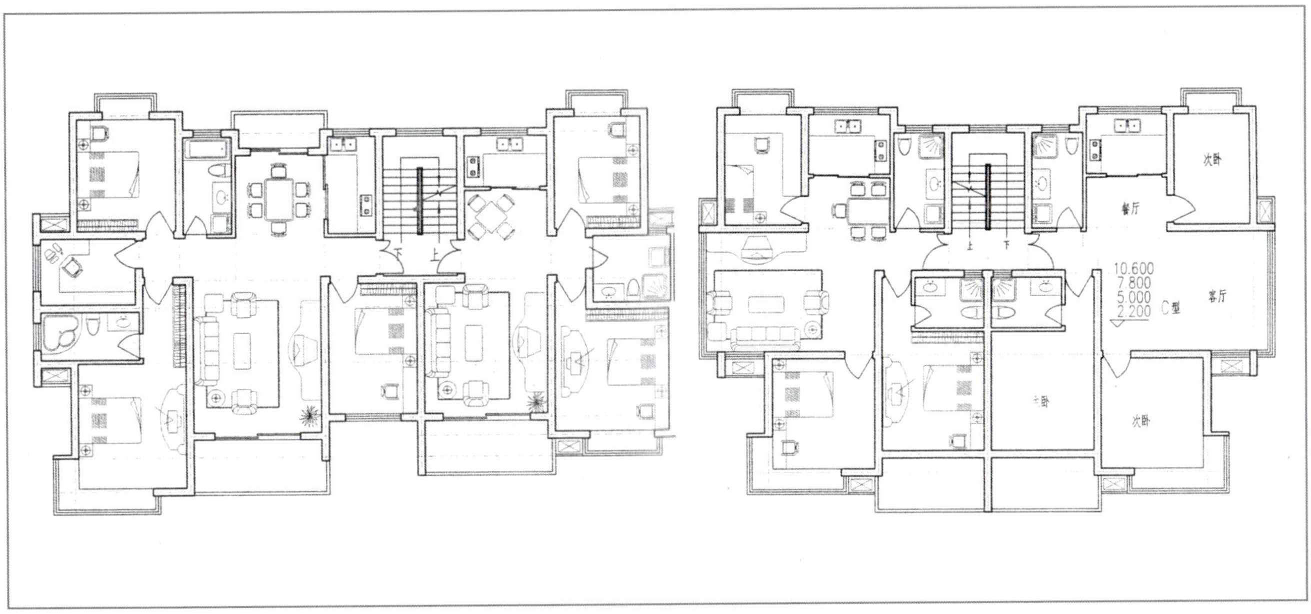


单元平面图

规划总平面图

小区内景观

景观园林

喷水

临水景观

临水景观

体育设施

小区内休闲设施

## 九江

# 新湖·柴桑春天

开发单位：九江新湖远洲置业有限公司
设计单位：泛太平洋设计与发展有限公司（加拿大）

技术经济指标：
所在地：江西，九江
总用地面积：635,700m²
总建筑面积：953,500m²
总户数：7,091户
容积率：1.5
绿地率：40.35%
停车位：2,886个

鸟瞰图

“新湖·柴桑春天”位于九江市城西的开发区内，采用“一核、两街、四片、五心”的规划结构。

“一核”：以社区中的人民广场作为规划核心，为整个楼盘提供了可以认知的社区形象。“两街”：在新湖路与新湖北路的沿街设置底层商业，为居民的日常生活提供了方便。“四片”：是由三片住宅区与一片公共建筑区组合而成。“五心”：代表住宅区内的五个组团中心绿地，形态各异，空间层次丰富多样。

“新湖·柴桑春天”遵循生态主义原则，从尊重自然出发，依照地块原始肌理，深入浅出地解析环境资源和人工园林景观的共享互补；南北东西通透的空间布局，注重安全与健康，并使内外景观紧密互融，移步换景，翠色连波，温馨怡人。

在住宅的南侧广植落叶乔木，夏季树叶茂盛起遮荫作用、冬季落叶枝疏能将阳光引入室内，以适应冬寒夏热的气候条件；住宅北侧宜植常青树，以起冬季挡风或引导风流的作用。

在住宅底部或群体的配合中，以架空、脱开等方式形成开放空间，使视野、风环境及人与自然接触界面得到有效的改善。

在景观设计上，每区的景观环境皆有不同的重点。

一区景观环境强调硬质铺装与绿化景观的结合，在充分营造中心绿化广场的同时强调小区的向心性和核心感；二区中，引入与一区的对景轴线在中心营造出一片大型中心绿化广场，并与逐层递进序列感较强的叠水中心景观带相结合，强调景观的公共参与性；三区则充分利用和借入八里湖的景致，利用涵管引入清澈的八里湖的河水，营造中心高品质产品的水岛状的组团感。并充分利用这种小水系，来营造一种人文生态小溪的氛围。

专家验收评估意见：

本项目追求户型、外观、室外环境等方面的综合提高，具有很高的产品性价比，在九江起到了示范引领作用，具有较强的城市影响力。在总体布局上较好地处理了规模大的特点，与城市协调融合。其配套完善，形成了有一定规模和较强吸引力的公共中心，同时也考虑了未来的发展预留。在环境塑造中，尊重自然，应用了生态措施，植物配置合理，标准高，有效提升了生活环境质量。户型多样，公共空间与设施考虑周到，有利于促进居民交往与亲情的培养，并通过阳光浴场等设施，满足多样的个性化需求。采用景观轴线，将庐山、纪念碑、河道等外围景观引入小区，传承了地方文化，并结合区内环境的要素，使社区具有较强的文化品质。在节能门窗、外墙保温、雨水收集利用和水处理技术、小区智能化系统等方面大胆作了尝试。与专家的互动充分，在项目推进过程中，积极吸收了大量意见，使项目水平进一步提高，在新理念的传播中起了积极作用。建议如下：目前停车率较低，为适应未来发展，建议提出未来增加停车位的预案。在宅间增加活动空间，加强宅间院落空间的塑造，增添邻里归宿感。为居民提供更多元的场所，如提高儿童的看护功能等。一层庭园的隔离绿化可选择更密更高的植物，保持私密性。室内的柱影响使用，窗的密封性不强，建议进一步优化。进一步加强外墙外保温技术，遮阳技术、太阳能一体化技术、地源热泵技术等的研究和应用，改善室内的热环境，进一步提高节能目标；加强小区内无障碍设施的设计。

规划总平面图

单元平面图

小区内景观

景观大道节点

树木

小品

景观园林

楼前的绿化

组团实景

## 衢州

# 金都·西江月

开发单位：金都房产集团衢州置业有限公司
设计单位：北京新纪元建筑工程设计有限公司

技术经济指标：
所在地：浙江，衢州
总用地面积：38,368m²
地上总建筑面积：67,689m²
总户数：382户
容积率：1.6
建筑密度：19.8%
绿地率：36%
地上/地下停车位：39个/281个

鸟瞰图

“金都·西江月”位于衢州市西区，西侧为城市主干道九华路，北侧为衢州学院，东侧、南侧为衢江及沿江公园。项目周围交通便利、环境优美，基地内地势较平坦。

由于该项目用地较小且整个场地呈不规则形，南边偏短，为了能把外部景观引入到小区内，营造朝向好、景观好的居住环境，总体布局采用了行列式与半围合式布局，尽量把靠近衢江西南面的采用敞开式。同时利用半围合空间，营造高低错落、山丘起伏、小桥流水的园林空间。

小区由9层、11层小高层组成，最南面和最北面住宅首层为物管及商业裙房，会所布置在西南角，靠近网球场。

本方案尽量开发高层空间，降低建筑密度、扩大绿化面积，使住户视野开阔，充分享受阳光和流通的空气。

在规划布局上，基本上每幢楼呈南北向，每户均能远眺江景及饱览小区的中心景观。景观设计思路是营造新绿空间，创造一个开放的绿色环境，强调“人与自然和谐共生”的理念。

室外空间层次划分了四层空间序列：公共活动空间—半公共活动空间—楼栋间半私用空间—小院、阳台私用空间。小区内行车道主要环绕着场地周边设置，宽度为6m，既为消防通道，也作为小区每幢楼的行车道，可到达每幢楼的每户单元。人行主出入口设置在北侧规划路上，人流可通过中心景观区的人行道通往每幢楼房。

专家验收评估意见：

该项目周围交通便利，环境优美，配套设施齐全，人文氛围浓厚。项目秉承“以人为本”、“科技引领人居未来”的开发理念，贯彻生态规划优先的原则，对周边的景观资源，江水、绿地、地形加以保护和利用，在小区内将建筑空间通过绿化布置使人造环境与自然环境有机结合，与城市环境相融。小区结构组团划分清楚、分区合理、空间有序、层次丰富，住宅采用小高层，减少建筑密度，增加绿地，按当地民居习惯和基地特点采取朝南错位布置，形成围合感的院落。空间层层迭入，划分为公共、半公共、私密几个层次，互不干扰。做到户户朝阳，通风采光日照条件良好，同时80%的住宅能享受到观江观景的条件，做到均好性。南北临街布置底层商铺，增加城市配套设施，方便内外使用，布局合理。小区内部交通采用环路，便捷合理，做到人车分流，地下车库连通各个单元，小区交通安全、方便、顺畅。小区由中心绿地和庭院绿地构成。采用微地形、小桥流水等造园手法，使绿地不仅有观赏性，也有功能性。将住宅底层架空作为绿地空间的延续，于其间布置居民和幼儿活动场所，以“琴棋书画”为主题，提高了小区文化品质。植被种类繁多，草、灌、乔结合，丰实度良好。为居民创造了温馨宜人的交流场所，使小区充满人情味和亲切感，增加了小区的凝聚力。住宅设计功能合理，尺度适宜，造型简约富有时代感，风格清新。建议如下：进一步落实社区医疗用房。更进一步注意无障碍设施的连续性。在注意绿化观赏性的同时注意绿地的功能性，让居民能进入到绿地中活动，增加参与性，同时尽可能将文化元素投入到景观设计当中。

单元平面图

规划总平面图

建筑外景

建筑立面

小区入口广场

沿江外景

架空层景观

空中花园

过街楼

## 蚌埠

# 新湖·山水华庭

开发单位：蚌埠新湖置业有限公司
设计单位：浙江佳境规划建筑设计研究所

技术经济指标：
所在地：安徽，蚌埠
总用地面积：198,700m²
总建筑面积：234,700m²
总户数：1,992户
容积率：1.18
建筑密度：22%
绿地率：42.5%
半地下车库车位/停车位：100个/150个

组团内景观

“新湖·山水华庭”项目地处城市高新技术开发区内，小区北面是目前蚌埠唯一的一个以自然山水为主题的森林公园。自然生态良好，景观资源丰富，出行交通便捷，又可依托开发区较完善的配套设施，具有较好的建设宜居型人居环境的基础条件。

小区的规划设计以传统江南水乡园林民居作为氛围设计的意向，强调简洁、流畅的路网景观体系。以“流水、绿网、都市、家园”为设计核心思想，实现建筑与庭院及水体绿意有机结合，为居民创造一个既有现代都市文明生活气息，又能享受田园风光的生活环境。

交通布局采用人车分流的形式，除了合理的车行道外，还在小区建立了安全步行道路系统和残疾人无障碍系统。

环境设计采用了“一纵”、“两横”的设计主题展开。“一纵”是由一条水系贯穿于南北，形成了一条主要的公共绿化带。根据位置和功能的不同分为主入口区、自然风景区、会所活动区。“两横”分别以“山”、“水”各为主题，形成绿化中心。

小区的垃圾处理采用分类装放、定时收集、统计运送的处理办法。另外，在小区的两侧的次入口围墙边设置了垃圾收集点。小区居民享有五星级物业管理服务。

“新湖·山水华庭”立足于生态环境，同时在人文、特别是配套和服务上有独到之处，体现了一个成熟社区对人居环境的诠释。

专家验收评估意见：

本项目以“流水、绿网、都市、家园”为核心，营造了一个价位低、品质高的人居环境住区建设样板。规划结构清晰，组团划分均衡。商业设施与住宅分离，沿东海大道布局，较好体现了用地的商业价值。采用地下、半地下、路边停车三种方式，由环形车道连接各居住组团，简洁顺畅。小区环境景观设计均好，沿南北向绿色景观中心带布置了小溪、流水、安全步行道路系统和残疾人无障碍系统设计，为儿童、老人及居民提供了方便舒适的休闲和交往的条件。住宅单体建筑南北向布局，日照、通风、采光条件较好。高低错落的建筑和构架结合的坡屋顶设计，创造了良好的江南风格的居住环境氛围。住宅户型设计多样，功能合理，尺度适宜，做到“三明”。住宅全部采用框架结构，提高了房屋功能的可改造性。应用了太阳能、外保温、双玻中空外窗等绿色技术，体现了节能、节水、资源利用的效益，科技应用有一定的先进性。建议如下：应适当增加机动车停车位，并以地下停车为主。注意太阳能热水器一体化技术的应用。组团内绿色种植景观有待完善和丰富，应注意植物的丰实度，建议补种一些高大落荫乔木。东西两侧车库下沉道路过硬，建议增加绿化和绿荫。建议进一步研究会所的功能，将部分服务功能区设计为开放布局，兼顾对周边居民的服务，进一步提高项目的城市价值。

鸟瞰图

小区内水景

永联物资贸易

小区内景观

水池

小径

小区内景观

组团绿化节点

小区内水景

楼前绿化

# 镇江

## 江山名洲

开发单位：镇江维科置业有限公司

技术经济指标：
所在地：江苏，镇江
总用地面积：639,700m$^2$
住宅建筑面积：573,366m$^2$
公建建筑面积：60,110m$^2$
总户数：4,234户
容积率：1.16
绿地率：42%
地上停车位：1,302个
地下停车位：1,316个

外景

“江山名洲”位于镇江市北部，朝北与焦山公园隔江相望，东接象山公园，西邻虹桥路，南为滨江路，是地理条件较优越的地段。

规划尊重自然、以人为本，追求人与自然、建筑与环境的相互交融，最大限度地增加住宅的“山”、“水”绿视率，创造全景住宅，提升小区品质。

规划布局为：一条水系、两条道路、三条绿带、四个轴线。结合周边的条件，因地制宜。

“一个水系”：结合基地内现有水系，加以改造，形成几个小岛，借焦山和象山，山水结合成为本小区的特色。

“两条道路”：基地内以两条南北向主要道路联系北湖和江滨大道，两条景观大道为纯人行道，岛状地块各设分支小路进入组团。停车按1/0.6的比例规划设计，较好地解决了交通问题。

住宅布局采用南北向布置方式，建筑间距达到1/1.25，大部分户型拥有入户花园。

利用水系的迂回，改善了基地内部的环境，大大增加了整个小区的景观界面，使环境更加优美。

配套商业设施在东部集中布置，缩小了居民生活半径。

同时商业沿滨江路延伸，与对面的商业街区呼应，形成完整的商业圈，提升了商业品质。

专家验收评估意见：

本项目位于镇江市区北部，紧临长江，与象山公园一路之隔，并与焦山风景区相望。周边建设条件成熟，用地规模较大，地理位置优越、交通便捷。项目从总体上可评价为“三好”及“二高”。三好：即项目生态好、绿地水系配置好、周边环境好，创造了宜居的环境；二高：即项目居住文化表现性高、科技含量高。体现在建筑外观造型与江南水乡协调，并有新意；贯彻“四节一环保”的国策。尤其是公共服务设施与政府联手共建服务市民的做法体现了和谐社会的理念。规划充分利用周边环境优势及文化特色，发挥滨江及区内水系优势，将基地自然分割成相对独立地块，突出了水乡的居住特色，处理手法到位。小区整体布局合理，一个水系、两条道路、三条绿带、四个轴线的规划结构严谨，营造了宜人居住、视野开阔、空间通透的住区环境。规划设计考虑了区内景观与周边景观要素的结合，借景生情，视线对景处理较好。住宅朝向均为南向或东南向，日照通风良好。项目积极采用太阳能、节能门窗、复合保温砖、同层排水措施等科技手段，为实现建筑节能做出了有益的尝试。同时，改善了室内的居住品质。建议如下：建议增加雨水收集系统，以补充景观用水，进一步落实节能技术措施，认真改进景观水质量，并应扩大科技应用范围，发挥各种科技应用的真正效益，提升居住品质。加强居民后期的内装修管理工作，注重公共环境质量，保证住区环境的和谐氛围。

组团景观

规划总平面图

路边的绿化与休闲相结合

小区内景观

小广场

临水景观

## 杭州

# 新城·保元泽第

开发单位：杭州国泰房地产开发有限公司
设计单位：浙江南方建筑勘察设计有限公司

技术经济指标：
所在地：浙江，杭州
总用地面积：71,327m²
总建筑面积：92,815m²
总户数：848户
容积率：1.3
建筑密度：33.4%
绿地率：35.2%
停车位：516个

雕塑

“新城·保元泽第”位于杭州余杭区临平南苑街道，西临东湖路，北依世纪大道。小区以低层住宅为主，辅以小高层、高层住宅和商业街区。

小区总体设计以新市镇主义为理念，结合中国传统住宅的文化底蕴，以新民居的形式，诠释现代高尚住宅的文化脉络。小区既复原移建了具有三百多年历史的保元桥等文物，又融入新一代国际智能高科技技术，使小区成为一个传统与现代、建筑与科技相结合的高尚住宅小区典范。

保元泽第的开发理念是倡导新市镇主义，对传统江南小镇的生活方式进行提炼，并结合现代人的生活需要和时代赋予我们的科技文明，营造出源于传统、高于传统的新版市镇生活空间。

在新市镇内，传统的邻里和睦、建筑与人的亲近、生活的方便亲切等都得到强化和重视，特别是江南特有的水乡情结更予以温情体现。

开发单位也考虑了社会经济的发展和人民生活水平的提高，既重视人们的物质消费，也重视人们的文化消费，把整个小区定位为文化大宅。

保元泽第的建筑属于新人文主义，在形式上属于新民居，但更多地考虑了古代大户人家的建筑神韵和现代人追求简洁明快的格调。

同时，在用材用料上则完全采用现代工艺、现代科技的材料，特别是采用德国技术的太阳能，又使建筑的屋面与传统建筑的材料形成强烈对比。

专家验收评估意见：

本项目总体风格呈现了青砖粉墙黛瓦的现代中式建筑之美，结合中国传统住宅的文化底蕴，以新民居的特色在现代人的生活方式和传统中式建筑之间找到了恰到好处的衔接。保元桥、韩美林先生的“母与子”题材雕塑，提升了环境文化的品质，所创造的意境丰富了人居环境住区的文化内涵。项目遵循江南园林、自然生态和谐的原则，以“先有河后有房”的理念，引进水乡河溪脉络，营造了江南水乡景观氛围。项目的园林设计从尊重自然出发，依照地块原始肌理，配植多种树木植物，使住区空间环境和园林景观布局相得益彰、共享互补、自然和谐；河道延伸形成了开放空间布局，提供了居民之间休闲、亲切交往的场所。住区内外景观紧密互融、移步换景、翠色连波。项目突出规划设计的价值，一开始就以研发定位，为设计人员提供了可供创造的广阔空间。从居住文化和传统文化的创新出发，研讨现代居住行为需求和中国传统建筑的融合，从环境和空间的组成入手，创新了住区的整体风格，体现了对人性理念的深度关怀，体现人居环境建设的健康性、安全性、环保性与自然环境的亲和性，表现了建筑的形态美。小区居民出行方便，动静交通组织合理，保持了住区安静、舒适和秩序感，体现了住区高品位的追求。项目的建设，注重“科技引领人居未来”的理念，着重运用实用科技的产品，在节能门窗、外墙保温、雨水收集利用和水处理方面的技术，小区智能化系统等方面大胆做了尝试，取得了很好的效果。特别是本项目太阳能热水技术的运用，高效的热媒介传热等技术方面创造了行业领先地位。建议如下：应进一步完善小区内的无障碍设施的设计。社区户外公共活动空间不足，建议增加环境设施，如座椅、儿童活动场地等。社区水网密布，水景丰富，临水活动安全保障问题有待加强。今后还应考虑外遮阳的适用技术。

小区内水景

保元桥

水景

建筑立面

临水细部

规划总平面图

## 厦门

# 蓝湾国际

开发单位：金都房产集团厦门置业有限公司
设计单位：厦门市建筑设计院

技术经济指标：
所在地：福建，厦门
总用地面积：39,052m²
总建筑面积：199,622m²
建筑密度：19.08%
容积率：4.0
绿地率：46.21%
停车位：843个

外景

“金都蓝湾国际”位于厦门市中心区黄金地段，两侧紧邻市体育中心，北侧贴临G规划市级博览建筑用地。

项目周围自然环境优美，西南及东南侧可看到厦门最著名的芫筼湖，北侧的仙岳山也是本地块可以借用的不远的山景，因此也是理想的高档物业用地。

以争取良好景观朝向为原则，规划布局充分利用景观资源，注重均好性，为每一户都争取充分视野及景观，西南侧、南侧住宅看湖景，北侧住宅看山及大面积绿化庭院景观。根据规划设想设置两个层次的居住空间。一为建筑沿主要道路后退的30m绿化带形成的公共空间，这是居住于城市的适度分隔，有利于形成安静的居住氛围，同时也提升城市公共空间品质；二为建筑之间的抬高的开放庭院空间，庭院意味着精神归属，开放是对厦门地方气候的解读，抬高营造了居住的气氛和与平常的距离。

在总体空间结构布局中，绿地系统以“一庭两轴”为依托，水景的承转结合绿化庭院点、线、面结合形成多层次的空间绿化体系。

专家验收评估意见：

本项目总占地4hm²，绿地率高达46.21%，规划采用五个短板式高层住宅，开放布局，南二北三，错缝布置，兼顾南北，最大利用景观朝向。另外，根据规划设想设置两个层次的城市空间。一为建筑沿主要道路后退的30m绿化带形成的公共空间，这是居住与城市的适度分隔，有利于形成安静的居住氛围，同时也提升城市公共空间品质；二为建筑之间的抬高的开放庭院空间，营造了居住的气氛和安静舒适的条件。该项目的开发推动了厦门改造的进程，实现工厂的翻迁，带动了城市建设快速发展，目前该片住区已经成为市民娱乐、购物等的需要。项目利用地面抬高一层加高的方法，创造了邻里之间的亲和感，通过设置入户大堂增加了安全感。项目的规划建设适应城市的需求，强调完善设施配套，改变了原来底层布满商铺的设置，取而代之的是很多的便民设施。小区充分运用人居科技手段，运用新技术、新设备各方面的实践，在节能、省地等方面做了大量的工作。小区使用的有机垃圾处理系统营造了整洁舒适的小区生活，运用现代智能化防范技术建立了安全防范体系。本小区还建有人居科技馆，它对新技术的推广利用、监督实施都起到了非常好的示范作用。建议如下：在植物景观塑造上，疏密过于均衡，中间可适当增加休闲场所等设施，小区主入口要加强安全设置。

规划总平面图

鸟瞰图

夜景

Aoui 奥一羽毛

建筑群形象

景观设计

沿街外景

## 成都

# 颐和家园

开发单位：成都中泽置业有限公司

技术经济指标：
所在地：四川，成都
总用地面积：35,240m²
总建筑面积：170,988m²
总户数：1,244户
容积率：3.98
建筑密度：29.49%
绿地率：25%
停车位：700个

鸟瞰图

“颐和家园”总体布局采用大部分18层高层及局部32层高层，板、点结合的处理手法，将建筑沿地块周边布置，围合出大块中心绿地；将户数最多，户型较大的住宅置于环境最好、视野最开阔的位置，保证整个小区绝大数住户能享受到较好的景观，较为实际地解决了小区住宅均好性的问题。

小区机动车采用地下车库集中停放及小区外围地面停放相结合的形式，地下车库停车后可从地下车库乘住宅电梯直接入户，做到了彻底的人车分流，小区内的主干道作为景观步道，平时无车辆通行，紧急时兼作消防车道。本案地下车库结合住宅架空层及中心景观设计成阳光生态车库，使得地面绿化延伸到地下车库。在小区外围沿规划道路布置地面停车位，可方便访客及商业停车。结合住宅底层架空和基地抬高所形成的“夹层”，停放非机动车，解决非机动车就近停放的问题，使用方便。

内部组团空间各异，景观特征明显，具有很强的识别性，为居住于各组团的居民带来不同的景观体验。

小区建筑外观设计简洁，色彩稳重，较好地融入城市环境，体现了地域特征。建筑立面处理强调文化与个性，运用光与影来塑造建筑形象，充分利用材料的质感与肌理及虚实体量的变化来造型。

专家验收评估意见：

本项目地处成都市东城的中心区域，基础设施、交通区位相当的优越。住区规划充分发挥了区域位置的优势，采用合理布局手法，有效提高建筑容积率，在保证环境舒适的前提下，尽量多出面积，提供城市中心区土地利用价值，为更多的居民提供方便的居住环境，节约土地资源。住区规划采用了周边围合式布局，建筑高低错落，前后退让，有效地强调了街区的整体形象，使建筑群体更加有序，加强了城市中心庄重的气氛，使得城市能形成轮廓清晰的街区界面和整体化一的城市景观，并与周边的居住区取得和谐的景观气氛。住区的建设不但为城市环境作出和谐的回应，更重要的是营造宽松的内向型、安静的生活氛围。采用增加建筑高度的做法，有效增加绿地面积，增加居民的活动场所。住宅群体布局虽然采用周边布局，但留有适当空隙，有利于住区每户的日照和通风环境，一梯四户的塔式住宅，既可经济地增加居住户数，又不失较舒适的居住品质，赢得市场的认可。住区环境建设采用了中国北方皇家园林的手法，与南方气候相结合，利用集中、连续的室外空间，理水堆山，形成了丰富的景观环境，尤其为高层住宅的居民提供了十分良好的景观视野。规划利用周边底层的裙房，为居民提供充足的商业与服务用房，进而强化了城市中心商业活动，居民也可借用城区周边的生活设施，使生活更加方便。人车分流的交通体系，使住区免受机动车的干扰，机动车库与楼栋电梯相连，提高了住宅的品质。除此之外，还为居民提供大量的非机动车的存放之处。在防噪声、防振动方面，将噪声、振动大的设备用房自成一区，集中布置于地下，采取防振防噪声处理，取得较好效果。室外排水管采用加厚型螺旋降噪管，并加设辅助通风管，从而降低排水时的噪声。建议如下：环境设计不够精细，地面铺装、绿地小品施工质量欠缺。绿地缺少层次感，尤其缺少灌木丛这个层次，而且绿景感觉不足。应突出地方特点。环境应再增加实用的环境小品，如：座椅，儿童活动场地，路灯等设施。水环境应增加雨水收集系统，以节约用水。地面铺装应采用透水材料。垃圾建议进行生化处理。

局部景观设计平面

规划总平面图

园林绿化

冷雾净化环境

水景

中心区景观

东莞

# 中信·森林湖

开发单位：东莞市中信康华房地产开发有限公司

技术经济指标：
所在地：广东，东莞
总用地面积：658,182m²
总建筑面积：765,760m²
总户数：4,473户
容积率：1.0
建筑密度：19.5%
绿地率：52%
地上停车位：3,400个
地下停车位：1,200个

会所外景

"中信·森林湖"北靠东莞大道，自然环境优越，拥有较大的天然湖泊和绿地。

一条连续步行系统贯穿了整个社区开放空间，将各个组团与山野公园、公共滨水带、会所、户外活动空间和运动设施、生活商业服务设施等联系起来。保留山体与水体用地，滨水生态、视觉敏感区，地形起伏变化较大的区域，保护较陡的坡地。

小区内部道路结构：采用贯穿各组团的区内主环路和各组团鱼骨式尽端路的基本模式。根据总体设计构思和场地利用分析，明确场地中不同地块的开发强度，以保证小区的生态景观核心区及敏感区（保留山体和水体）具有较低的建筑尺度和密度，将临水用地及临保留山体用地定位为高档住宅用地，布置低层别墅和联排住宅，以减少对湖面的压迫感，同时使保留绿色山体轮廓与建筑群相互衬托。场地南面平缓用地地块、场地边缘东南角临城市五环路地块、西北角临24m区内路地块布置高层住宅，降低建筑体量和高强度开发对自然环境的影响，为充分利用水景资源，建筑体量采用了临湖依山就势逐渐升高的规划手法，保证各种住宅产品最大限度地享用景观资源。

小区内自然环境优越，有山有水、植被茂盛。

专家验收评估意见：

本项目充分尊重原有自然场地的资源，建立以土地价值、生态价值、景观价值的综合平衡作为出发点，保留了原生态的天然湖泊、自然地势地貌和生物树种，展现原生态纯净自然之美，为住区环境增值创造了不可取代的作用。采用的生态净化景观水和收集雨水的方法也值得提倡和经验总结。项目注重住户的生活舒适便利，配套的医院、购物、加油站、星级宾馆、休闲娱乐场所等为项目的优良运营及升值提供了保证。着力于打造约9000m²的会所提供星级服务，设置的健身设施、休息空间、滨水栈道、观望平台，座凳小品为生活增添了情趣和交往的便利性。"中信·森林湖"的开发建设发挥了地块优势，同时大大提升了周边地块价值。规划布局注重公共和半公共的空间创造，设置的不同类型居住产品，结合地形景观的布局取得了不同的居住价值。划分三个区域以连接水体和山体的南北向公共空间，很好地沟通了水面、山景，取得了多样组合的空间连接，保持了景观的共享性。住区的交通组织采用集中式地下停车，形成了人车分流，保持地形地势的创新性组织方式。围合式半公共的院落组团营造了房前屋后的邻里温馨空间，建筑整体采用明快的建筑风格，以及因地制宜、量体裁衣的建筑手法，取得了各得其所的效果。本项目提倡的公园生活理念，因此创造的休闲、舒适的空间环境，提供了邻里、老人、儿童交往的条件，反映在人与自然的和谐、人与人的和谐、人与社会和谐的亲情氛围更为重要。本项目实现了从景观到意境，从资源到文化的升华。在建筑设计方面上实现了脱胎于后西班牙式的南加州的建筑风情，在生活场景及氛围的渲染上使人感受到小镇和谐风情，回归自然，丰富了人文的氛围。建议如下：希望在后期的建设中，继续发扬人居环境七大特色目标，从本住区特殊性出发，研究邻里交往、社交空间与室内空间的模式。此外，在增加科技含量，推进绿色建筑的技术研究和应用时间，在提升住户的品质生活、居住舒适度、节能减排方面做出表率，积极实践证明有实效的太阳能应用技术、补新风技术、遮阳技术、柔和辐射空调技术，全面推进全装修成品房的开发模式。

规划总平面图

小区内景观

别墅区全景

绿化与水景

绿化

区内公园

组团景观

宅前绿化

组团一角

建筑单体

# 海豚湾

开发单位：福建省厦门乐丰房地产开发有限公司

外景

技术经济指标：
所在地：福建，厦门
总用地面积：50，347m$^2$
总建筑面积：100，700m$^2$
总户数：530户
建筑密度：20.3%
容积率：2.0
绿地率：49.4%
停车位：538个

“海豚湾”位于繁华的厦门前铺南区，沿美丽的厦门环岛路，交通便利，背山面海、无限海景尽收眼底。

在“以人为本”的思想指导下，以“尊重自然”、“可持续发展”的思路整合优化基地资源，强调生态利益的最大化，力求塑造一个具有优美环境、文化内涵、经济效益和鲜明个性的花园式居住空间。

总体布局中采用动态弧形板式高层住宅，把视线呈扇形无遮挡展开，海景一览无余。

A地块小区入口设在东南面，车行沿周边环绕，人车分流。

B地块人行入口设在西北面，一条弧形车道联系1号、2号楼，底层架空，局部落地，提供更多的共融空间。

项目以城市、社会的角度约束创作思路，推敲使用功能的价值最大化：A地块均以S形布局，构成“光随浪进、影跟波动”的动感天际线设计，强调功能丰富、面积经济、造型幽雅简洁的理念。

为了使面海景观视线通透、无遮挡，B地块也以流畅S形布局，并配有入户阳光花园。

A、B地块通过设置一个中心广场，高层住宅底层架空，景观在其间延伸和渗透，形成完整均好的景观网络系统，与海景构成一个水景住宅小区。中心广场设置丰富多样的活动空间。B地块设有会所，可供散步、纳凉的邻里交往空间，为中老年人提供休息和晨练、暮舞的活动设施以及不同活动空间。

专家验收评估意见：

本项目紧邻厦门会展中心，周边自然环境优越，能充分享受城市各项完善配套设施。项目规划设计巧妙地布局，最大化地利用了各种资源条件，使项目提升了居住的价值和获得了良好的人居环境的宜居条件。项目的规划与周边环境，在城市空间设计、建筑风格等方面形成了和谐一致的整体，海豚湾大幅度退后将大片绿地展现给城市的做法，为城市风貌增添了价值。海豚湾采用了低密度的设计手法，两栋板式高层弧形楼布局，提升了景观价值，体现了对人性的尊重。合理的动静交通组织和内部中心庭院人际交往和谐的空间环境，使住户获得对环境、生活和社区的认知，享受了人文软环境建设带来的益处。户型设计功能布局合理、尺度适宜，通风采光良好，提供的户型众多，类型丰富，为不同住户提供了很好的选择机会。设置的景观电梯和入户花园为提升居住品质和生活乐趣增加了有利因素。采用住宅单元端部的特别变形处理，扩大了建筑的功能价值。海豚湾注意包括智能化系统、绿色建材、中空玻璃等方面的科技的应用，采用的新风系统，为空调季节室内空气质量的改善提供了有利的条件。海豚湾倡导“亲情人文大宅”的理念，在规划设计上，特别是考虑为家庭之间、邻里之间搭建沟通交流的平台，专门为老人设置的老人房，健康步道、健身器材、棋牌桌椅、儿童活动场地等等，为邻里人际交流创造了很好的条件。免费社区会所，为业主家人休闲、嬉戏、家庭亲情社区和谐提供了方便。建议如下：中心绿地中，游泳池周边的围墙应改为绿化隔离，减少视线阻碍，突出公共空间的整体性和通透性。地下车库应利用高差变化，局部设置采光通风天井和洞口，并与环境空间结合形成能够自然通风采光的“明亮车库”；应合理配比乔、灌木的栽植密度，适当加大灌木栽植密度，形成丰富的植物层次观。部分户型存在厨卫尺寸偏小及由于开窗、开门位置不当导致家具布置不便的情况（如B户型主卧室、端户型圆形主卧室）。增加雨水收集，作为景观用水的外水。

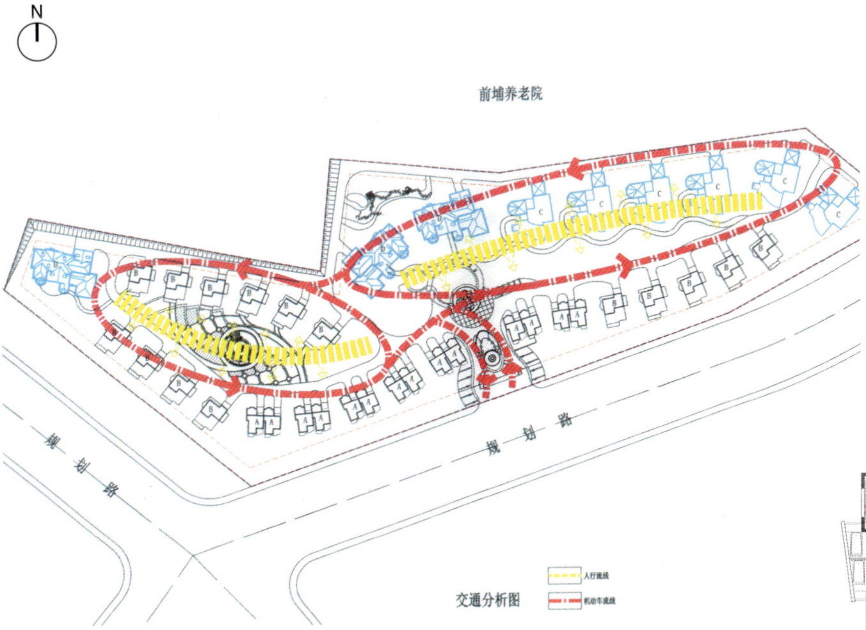


高层区规划总平面图

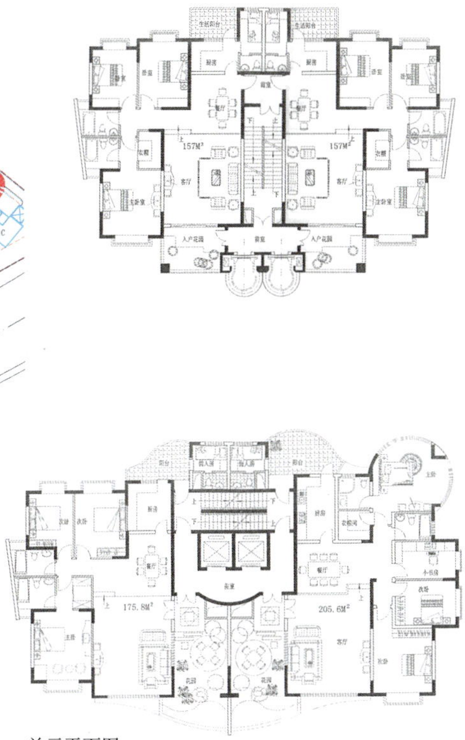


单元平面图

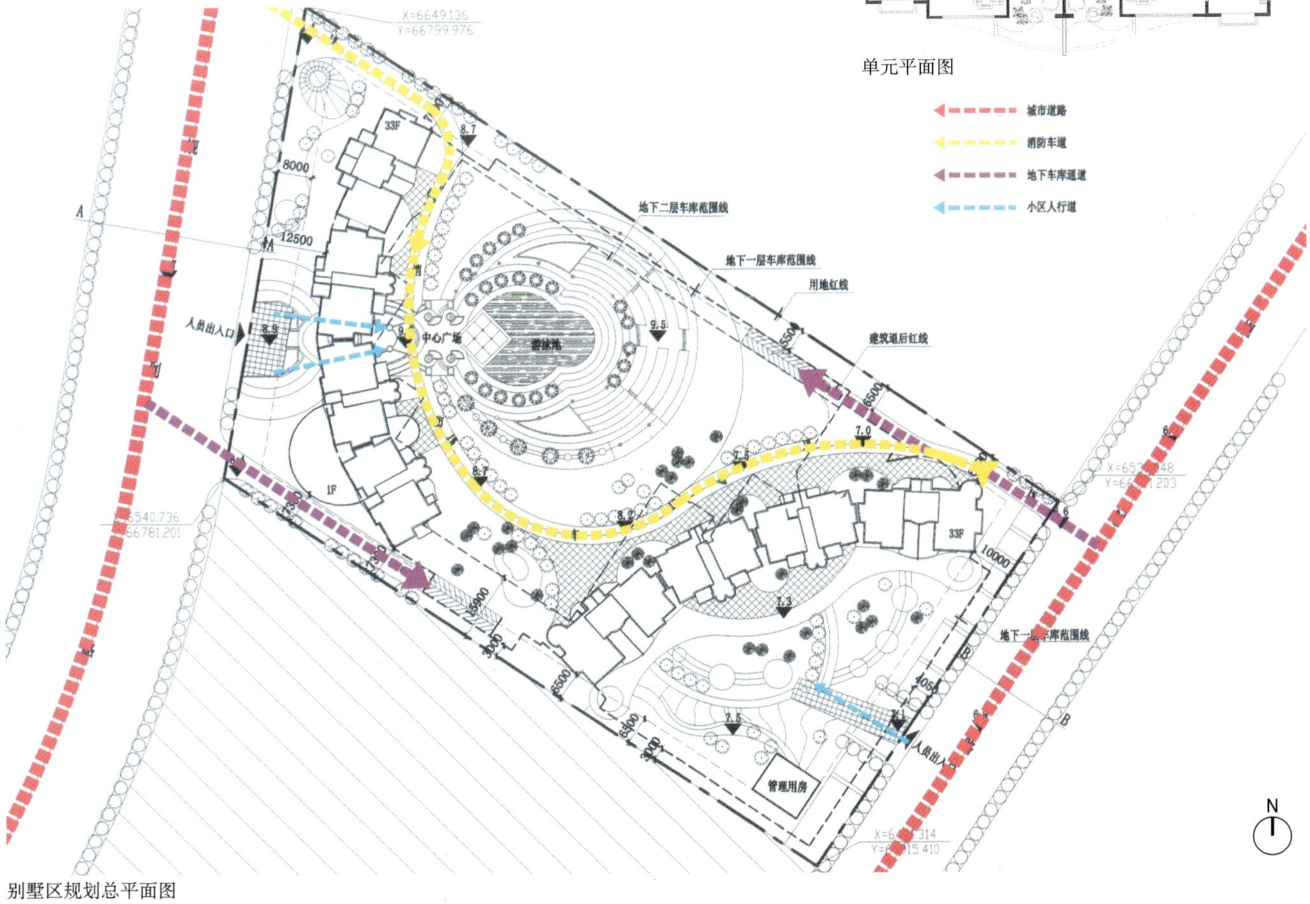


别墅区规划总平面图

小区标志

小区内景观

中心区景观

# 中国人居环境金牌建设试点项目

## 贵港

# 盛世名门花园

开发单位：广西小龙集团有限公司

设计单位：广州智海建筑工程技术有限公司

技术经济指标：

所在地：广西，贵港

规划总用地：189,184$m^2$

总建筑面积：260,098$m^2$

住宅/公建建筑面积：190,923$m^2$/4,700$m^2$

总户数：1,483户

容积率：1.613

建筑密度：25.3%

绿地率：46.5%

鸟瞰图

“盛世名门花园”位于贵港市北部新区，临城市干道，东北部与新区城市绿化广场隔路相望，地理位置优越。

小区入口设于地块东部，与城市广场呼应，区内主景观走廊与隔路相望的广场绿化有机结合。入口两侧沿路布置小高层住宅，使更多的户数可共享广场景观，同时使入口沿街城市景观更加丰富突出，利于树立鲜明的小区形象。

地块呈反“7”形状，为使区内形成有机的延续性空间，规划通过景观绿化走廊引导形成东西、南北两条景观轴线。建筑沿轴线采用点线结合的手法布置，开合有致，营造出丰富的空间效果，轴线交汇处设置小高层中心组团，形成视觉焦点，加强轴线空间效果。

为避免行列式布局的沉闷呆板，建筑物布置采用弧线、前后错落等手法进行灵活多变的空间组合，结合适当的点式布置，增加空间的趣味性、组团的向心性和视线的通透感。

小区绿化空间以一条“绿轴”、两条环状绿带组合而成。环行带状绿化系统结合中轴绿化走廊，使每户均享优雅的绿化环境。

小区设3个车流入口，在区内设外环式车道，解决车流交通疏散，加强区内可达性的同时，尽量避免对通过主轴的人行主通道及绿化带的干扰，营造了小区内安静的氛围。

外围商业人流通过周边市政路旁绿化带与干道车流隔断，与区内人流完全分离，提高小区品质。

专家评审意见：

规划结构清晰，布局严整，采取行列式及贴用地边界的围合布局方式，增强了小区的向心力和凝聚力。高层与多层错落布局，空间丰富。小区出入口位置适当，与城市关系融洽。住宅建筑南北向布置为主，卫生间距符合规范要求，为住户创造了良好的日照、采光、通风条件。小区道路交通系统设计合理，区内环形主干道顺畅、便捷，步行系统较完善，减少了人、车的相互干扰。采用地面消极空间停车和半地下停车相结合的方式，解决了区内一部分停车问题，经济、可行。小区环境设计细腻，有机组织了四个景区，将硬质景观、绿化景观和水景巧妙结合，努力实现居住（家）就在花园里的理想境界。小区公建、服务配套设施较齐全。住宅设计类型多样，平面紧凑，功能齐全，布局合理，建筑造型简洁、明快、前卫，富有时代气息。建议如下：减少周边底商的封闭感，注意通透视线，增加通风量，减少底商对住户干扰。适当加大停车量，扩大地下车库的规模，有效组织动、静人流交通。加强科技含量，改善居住品质，落实居住文化的组织与管理工作。

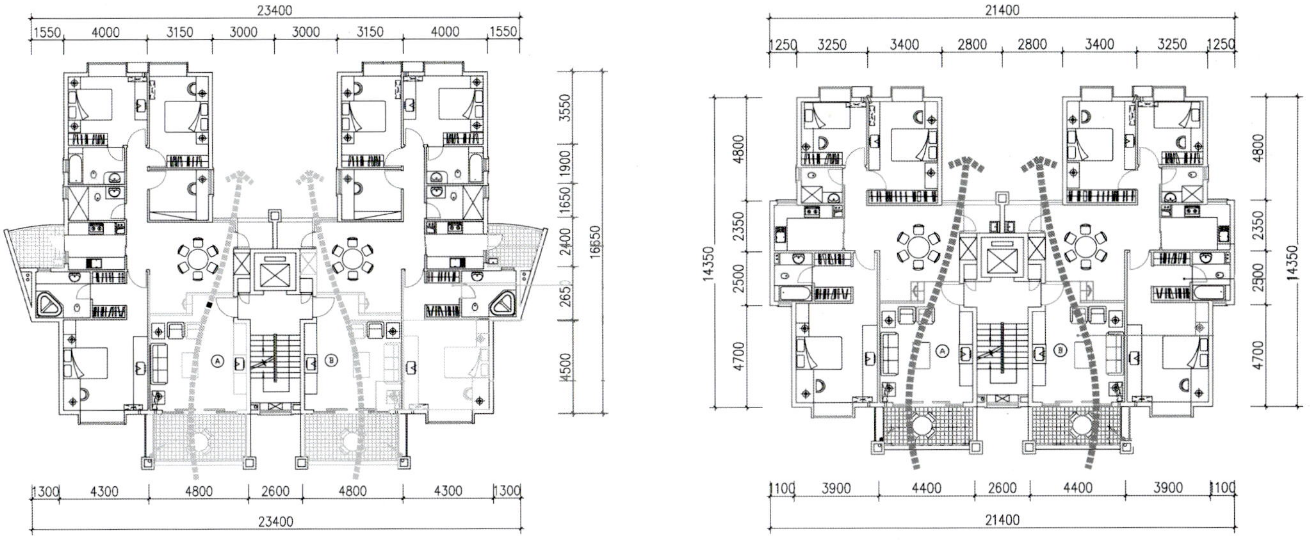

户型平面图

规划总平面图

## 武汉

# 金都汉宫

开发单位：武汉市浙金都房地产开发有限公司

技术经济指标：
所在地：湖北，武汉
总用地面积：106,560m²
总建筑面积：300,000m²（含地下）
总户数：1,200户
容积率：2.18
建筑密度：10.6 %
绿地率：60%
停车位：1,308个

架空层景观效果图

“金都汉宫”位于武汉市武昌区积玉桥，北临高档住宅区，西面为临江大道和新建成的武昌江滩公园，与长江相望，周边交通便利，环境优美。

“最大化利用江景”、“以人为本，解决建筑朝向与江景的矛盾”及“创造生态的优美的人居环境”是本项目规划设计中的三大重点。

为了能把远景、江景引入到小区内，营造朝向好、景观好的优美环境，总体规划采用了半围合式布局。

靠近长江的西面尽量采用开敞式，东、南、北面周围较差的环境，用高层遮挡，同时利用半围合起来的中间空地，营造了高低错落、山丘起伏、小桥流水的大园林空间。

整个规划的结构布局，基本上每幢楼呈南北朝向，高层每户均能远眺江景，而小高层每户也能饱览小区中各景观。可观江景的户数达到80%。

将“色、声、香、味、触”作为园林规划的主题，在小区中心景观区划分出五个相对独立而又相互贯通的大“境界”，再通过环形小道加以串连，同时又辅以星罗棋布的小“境界”，使各区域主题明确，增强可识别性。

专家评审意见：

规划设计充分考虑临江的景观优势。在处理好与周边旧建筑关系的同时，尽量多地安排了观景的住宅，并在住宅单体设计中把起居室安排在沿江的一面，并设置了较大的室外观景阳台，大幅提高了住宅的观景价值。住宅建筑采用半面围合，向江边敞开的布局，屏蔽了周边不利因素，把长江风景迎入院内。同时其流畅、流动的弧线，勾画出生动的轮廓，对城市面貌的改观起了重要作用。而大面积的绿化空间更加强了环境的舒适。规划设计在用地较为破碎的前提下，有机安排公建、学校和住宅，使之成为城市的组成部分，并建立了良好的生活秩序。利用多种手段美化环境和提高环境的舒适度，如架空层的设计、观景平台和入户花园的设置等，大大提高了生活情趣。住宅设计种类多样，平面功能合理，室内空间设计有较强的趣味性和适用性。采用了外墙外保温和节能等多种措施。建议：加强节能设计，增强科技含金量。

规划总平面图

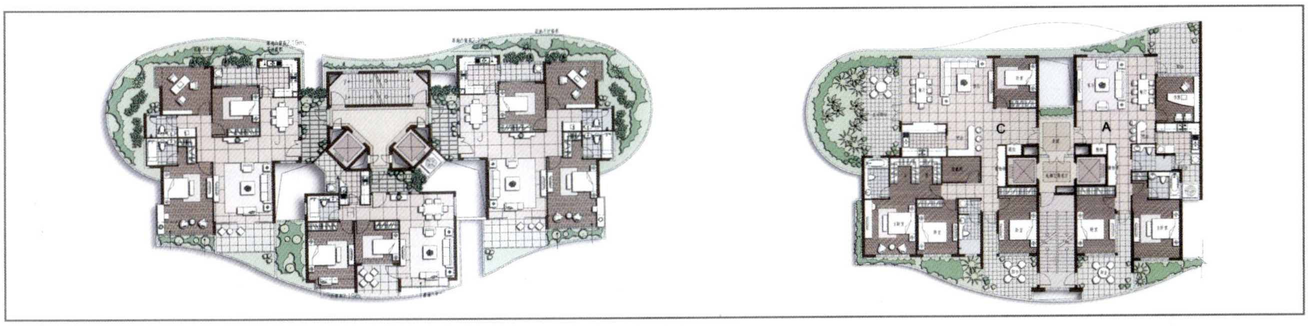

户型平面图

鸟瞰图

## 长春

# 富苑华城

开发单位：长春天正房地产开发有限责任公司

技术经济指标：
所在地：吉林，长春
一期总用地面积：140,000$m^2$
一期总建筑面积：170,000$m^2$
容积率：1.2
绿地率：61%

建筑立面

“富苑华城”座落在长春市朝阳区南湖大路，东临南湖广场，紧临碧波荡漾的南湖公园、高新技术开发区，周围星罗棋布十几所著名大专院校和科研院所，是长春市著名的文化区。

富苑华城园区内配套设施充分考虑到小区业主对文化、娱乐生活的需求，兴建了长春市规模最大的集健身、娱乐、休闲、餐饮、洗浴于一体的超大型会所。

小区的环境设计以纵深400m长、60m宽的人文水街，作为壮观的景观轴。小区内设有声色泉涌、水浅波远、漫步林荫、行水吊桥、植物迷宫、休闲亭、童趣园、晨跑径等。

每个入口处设有门禁消费停车IC卡管理系统，同时户与单元、单元与门口都设有可视对讲系统。

住宅的所有户型动与静、公共与私密分区，布局合理；单元入口处设阳光门厅，为邻里间交流提供空间。

所有住宅入口都位于南面，使居民在入户时免受寒风侵袭；在入口处设阳光门厅为人们提供休息、交往场所。各户型南面开大窗，冬天可充分接受日照，夏季可通风纳凉；北面主要为实墙面，开小窗，以抵御北方寒流。公共走廊、电梯厅均为自然采光。

建筑采用后现代主义风格，形象新颖、优雅、多彩，楼宇南向外立面采用素雅色调，显出小区的清新脱俗，北面采用暖色调，烘托出小区的温暖喜庆之气，为城市增添了一道亮丽的风景线。

专家评审意见：

本小区充分利用地理环境条件，做到了小区建设和绿色生态环境的融合、人工与自然的融合。规划设计采用了以高层、小高层和联排住宅相间布局的方法，体现了疏密有致、高低错落的空间环境，并以中心园林主轴的布局方式突出小区的高层住宅（会所）的地位，凸显了高层住宅本身地标的作用，为住区增加了亮点。小区建设较好地体现了城市规划生态先行的原则，特别注重保护原地古树林木，整个小区被绿色树木环抱，成为“树比人多”的花园住区。并通过人工整治，建筑物掩映在自然绿色之中，达到了保护自然、利用自然、丰富自然的作用。小区的配套设施良好，大型会所较好地发挥了作用，为住户提供了休闲、健身、文化和交往的条件，提升住区居住生活品质。小区设计的人文水街，生气盎然，更是住户喜闻乐见的场所。小区住宅户型多样，平面布局合理，功能齐全。在建筑性能、隔声、保温、节能方面都有较好表现。二期开发的青年公寓设计，采用酒店式的服务，提升了小户型的品质，为青年住户提供良好的居住环境。建议：对公寓式青年住宅模式从市场定位、居住模式、平面设计和服务系统作总结研究，深化小户型的规范化和定型化。积极推进一次装修成品房工作，对实施组织和供应体系的实践开展研究。加强无障碍设施的建设，突出对老年、儿童等特殊人群关怀，加强细节设计、确保使用安全，体现人性化理念。

沿街立面

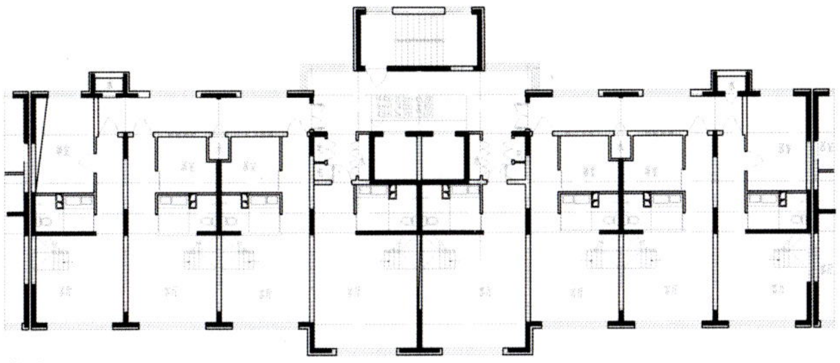

户型平面图

规划总平面图

## 宁波

# BOBO城

开发单位：宁波交通房地产有限公司

技术经济指标：
所在地：浙江，宁波
总用地面积：229,116m²
地上／地下建筑面积：458,230m²／117,166m²
总户数：2,912户
容积率：2.0
建筑密度：19.0%
绿地率：51%
停车位：2,637个（其中地面停车位286个）

鸟瞰图

“BOBO城”位于宁波市东部，现状基本为农田，土地平整。规划理念遵循为BOBO族（流行时尚——新精英族群）创造高品质的生活和活泼、富有创意空间的精品社区，将人与居住环境视为整体，并强调了人的主体性，激发居住者对所居住环境的心理和情感上的认同，努力做到均好性、生态性、功能性、舒适性。

规划设计仔细推敲住宅群体的组合形式，通过资源的再重整，化不利为有利，通过整体精心策划，尤其是根据不同的地理位置、景观特色，进行“户型定位”的设计。

空间布局上，以多层围合的院落布局，形成小区的高档精品区；中部组团设计成开敞式的塔式高层区；东部组团通过小高层住宅的错落和穿插，创造出半围合、连续性的院落空间序列；北部临江组团，跌落布置，与江水、江景相互辉映，描绘出甬江之畔一道亮丽的彩色屏风。

小区的交通组织以一个大L形的一级主路嵌套两个小L形的二级主路。一级主路通过西边及南边两个入口与城市道路相连，汽车从小区入口可直接进入地下车库，形成人车分流的效果。

结合南北向及东西向的绿化景观轴，设计步行道路系统，使住宅与小区的各中心、会所、零售店、广场紧密联系起来，达到人们家居休闲的高品质生活要求。

景观设计上，在南北绿轴和东西绿轴交汇处结合广场及原有河道改造设计了大片的生态绿地，与大量的中小面积、规模分散公共绿地有机结合。

在尽量保持原有河渠的基础上，将河渠适当连通，水面分三个层次，相互连通，形成小区水环境。

专家评审意见:

小区环境设计强调“均好性”，采用序列的不同规模分散公共绿地和河流水景环境的整合，创造了良好的居住空间环境，体现的“归属领域”、“均好”与“共享”的概念，较好满足了住户人际交往、休憩和户外活动需求，创造了高品味的户外生活条件。采用底层架空的手法，开阔了空间视野，提高了整体空间环境的质量。小区建筑布局采用适当的错列式、行列式和点阵式的设计手法，形成围合空间，形态变化丰富。建筑整体风格采用折线、坡屋顶、圆拱、老虎窗等建筑元素，增强了居住的生活气氛，具有现代感和动态感。户型设计多样，并做到户户朝阳，厨卫全明，通风良好，室内外有较好的景观视野。建议如下：小区的出入口设置过多。西侧主入口与北侧次入口之间距离较近，建议作适当的调整。南北景观主轴线的间距适当放宽，尽量利用北部开阔景观资源。加强道路空间与架空空间的沟通。以绿色植物来美化环境，尽量减少建筑小品，以留出更多的空间。高层建筑颜色不宜过深，以减少空间的压抑感。调整环形车行道的位置，使其避免穿越院落空间，以确保居民出行的安全。适当增加便民设施，如泛会所、小卖部、幼托等，方便居民生活。

沿江立面

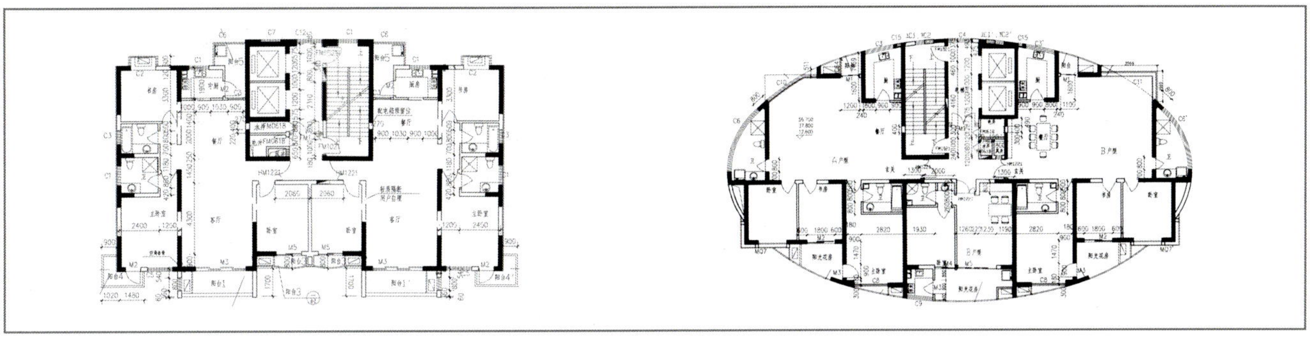
户型平面图

规划总平面图

## 天津

# 阳光100国际新城

开发单位：天津阳光壹佰房地产开发有限公司

技术经济指标：
所在地：天津
总用地面积：449,558m²
地上总建筑面积：750,000m²

沿街立面

“阳光100国际新城”位于天津西南奥运版块的核心地段，东临堆山公园、奥运中心，南面外环与大学城相临，西接华苑，北临渔夫码头、万豪大厦，与红旗南路、南中环衔接。阳光100占地676亩（45万m²），总建筑面积75万m²，是由国际摩天大厦、中心商业街、写字楼、SOHO、高档公寓等多种物业功能集合而成的复合型大盘社区。

天津阳光100国际新城面向城市新兴白领，提倡更自由、更青春、更简朴的生活方式，将建筑和居住提升为一种艺术和文化。现代简约的建筑与户型设计，采用了天津人喜爱的南北朝向，板式多层和小高层，一梯两户，户型小进深，大开间，高低错落的波浪式排列。

世界顶级设计大师联手合作进行的建筑景观设计，48m的超大楼间距，充满阳光的楼间花园，S形围而不合的中心庭院，形成了面向未来的格局，诠释了现代化的全新生活空间，使人、环境、建筑完美的结合在一起。

室内设计采用Mia计划，展现了全新的个性化家居解决方案。

专家评审意见：

本设计在适应当地文化的同时，努力超越地方文化的局限，以国际化的设计思路，创造出具有现代居住理念、高性价比的新型住宅。项目以阳光100号远航归来、国际港、大都市极富动感的场景为规划主题，将75万m²、近50栋的单体建筑与社区中央3万m²的长湖湖景有机结合，形成主题明确、相互关联、整体统一的空间组织结构，充分发挥了大盘规划整体开发的优势，亦较好地延续了天津特有的海港城市文化。新城设计具有独创性，通过挖湖堆山，将工地多余的土方就地利用，形成平原社区独特的山水景观，不仅与堆山公园遥相呼应，还挡住了铁路的噪声、视线的干扰，有效化解了不利因素。建议如下：该项目用地非常不规则，且两面紧临城市主干道，一面为铁路（每天大约10列列车通过），噪声影响较大。尽管规划设计出色地缓解了铁路造成的影响，但西、南两侧主干道噪声影响仍不可低估。已完成的几栋建筑，施工似显粗糙，建筑细部略欠处理。尽管项目容积率低于2.0，中心水景面积巨大，但项目总建筑面积较大，应妥善处理好机动车与人行的矛盾，尽量增加居民活动场所。

沿河立面

小区内景观

## 杭州

# 顺发·倾城之恋

开发单位：杭州和美房地产开发有限公司

技术经济指标：
所在地：浙江，杭州
总用地面积：95,772m²
地上总建筑面积：232,366m²
总户数：1,565户
容积率：2.5
建筑密度：20.8%
绿地率：40.32%

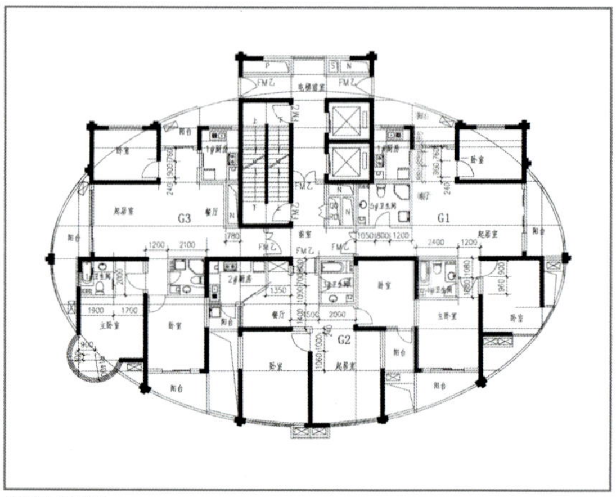

户型平面图

“顺发·倾城之恋”位于杭州市滨江区西兴镇江一村，四周临城市道路，地块基本呈梯形。小区规划设计以人为本、回归自然，延续沿江文脉，创造新城市空间。在布局上，小区形成了四个组团、一个中心的基本规划构架。

每个组团均以3幢板式住宅组合成一个组团庭院空间，且每个庭院空间都适当抬高，并在一角作敞开布局，与中心绿地相呼应，中心绿化区布置了4幢点式和入口1幢板式高层，5幢建筑底层架空让绿化在底层完全延伸，并在中心绿地布置了小区的主要休闲中心。

道路交通规划：小区人行主入口置于其南面中间的位置，一进入小区，即可看到中心绿地。沿中心区设置了小区主干道环路，在小区西侧和北侧设置了次入口兼车行出入口，两个入口都与小区主环路相连。4个组团庭院除消防车外，不进车辆，成为完全的休闲空间。

景观绿地规划体现“以人为本、回归自然”的设计理念，中心绿化区以休闲和运动为主题，利用全部架空的建筑底层将绿化完全连成一体，四周四个组团庭院呈半围合状态，利用高差局部下沉，在组团开口部分塑造了一个立体的多层次景观空间，空间设计还结合“阳光车库”的概念，将四处地下车库开放形成下沉花园。设计突出了高低叠落的水系，为小区内部环境增添几分灵动和秀美。户型设计采用大厅、大主卧、大厨卫，内外有别，动静分区，入口处设置玄关，所有的户型得房率大于80%。

专家评审意见：

项目地处杭州滨江江南城核心区，交通发达，环境协调优美，基地周边紧邻行政商务区和文化、体育休闲基地，是一个富有现代城市气息宜人的居住地段。住区规划设计采用高层低密度住宅规划手法，留出大量绿地空间，为住户的休闲、体康和文化活动等各种现代生活理念创造了条件。底层全架空的手法，不但开阔了景观视野，而且提供了老年人交往和儿童活动的空间。有充足的创建居住文化氛围的条件。小区规划布局采用一个中心花园和四个开敞和半开敞的院落组合设计，有空间环境的围合感和领域感。中间四个30层高层塔式住宅设计起到标识景观作用，丰富了群体建筑的轮廓线。住区交通采用全地下车库式设计，有效消除了对住区的干扰，保证居住环境的安静和舒适。内环路设计短捷，方向感强，可方便到达各个住宅楼栋。住区主次入口选择适当，人流、车流分配合理。住宅套型面向普通住户，以中、小型为主，既控制了总价位，又为普通城市居民提供较好人居环境条件。建筑造型简洁明快，有统一的整体感。套型双入口设计有一定特点，主套型主入口安排从花园阳台入户，提升了住宅的档次。本项目采用的正压补新风、雨水景观水处理技术、墙体技术、保温隔热、智能化系统等科技措施，对改善住宅性能，提高居住环境品质，提高舒适度有帮助。建议：进一步调整车行入口，以消化车辆，防止拥堵。进一步优化住宅套型设计，细化功能使用。电梯配置数量应符合国家规范和地方有关规定。加强对科技技术措施的落实，做到适用、实惠、有效，并注意做好总结工作。扩大成品房供应比例，并认真落实各种管理及技术措施，推动一次装修到位。

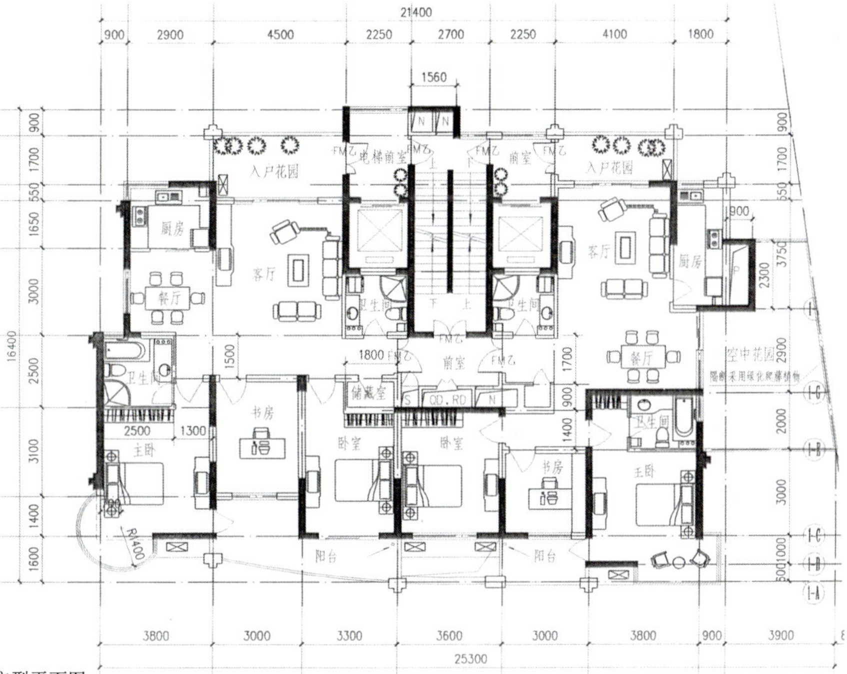
21400
900
2900
4500
2250
2700
2250
4100
1800
1560
入户花园
电梯前室
前室
厨房
客厅
餐厅
卫生间
空中花园
储藏室
书房
卧室
主卧
阳台
16400
25300
3800
3000
3300
3600
3000
3800
900
3900

户型平面图

鸟瞰图

## 温州

# 欧瑞豪庭

开发单位：瑞安瑞欧房地产开发有限公司

设计单位：杭州邑都建筑景观设计有限公司

技术经济指标：

所在地：浙江，温州

总用地面积/总建筑面积：31,122m²/87,915m²

地上/地下总建筑面积：69,042m²/18,873m²

总户数：388户

容积率：2.2

建筑密度：23.8%

绿地率：39.2%

停车位：395个

鸟瞰图

“欧瑞豪庭”位于安阳新区城市干道旁，地理位置优越，环境优美，是理想的居住场所。总体布局结合用地现状，火车站南路一侧设计为9跃10层建筑群，最北端为18层板式高层，东侧设计为具有动感的5栋16层点式小高层，沿街一二层为商业用房，整体围合成一个相对完整的内部居住环境。

小区实行人车分流，车流通过位于小区主入口的广场，直接进入地下车库，避免车辆进入小区内部空间。而人流可以通过主入口及次入口有机组织，便捷分流。主入口运用中轴对称手法强调空间序列，突出主入口及中心花园，引导和分散人群。中心花园与次入口又纵向连贯，形成辅助的空间序列，使空间得以延续，发展。

建筑造型简洁明快，凸显现代风格。住宅采用框架结构，以大客厅为户型中心，将厨卫、卧室等合理布局，形成一个现代化的居住环境，每套户型均设计了一个豪华宽敞的入口花园，将小区的绿化延伸至居家内部，使小区的景观得以升华。

专家评审意见：

规划设计体现了以创造人文、景观环境为目标，以树木和水景作为表现力，创造内院景观式环境的宗旨。小区的车行交通采用地下车库疏导的模式，分流了车辆，使小区内部成为步行区，保证了安静的居住条件。小区设主入口和南北各一条消防通道并设有疏散的入口广场，为组织人流景观创造了有利的条件。建筑沿地块周边布置，有效地利用外部地域及环境，为住区的内部环境创造了开阔的景深空间。小高层采用一梯两户南北通透式单体设计，体型秀美挺拔，略做退让的布局和房屋间距的保证，使住宅有一定空透感。户型定位准确，平面布局功能合理，业主通过花园入户的作法有新意。架空式设计有效地拓展了视线的辽阔度。建议如下：总体布局做适当调整。是否可以通过塔、板位置调整，使庭院空间更加舒畅。增加摩托车地库入口，并有效防止摩托车进入园区内。增加无障碍设施、医疗及老人、儿童的活动区域。取消一部楼梯和适当减少非景点观景电梯数量，减少公摊面积，降低成本。面临城市和学校噪声源的住宅套应采取有效防噪声措施。增加换新风、补新风的设备措施，提高室内热环境舒适性指标。采用成品房一次装修到位的技术措施。

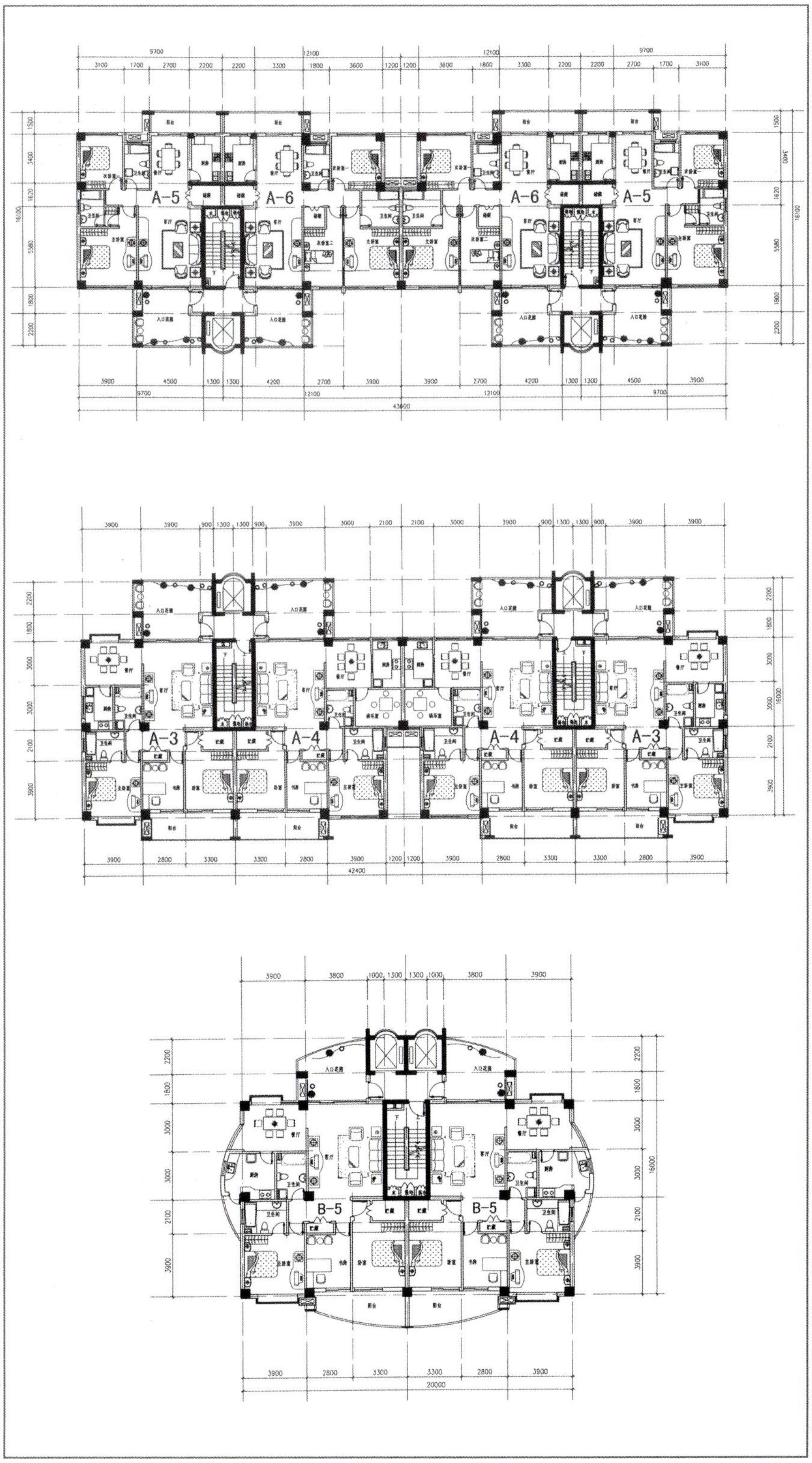

平面图

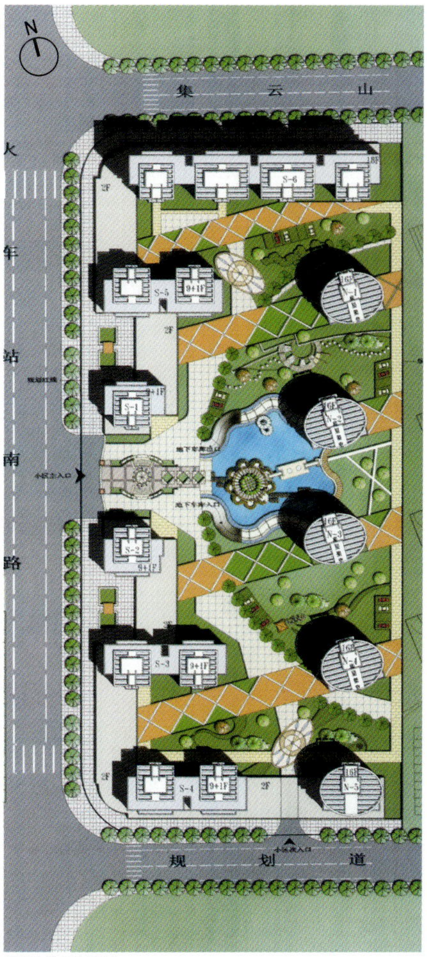

规划总平面图

## 北京

# 山水文园

开发单位：北京凯亚房地产开发有限公司
设计单位：中建一局集团第四建筑公司

技术经济指标：
所在地：北京
总用地面积：800,000$m^2$
总建筑面积：1,000,000$m^2$
绿地率：50%
容积率：1.4

水景

“山水文园”地处北京东三环，邻近东四环和东长安街，同时又是出入京沈、京津塘高速公路和北京经济技术开发区的重要门户，交通发达，出行便捷。社区中包含了3个超过1万$m^2$的人工湖、2座真实的山体以及万余$m^2$清澈见底的小溪。

小区高绿地率低密度的规划布局，为整个社区及其所在区域创造了宜居的生态环境。

住宅设计采用板式小高层，一梯一至两户带电梯；通过上下错层、上下跃层、平层高厅、首层带30～60$m^2$亲水庭院，顶层带空中花园等，形成丰富的户型种类。采用了大面宽、小进深的设计方法，做到户户均享有大面积的采光及绝佳的观景效果。

在组团中营建了一座占地1.2万$m^2$的山体和一个广达1.9万$m^2$的超大水系。并建设有总建筑面积万余$m^2$中央山体会所，包括娱乐、健身、社区服务和物业管理等几个部分。山水文园由九天物业管理公司为所有的业主提供超英式的管家服务。

专家评审意见：

该项目地处北京三四环之间，面积规模超大，具有得天独厚的地段优势。项目容积率不高，密度低，对于提升品质起到了很好的作用。景观规划融入了加拿大风格，独具匠心。项目采用造山造水的办法，在景观规划上营造有山有水的人造生态环境是可取的。绿地面积很大，并且水系的长度很长，在绿堤中间建有一条自然的狭谷，颇有新意。底层住户前面的溪水，对该项目品质的提升具有重要作用。有效地利用地下空间，提高了土地利用率。注重细节设计。建议如下：应考虑让上层的住户更好地参与和享受自然环境。项目容积率不高，密度低，如何形成紧密的人际关系是很重要的，在注重生态的同时，应增加人文概念，营造紧密、和睦的人居环境。小区水景较多，应注意用更经济的手法维护绿地和水环境。社区规模宏大，与周边的结合不是很好，应改善。应增加居民近距离的步行购物的功能。需要加强城市功能，提高影响力。不主张搞大草坪，应做好草坪的维护。小区绿地不少，但绿荫不够，甬道两边应有林荫道，同时应增加户外活动的空间。

溪流

组团内景观

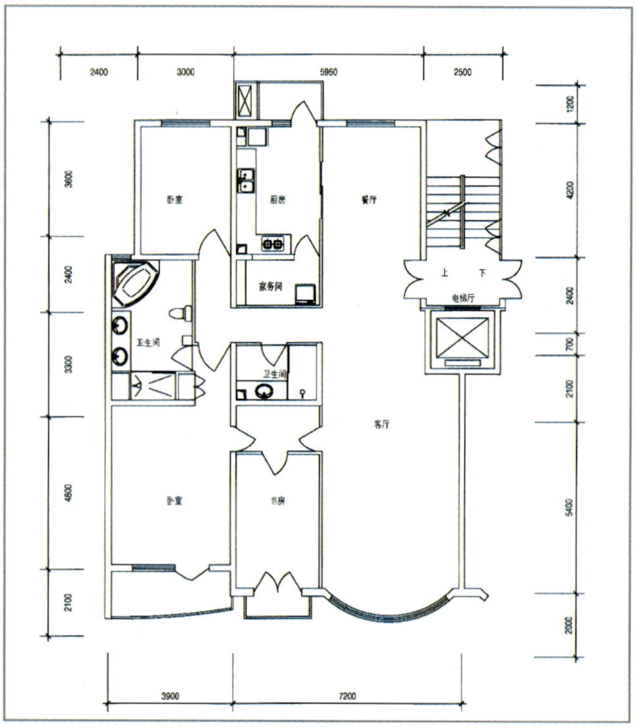


户型平面图

规划总平面图

景观园林

## 昆明

# 云康园

开发单位：云南官房土地房屋开发经营有限公司

多层住宅

技术经济指标：
所在地：云南，昆明
总用地面积：187,000m²
总建筑面积：127,141m²
总户数：639户
容积率：0.8
建筑密度：25.8%
绿地率：52%
停车位：812个

“云康园”位于昆明市北部新区，东临盘龙江，西面与云师大附中用地相邻，北侧有已建成的市政府小区（6层为主），南侧为云师大分校用地。周边均有城市道路环绕，交通便利，距市中心约20分钟车程。

住区交通组织便捷，分别在地块南侧、西侧和北侧设置混行出入口四个；在东侧设两个步行出入口。

环形机动车道在区内串联起四个住宅组团和公建带，车行交通便捷明晰，最大限度地减少了对中央绿带的干扰。住区人流在各入口处即与车流分离，沿中央亲水景观绿带向各住宅庭院枝状发散，形成与区内主要车流互不干扰的安全便捷、舒适优美的步行系统。

静态交通方面，联排住宅均自带车库，多层住宅则主要在车行道外侧，结合住宅底层及建筑退界设置相对集中的车库和车位。

考虑到北段建筑密度较大，居住户数较多，设地下车库，在达到较高的停车率的同时满足人防要求。

小区环境设计突出生态、自然和文化韵味。设计以盘龙江古河道为骨架，沿河道形成曲折的中央绿带并向组团及住区外部空间延伸，成为住区环境的主体。两条主轴线贯穿住区和公园，从南向入口沿中心绿带曲折延伸至北端入口，形成区内景观次轴。在主次轴线的交点和端点处结合步行流线形成区内景观节点，强调均好性。

单体建筑设计现代、简洁、舒展，联排住宅分为普通联排住宅、联排双拼住宅和联排商业住宅三大类。

住宅的主立面朝向东南、南、西南几个方向，以得到最好的日照及景观。多层公寓设于住区北部，均为7层，每个单元均设有乘客电梯。

在外观设计方面，屋面构架结合太阳能设计，并通过各种竖向装饰构件，结合挑窗，形成明朗轻快现代风格。

专家评审意见：

小区注重了新技术、新材料的应用，尤其是太阳能技术的应用，并与建筑物构成一体化的设计，是人居环境金牌试点项目试图推行的绿色能源、健康环境的重要的技术手段，具有广泛的推广意义。在规划上充分利用周边环境的有利条件，充分利用基地地形、水资源和气候特征合理地组织了布局、道路、环境、配套服务四大功能系统。利用古河道营造的生态绿地系统，把历史文脉和生态环境融入居民的居家生活中，有利于促进人文生活环境的形成。住宅类型种类多，户型设计充分考虑了日照、通风、采光等自然条件的利用，适合昆明市自然条件的特点，并利用节约能源和空气置换等技术手段，体现了健康居家的人居理念。住宅外观设计简洁大方、块面结合、线条明晰。建议如下：注意不断地扩大优化类型，改进居住空间的生活氛围和平面布局。扩大康体保健和休闲文化活动的场所，增加人际交往的条件。改进沿东侧景观文化休闲商业的设计形式，将景观与商业作为一体设计，提升居住文化的品味。研究整理技术主题的开发内容，集中体现人居科技在提升人居品质方面的作用。

沿街立面

双拼别墅

鸟瞰图

规划总平面图

## 扬州

# 财富广场

开发单位：扬州良国房地产开发有限公司

技术经济指标：
所在地：浙江，扬州
总用地面积：38,188m²
地上建筑面积：129,840m²
住宅/商业建筑面积：59,019m²/70,820m²
容积率：3.4
建筑密度：47.0%
绿地率：31.4%
停车位：561个

夜景

“财富广场”位于扬子江中路与江阳中路交叉口东南侧，是人流、车流的交汇点，具备相当高的商业开发潜力，是对原有商业网点的补充。该区同时也是进入扬州市区的门户，从而决定了其在整体城市构架中的重要性，是城市设计中的重要节点。

本商业区为大型商业中心，为消除购物疲劳感，设计利用步行街、中庭，给人以放眼环顾、放松身心的空间。使顾客“乐在其中，玩在其中”。

用地的东北侧，设计了6栋高层住宅。住宅沿商场周边呈“L”状布局，不仅利于住宅登高面的处理，还可营造出一个大气、开敞的屋顶花园与景观视线。住宅塔楼最大限度地开放了商业裙房的空间，使商业完整独立且占据了最有利的商业界面，同时也让住宅远离了喧闹的扬子江中路，使之闹中取静。

用地周边设置消防环道，并于裙房底层北部设置一条消防通道，以满足消防距离的要求。住宅登高面沿裙楼外围设置，并满足消防登高的要求。住宅车流于入口处直接进入地下车库，不对其他人行流线造成干扰。商业人流入口分设于北侧和西侧中部。北侧入口结合任务书中关于江阳中路人行天桥的设置要求，延伸天桥至商业二层，并由此衍生出室内商业步行街，住宅人流入口均由东侧进入，与商业人流分流明确。

专家评审意见：

本项目为城市核心地段的综合性城市生活项目建设。方案集现代感、高舒适度的居住、便利的购物、休闲为一体，满足城市居民的需求。方案充分有效地利用了优越的地理位置和自然条件，通过过街天桥的直接引入和室外广场的立体设置形成了互动式人流。设计较好地解决规模大、人流杂、内容多等矛盾，利用步行街、中庭的手法创造出内部景观宽敞，流线丰富，购物轻松的气氛。在住宅排列上采用板式、塔式相结合，高低错落，有韵律感，整体空间布局及造型对城市节点给予了充分重视，创造了良好的城市景观形象。在高密度建筑环境上，利用屋顶平台较好地创造了相对安静的居住空间。户型设计功能合理、使用方便、自然采光通风良好。建议意见：由于本项目的高容积率和高密度，需要从多方面精心推敲，综合协调各种因素，进一步解决和改善人居环境。如：需要进一步解决交通问题，如人流、货流的流线组织，左行车辆入口位置，调整地面停车位数量，地下车库机械停车位安装、预留等问题。改善绿地状况，增加广场树木种植量和屋顶绿化面积。发掘地下一层的商业价值，建议开辟地下一层商业面积。应重视科学技术的应用，注意保温、隔热、遮阳、防噪以及污水污物处理技术措施的落实。

鸟瞰图

沿街景观

沿街商业

平面图

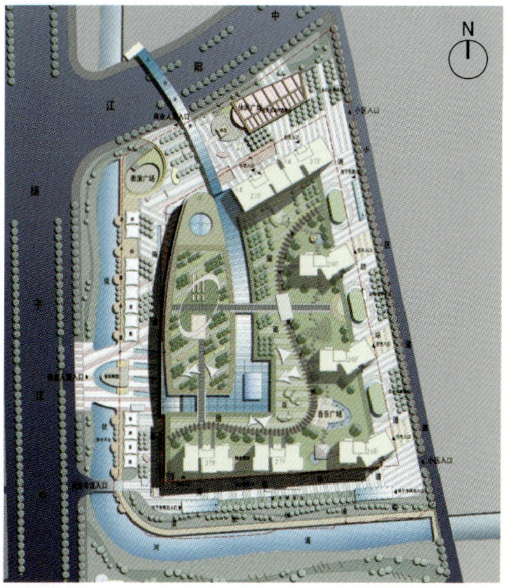


规划总平面图

## 常熟

# 香格丽花园

开发单位：常熟市家盈置业有限公司

技术经济指标：

所在地：江苏，常熟

总用地面积：63,471$m^2$

地上总建筑面积：86,000$m^2$

公共建筑面积：4,000$m^2$

容积率：1.35

“香格丽花园”邻近常熟老城区，地理位置优越，交通便捷，同时还拥有独一无二的自然景观资源：用地东临横塘河道，南向隔常浒河是作为城市“绿肺”的500亩（33万$m^2$）绿地公园。

规划用地原为千斤顶厂厂区，厂区内道路两侧有多株高大乔木，树龄较长，予以保留。

规划以“生态、文化、情景、时尚”为创作主题，力求营造富有深层文化内涵，低密度、高绿化、多层次的情景空间及人性化的高品位居住社区。规划布局顺应景观朝向，建筑由南向北梯次升高，使更多住户能享有良好的景观资源和开阔视野。

小区内以4.5～7.5层的情景住宅为主，北侧沿枫林路设置13～15层的板式高层住宅；联排住宅独立成组，设置于景观条件最佳的用地东南角。

社区内部设一条车行环线，结合南北两侧出入口设置，交通便捷，可达性好；步行交通结合内部景观设置，步移景异，人车分流。

机动车停车位按每户1个设置。大部分车辆入库停放，北侧高层住宅下设地下车库，结合微地形处理设有三处半地下车库，联排住宅停车直接入户。

景观设计以一条水系串联小区内部的绿化空间，以两条南向绿色通廊，将自然“风、水”引入园内，最大限度地保留用地内的原有树木、结合水景形成生机盎然的绿化景观。

联排住宅的户型设计采用传统江南民居的内天井方式，南北通透。

情景洋房是本案的主力户型：一、二、三层南向独立入口，花园入户；顶层跃层，屋顶花园，各得其所，形成多层次的邻里空间和怡人、亲切的居住氛围。在5.5层、7.5层情景洋房中引入电梯，更加提升了住宅品质。

高层住宅一梯三户，户户朝阳，户型紧凑，明卫设计。

专家评审意见：

本项目地处城市中心区，周边交通方便，城市设施齐全，自然条件优越，是不可多得的地块，有利于创建人居环境住区范例。住区规划采用南低北高的手法，发挥地块用地的有利条件和自然资源价值，提升居住环境品质，项目定位准确。规划设计整体布局合理、细致、有序，与城市周边环境协调，对提升城市价值有利。规划设计保护基地原生树丛，充分发挥原有树木的手法是可取的，对提升小区环境品质有利。小区交通采用环式设计，可便捷地到达各个居住单元。南北入口设置方便车流、人流的出入。半地下式车库设计既可有效地缓解地面停车的压力，又能制造微地形，丰富了空间景观的变化。低层住宅采用的就近停车满足了高层次居住的要求特征。居住群体建筑的布局有序，空间形态丰富，景观条件良好。围合的庭园空间，对加强领域感和亲和感有益。紧邻南侧设置的会所，方便内外居民使用，其外部形象对城市街景和绿地景观视角有益。小区广泛采用情景花园住宅的设计，有效提升居住品质，是多层住宅发展的一个探索。强调的“情”与“景”的融合，有益于建立新的居住氛围。建议如下：需要注意规划条件要求的控制，包括建筑密度、日照间距等。并适当提高其舒适度。进一步细化动态与静态交通的组织。进一步改善北部高层区的环境，适当调整小高层住宅的位置。注意协调北侧底层商店的街景和功能配置，及南侧会所的车行入口组织。

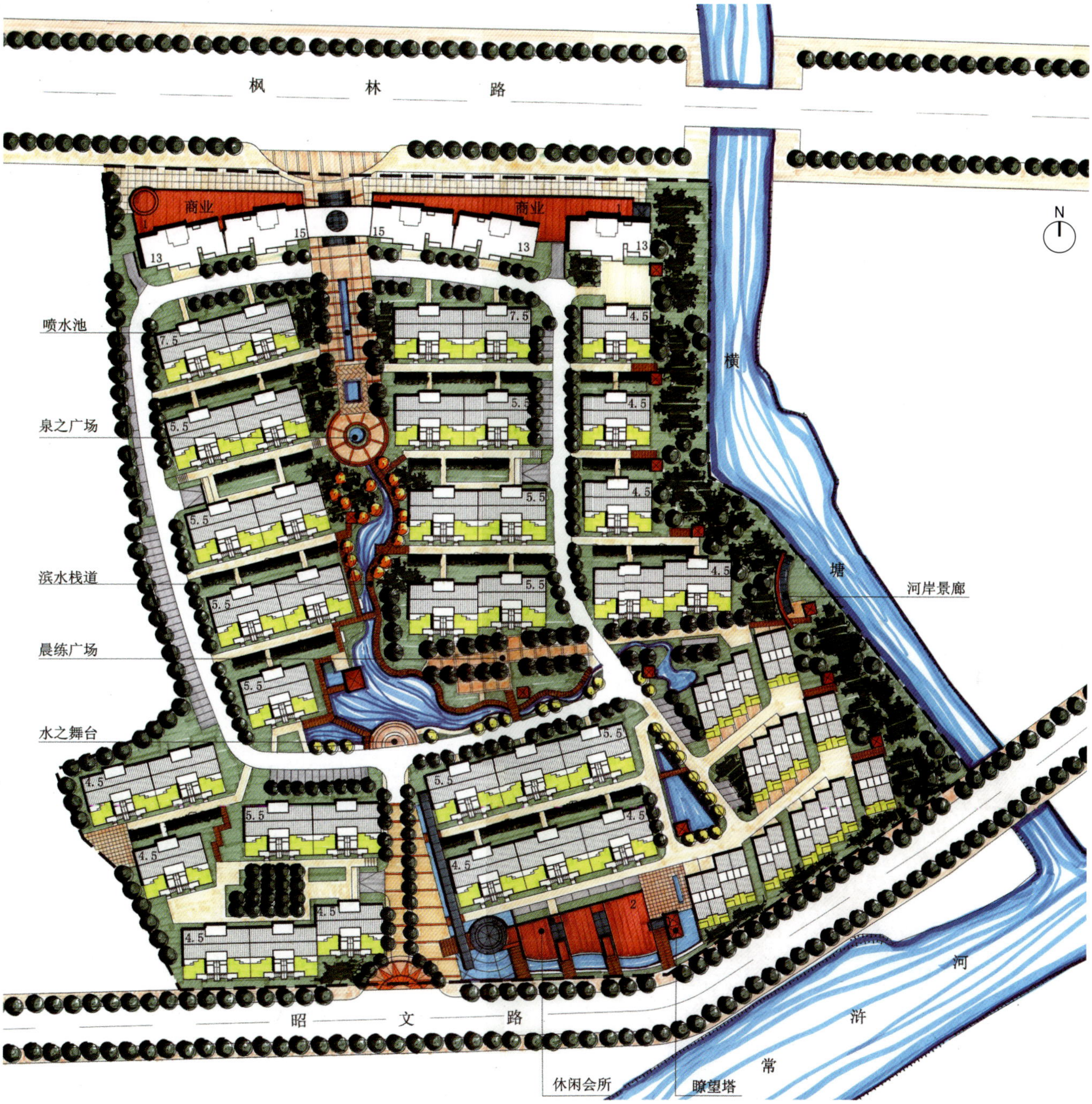

规划总平面图

## 太仓

# 君悦豪庭

开发单位：太仓市华侨房地产开发有限公司

技术经济指标：
所在地：江苏，太仓
总用地面积：44,128m²
总建筑面积：99,706m²
地下建筑面积：5,606m²
总户数：655户
容积率：2.26
建筑密度：21%
绿地率：40.7%
地上/地下停车位：100个/460个

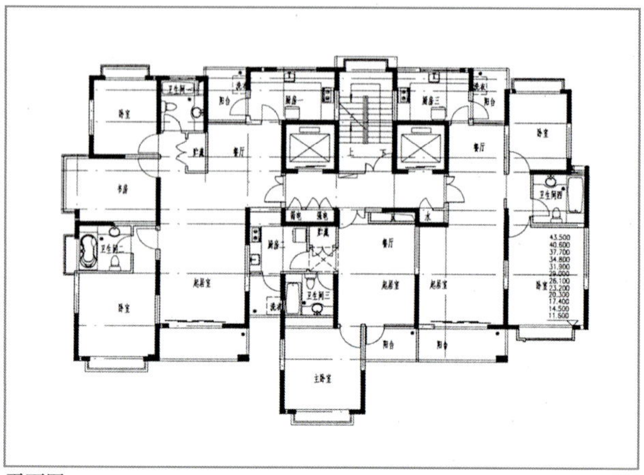
平面图

“君悦豪庭”位于太仓市西侧，基地南为新华西街，西为204国道，东侧为西城河，北为护城河，县府西街穿过基地，将其分为南北两地块。

小区由沿街两层商铺及8幢高层住宅组成。其中住宅建筑由6幢18层以下住宅和2幢22层跃23层住宅组成。

住宅楼均设一层地下室，作为自行车停车库及设备用房。南北两地块组团绿地下各设一个地下汽车库。

南北两地块统一布局，各地块由住宅及公建围合中心绿化，形成小区的中心景观，并与滨河绿化带、城市绿化广场、城市绿化带融为一体，沿国道及县府西街转角处按规划要求设绿化广场。广场一侧裙房设计成弧形体量，呈欢迎态势，与圆形广场布局相呼应。

小区主入口正对小区中心景观广场，中心绿化内设计儿童乐园、小舞台、林荫布道等景观小品，以丰富视线，小中见大，同时为居民提供丰富的室外活动空间。

住宅均为一梯二户、三户，以一梯二户板式住宅为主，户型以三室二厅二卫为主，辅以二室户，少量一室户及跃层户型。户型设计注重面积的合理分配及各功能区域的相互关系，按居住行为特征进行合理布局，空间完整，尺度适宜，实现了全明设计，通风日照良好。

立面造型以中西欧传统居住建筑为蓝本，以现代的设计手法体现时代精神。屋顶采用斜屋顶，结合顶层退台处理及构架的穿插进退，形成丰富的顶层效果。色彩基调为砖红色，顶部及下部基座做浅色处理，形成丰富而又统一的建筑形象。

专家评审意见：

本项目规划设计采用了八个高层的住宅布局，整体风格严谨协调统一，整体感强。沿街商业和城市广场，为城市居民提供了良好的生活场所，对小城镇人居环境的发展有一定的推动作用。采用高层住宅的做法，降低了建筑密度，扩大了园林景观空间，提升了室外生活品质。围合式的手法，增加了地域感、私密度，有益于提高地域凝聚力和亲和性。采用地下车库有效地实施人车分流原则，保证了居住外部环境的品质，停车的数量和车库的建设有一定的超前度。住宅设计充分照顾景观视角，落地窗开阔了视野，具有充分的均好性。园林景观设计做到植物配置丰富，手法多样。具有南方园林的特征，为住区创造了温馨的、休闲的、健康的居民生活环境。住宅单体设计充分考虑了现代居住生活行为的需求，各种空间配比适宜，尺度良好，关系合理，有一定的舒适度。住宅单元和底层商业的处理，有较好的衔接，做到了居住和商业人流的分离，便于物业管理。建议如下：进一步探讨城市广场定位和建筑功能布局，适当减少北侧广场的硬地铺装面积，增加绿色环境和休闲功能。进一步考虑细节和局部的处理，如空调机位、车库入口位置。探讨一次装修到位，减少市民的烦恼和干扰。贯彻执行长江流域地区的节能标准。

平面图

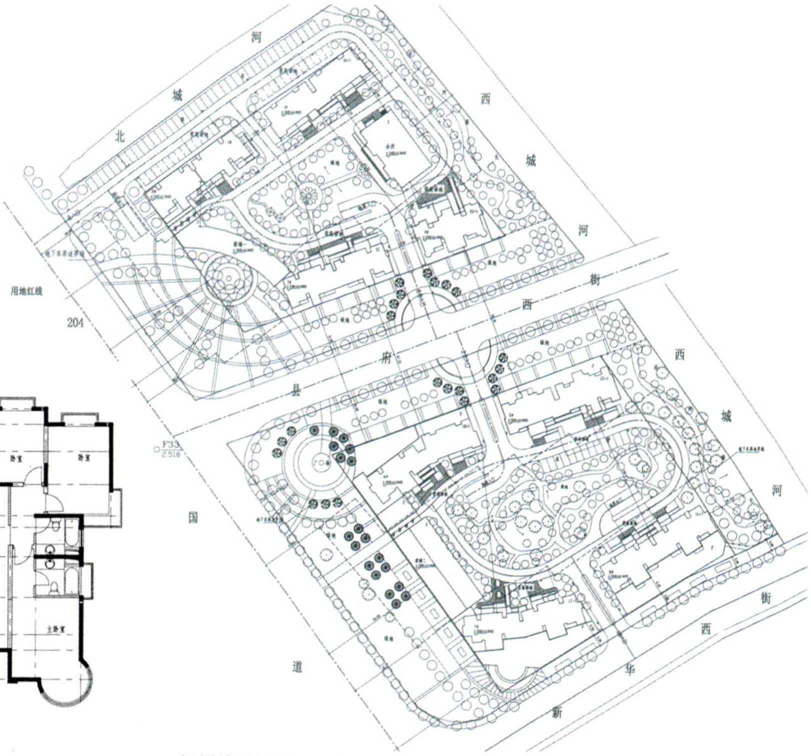


规划总平面图

鸟瞰图

## 洛阳

# 欣立·元华国际城市公寓

开发单位：洛阳市欣立置业有限公司
设计单位：浙江大学建筑设计研究院

技术经济指标：
所在地：河南，洛阳
总用地面积：44,760$m^2$
住宅/公建建筑面积：100,948$m^2$/15,180$m^2$
总户数：755户
容积率：2.59
建筑密度：24.18%
绿地率：40.83%
停车位：397个

沿街透视

“欣立·元华国际城市公寓”位于河南省洛阳市新区，地处洛阳市的行政中心，用地范围内有一条规划景观五支渠由东向西穿越，四周城市道路环绕，区位条件优越。

从城市与居住的角度出发，顺应城市格网肌理，沿用地南、北道路布置两组板式高层及商业裙房；东西两侧以点式高层予以平衡；场地中部偏北布置板式小高层，将小区分成南、北两区。

南北两区局部抬高设置半地下车库，车库覆土绿化并以景观五支渠为纽带，组织庭院空间。会所居于基地东侧出入口，兼顾内外。

总体布局有收有放，围绕水系，再塑场地，既形成与城市绿地的开放关系，又有力地塑造了体育大道这一主要景观轴线的城市面貌。

小区设置东、西两个机动车出入口。入口设置半地下车库出入口，乘客从车库直接乘电梯入户。在小区的南、北两侧设置了人行出入口。小区内部人车分流。抬高的南北两区场地用以应急消防通道，并满足搬家急救的需要。

围绕庭院水景轴，结合小区游泳池，穿插布置多种多样的活动空间。点式高层住宅更通过底层的架空创造融会贯通的整体环境。

小区以110～150$m^2$三室两厅两卫户型为主力户型。在户型设计中，综合考虑了明确的内外、动静、昼夜以及主客分区；厨房卫生间使用、设备、管线的合理设计；不同住宅形式的新的探索和高科技和成套产品的应用。

住宅建筑立面采用新古典主义的造型手法，强调建筑的流畅、动感、简约。建筑山墙面及檐口、阳台等水平向弧形细部处理，创造出具有人文气息的典雅的建筑形象。

专家评审意见：

规划设计采用开放空间的手法，与城市呼应，整个设计完整、高低错落、板塔结合，有丰富的城市轮廓线。建筑物整体风格严谨、稳重，设计精致，具有良好的外部形象。小区围绕自然河流形成南北两个生活空间，具有适住性。院内景观穿插，丰富多变。向西布局的开放性，引入了西部的城市景观资源，增加了内部景观的开阔感。小区交通采用人车分流组织原则和车行主入口就近入库的做法，有效地保证住区内部的车行交通的减量。车库直通单元入口的做法，为住户提供了方便。住区内部消防处理深入而细致，满足了消防上的要求。小区庭园设计依托水景轴，经过整理完善形成了很好的庭园景观，突出了主题。结合半地下车库的填土形成微地形和底层架空的手法，创造宜人的居住环境和休闲、人际交往场所。住宅套型标准定位适合市场的需求，内部空间布局合理，使用方便，有较好的视觉空间。建筑体型的变化提供了良好的视线景观条件。建议如下：小区入口数量过多，不便于日常管理，建议弱化北入口。深化细化景观设计，突出园林中心景观功能和作用。并结合休闲景观、健身步道处理，调整小区的消防道路路形设计。适当加大住宅餐厅的尺度，提升家庭就餐和厨房的功能。建议将会所边的游泳池做室内设计，提升住区的等级。建议增加科技含量，提升住宅质量，如：①增加外墙保温隔热、双层玻璃密封窗、外遮阳等做法，以满足节能标准的要求；②增加沿街的噪声防治和补新风系统；③节水技术的采用，如雨水渗透和利用技术、垃圾生化处理等。

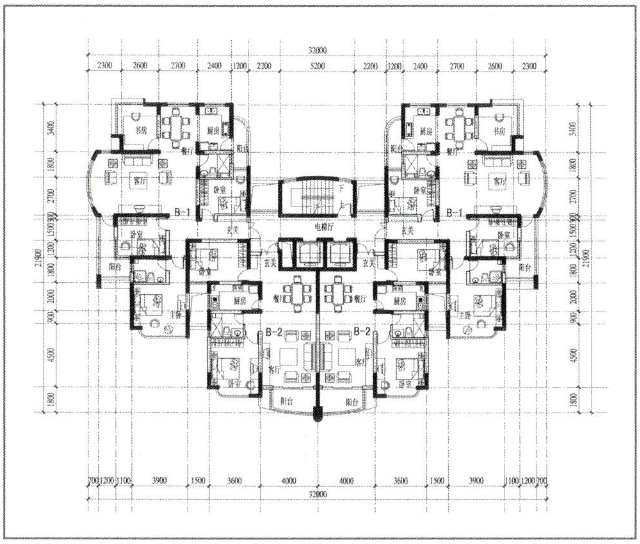

平面图

规划总平面图

鸟瞰图

## 长沙

# 阳光100国际新城

开发单位：阳光100（湖南）置业发展有限公司

设计单位：澳大利亚DCM设计事务所（一期）

日本安藤忠雄设计事务所（二期）

长沙市规划设计研究院（国内）

外景

技术经济指标：

所在地：湖南，长沙

总用地面积：377,075m$^2$

总建筑面积：699,552m$^2$

建筑密度：26.96%

容积率：1.998

绿地率：39.55%

“阳光100国际新城”位于长沙市新开发的岳麓山大学城的南端，在总体规划中，以贯穿南北的宽达77m的绿化带作为整个项目的中轴线，以其为中心，依次布置了广场、会所、泳池。

围绕其侧，以4层高的板式住宅围合而成二进院落空间，在空间接合处，缀以14幢16层塔式住宅。低矮的4层板式住宅与高耸的16层塔式住宅形成竖向与横向两个方向线性的强烈对比，突出了中轴线。多层次、逐步开放的小区开放空间，以现代手笔再现了古院的围而不合、聚拢发散的空间意象；绿化带两侧集中排列的48m的高层塔楼则建立起强有力的城市形象。

在前广场南端，DCM吸取中国传统建筑中“华表”之神意，以两根高达30m的红色柱子树立在轴线的起端。

巨大的体量、鲜明的色彩、简练的造型演绎了文化内涵的张力。透过双柱，远处岳麓山的景致映入眼帘，形成中国园林“框景”的意境。“华表”双柱不仅构成阳光100的南大门，也是整个岳麓山城市景观轴的南大门，成为新长沙城市的标志。

在建筑单体上，设计了具有长沙阳光100特色的新型平面。如一梯五户塔楼，户户朝南，户户有入户花园。跃层的中大户型，套内面积120～170m$^2$之间，做出了4室2厅3卫，户均面宽仅5.8～6m。同时也注重吸取地方建筑的精髓，将居住建筑的现代方式与地方传统和气候巧妙结合，如塔楼设计了通透的入户灰空间，改善了竖向交通空间的通风、采光，也降低了高层建筑远地的疏离感，在每户的入户空间中形成相对半开敞的亚庭院空间。

在建筑立面上，造型简约而又变化，如塔楼仅仅对部分楼层外墙变化一种处理，以极简单、经济的手法，创造出一个全新的形象。

在二期的设计中，安藤以长达150～180m不规则折线的引导空气流动的东南折线板楼组合成变化而有动态感的空间，主要住宅均南向或东南朝向，有效地结合了当地的气候。各住宅院落空间通过2层架空连廊相连，空间层次丰富、通透、独具趣味。整体造型沿承了安藤设计上的一贯风格：简洁而有场所意识，单一却不失丰富的建筑形态境界——将繁复的居家生活提炼成简单核心的建筑空间语言，通过组合形成丰富多彩的建筑形态，有效地符合房地产开发与舒适聚居地的基本要求。

专家评审意见：

一个具有舒适人居环境的住区，应该体现在“生态、配套、科技、亲情、环境、人文和服务”全方位的追求上。“长沙阳光100国际新城”郁郁葱葱被保留的树木不仅形成高绿地率的怡人舒适环境，也形成一道独特的天然风景，与建筑虚实结合，交相辉映。从本项目保留原有树木、自然水景的利用，具有地域特色、引导空气流动的东西折线板楼，独具匠心的商业街“隔离墙”简约大气的建筑设计，到各种场所的合理空间配置，融会东方文化传统与西方现代文明，借鉴古书院的整体布局，都展现出设计者独到的对人文内涵的理解和人居环境理念的贯彻。希望更好地把握开发尺度，适当增加停车位，以满足将来发展的需求。

中心区实景

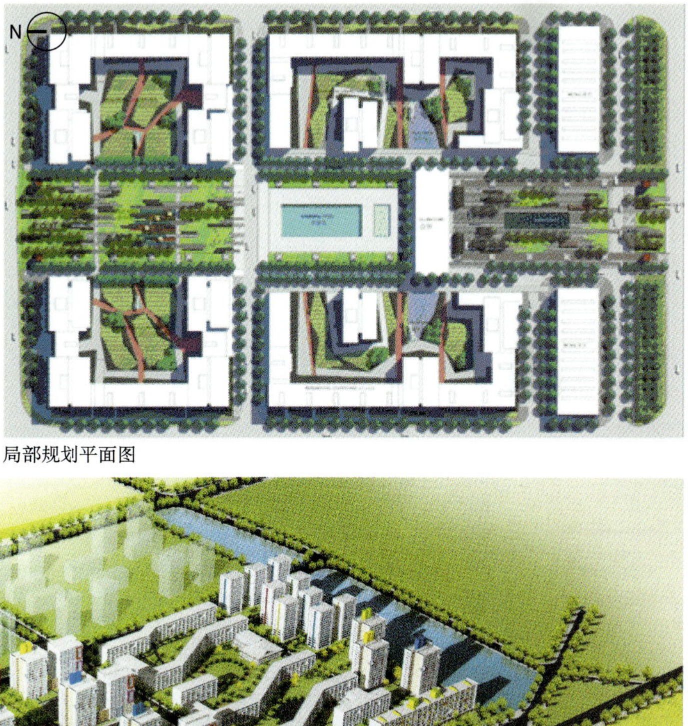


局部规划平面图

鸟瞰图

## 海口

# 耀江花园

开发单位：海南海德实业股份有限公司

设计单位：海南华磊海口柏森建筑设计分公司

技术经济指标：

所在地：海南，海口

总用地面积：63,473m²

总建筑面积：154,172m²

总户数：1,308户

容积率：1.896

建筑密度：16.97%

绿地率：50.5%

停车位：1,080个

鸟瞰图

“耀江花园”位于海南省海口市龙昆南路西侧海德路5号，四周紧邻城市干道。地处海口市高地势区，空气流动性好，阳光充足，景观资源丰富。在用地北侧辟出三个小区出入口，形成清晰的人车分流体系。

小区内部功能分区合理，划分为商业广场区、会馆服务区、下沉广场生态泳池区、运动后花园区、集中停车区、周边停车区和居住区。

小区分为南北两大分区，北区为6栋（最高18层塔楼），南区为5栋（最高12层塔楼），塔楼除沿街底部二层为商铺以及会所部分外，其余均设架空庭院层，各部分之间以绿化廊架连接。

中心生态轴上设有前广场、各层架空花园、会所、下沉式生态游泳池，主轴尽端为一大型运动主题花园。

为了体现商业价值，沿街设计两栋综合楼，底部为二层商业铺街，提升小区的经济性和公共设施的配套功能。

建筑设计突显地方特色，不仅布局灵活多变，而且做到透空式楼体设计，极大地展现本设计在导风、景观、减少风载荷、避免建筑暗角、充分利用自然采光等方面的独到之处。

住宅户型设计遵循全明、全通风、观景的建筑设计原则。观景阳台、半落地凸窗、角凸窗、房间对角开窗、户内对角开窗等手法，合理地解决了户内的景观与通风。

户型设计美观、新颖、合理、经济实用。

专家评审意见：

本项目地处城市核心区的成熟生活社区，地理位置优越，城市配套完善。规划设计采用高层（中高层）低密度的手法，创造了高品质的居住环境，为居民提供了舒适型居住条件，符合人居环境的目标要求。规划设计通过建筑形体形成不同层次的围合空间，互成序列，空间景观丰富。采用的主副景观轴线，突出了中心花园的地位，有明显的景观特色。布置的主题花园、下沉式广场、运动场所、会所等为住户提供了休闲、交往的活动场所，具有功能性、亲和性和景观性。架空底层的做法，扩大了视野，并为老年人、儿童提供了活动的场所。小区周边式的环形道路，地下车库的做法，有效达到人车分流及动静分区的要求，为住户创造了不受干扰的环境，提升了住区的环境品质。小区单体整体设计采用了开敞、通透的做法，凸显了地方的特色，而且在通风、营造南方宝贵的阴影、扩大光照等方面发挥了较好的作用。住宅户型多样，并面向普通住户设计中小户型，有较好的市场适应性和适住性。小户型采用大空间的手法，有较好的灵活性。但应进一步调整功能空间的布局和合理分配面积，以利于提高实用性和舒适性。建议如下：为扩大试点效应，应在人居科技方面加大力度。如提升墙体、门窗的节能措施，探讨太阳能的运用，中水利用和雨水渗透的技术和产品等，以利减少物业费用，提高居住品质。适当增加地下停车位数量，并尽量利用地下车库采光口和通风条件，节约能源，改善地库环境景观条件。建议引入商业步行休闲街的底商设计概念，适应现代购物行为。进一步研究精装修实施的措施，落实精装修项目，为开拓海口精装修市场做出贡献。

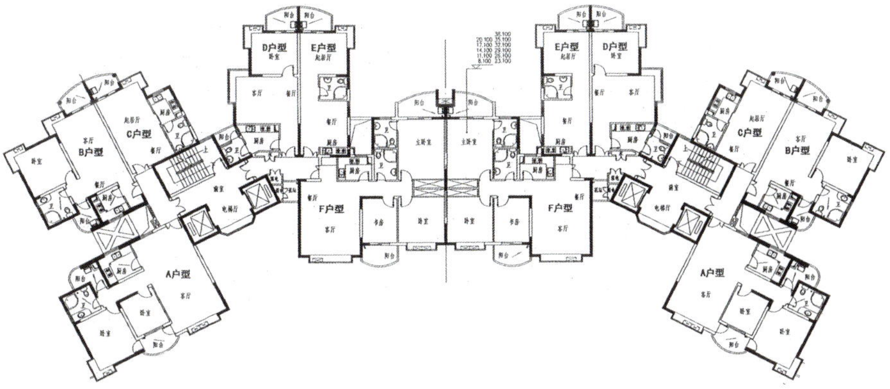


标准层平面图

规划总平面图

## 丹东

# 金都·富春山居

开发单位：丹东华威置业有限公司

技术经济指标：
所在地：辽宁，丹东
总用地面积：264,846$m^2$
总建筑面积：101,095$m^2$
总居住户数：444户
容积率：0.38
建筑密度：18%
绿地率：50.8%

沿溪别墅

“金都·富春山居”地处丹东市城东振安区，东平大街以北的区块。区域内山体绵延，有大量适合住区建造的地势环境，周边植被丰富，溪水潺流，于山体之上可俯瞰鸭绿江。整个地块环境清幽，极具江南自然山水的景观特质，称的上“北方的江南福祉”，是休闲居住的好去处。

根据项目总体开发计划与分期建设的步骤，住区主入口设置在基地东南侧东平大街上。主入口西侧设置一酒店，可内外营运，与入口广场结合，成为住区的地标建筑。在基地西南侧沿规划道路设置回迁户住区与转角综合办公室。

住区主干道宽9m，沿主干道两侧纵深方向设置生态景观轴，并预留与远期规划道路景观接口。同时，通过整体交通环路自然划分各居住组团，形成相对独立的居住区域。

沿主干道生态景观轴两侧优良地段设置独立别墅住区。沿东平大街西侧与回迁户住区东侧绿化隔离带设置联体三单元复式别墅。基地东北侧沿山体设置双联别墅。

在山体的高处设置公共休闲场地，运用层递的空间序列以形成丰富的景观走廊，增添住区生活情趣。

总体规划遵循以下原则：(1)生态性原则。尊重自然环境、调整生态结构、建设性的维护自然生态状态。(2)合理性原则。合理利用土地，确定合理的开发规模和层次，完善交通、水电等配套公共设施，满足人们住食行游等活动需求。(3)文化性原则。以“回归自然”的文化理念出发，突出居住园区的文化特色，营造现代多元文化共存的气氛。(4)灵活性原则。市场的瞬息万变要求规划具有一定的灵活性，在开发过程中具有及时调整的应变策略。

专家评审意见：

本项目基地周边有国际建材汽配城，西北有规划中的燕窝山公园，北有临江公路并设绿化带，基地内山体绵延，植被茂盛，溪水潺流，并可远眺鸭绿江，是一处适宜人居的境地。规划结构充分考虑山地曲折高低的地形，按住宅类别分别集聚布置，结构自然清晰。交通路网依地势而设，由城市干道设主出入口，向内延伸主路，并以环路与各住宅相联，设有少量的尽端支路，做到了出行便捷。项目设有沿街商店、主会所、泛会所、幼儿园等公共配套设施，位置适宜，使用方便。住区环境设计充分发挥原始环境优势，保护和利用生态景观资源，以自然景观为主，辅以人造院落，既有原始山林气氛，又有人间生活情趣，达到自然与人工环境相融共生。住宅布局注意北方气候特点，保持南北朝向，同时又与地形相结合，做到疏密有致。住宅类型众多，体型丰富，有利规划布置，增加居民的选择性。内部功能分区基本合理，造型现代简洁。项目较多地应用了科学技术，提高了住区的品质。建议如下：住宅分区的配置应注意相邻标准住宅的协调和受道路噪声的影响。需合理安排防洪泄洪的措施。规划中水体较多，应注意水质保护与维护安全。关于交通组织，对较长的主路应适当控制道面宽度，并作出重点处理，以调整单调感和增加活动空间。需仔细考虑步行系统。需强化西侧出入口空间组织。应合理解决公建与访客的停车场及关注无障碍设计。主出入口体量过大，缺乏人性化。配套设施应分散布置，以方便居民生活。住宅设计应进一步与地形密切结合。应从节能出发，减少体型系统和外窗面积，设置北向门斗，合理调整房间尺度。应防止暗厨暗厅的出现等。应结合地区特点设立科研课题，保证节能省地，提高住区品质。

鸟瞰图

规划总平面图

## 成都

# 蓝谷地

开发单位：成都融创置地有限公司

天域组团鸟瞰图

技术经济指标：
所在地：四川，成都
总用地面积：52,768$m^2$
地上总建筑面积：265,700$m^2$
总户数：2400户
容积率：3.9
绿地率：70%
停车位：1680个

“蓝谷地”位于成都市主城三环内，拥有成都稀有的生态坡地，水体丰富。项目周边自然环境优良，生活配套设施完善，交通便捷，人文气息浓郁，具有很好的宜居环境。

项目分三期开发，其中A区占地70,905$m^2$，C区占地63,600$m^2$，B区天域组团占地52,768$m^2$。“天域”不仅以大围合、大景观的建筑形态展现城市居住品质，更依托蓝谷地50万$m^2$大社区的成熟之美，为居住带来入住即享成熟生活的居住价值。

在总体规划构想上，注重创造邻里空间的交往和建筑与景观的融合，在每个组团入口处均设置交流空间，可以给人们交流和展示的平台。

在建筑布局上充分利用现有地形地貌条件，采取跌落式布局，并最大化利用现有水体景观打造出融合山水谷林风的完整的人居生活区。丰富多样的植被使人得以近距离地、无时无刻地感受城市绿肺所带来的清新空气和纯净生活。

在社区交通方面，“蓝谷地”以小区主干道划分组团，通过合理的人车分流的立体式交通，提高小区道路的使用效率，减少车道对住宅的干扰；同时在道路转弯处设置减速装置，充分体现人性化设计。

蓝谷地以水作为社区的灵魂，景观设计理念来自美国纽约中央公园，用68%的地表面积缔造一座社区私享的公园，用国际园林标准创造繁华之中的恬美环境，一湖双岛5大水景主题（湖、溪、瀑、泉、涧），构成“蓝谷地”独一无二的丰富水景观赏体系。

湖心小岛、亲水爱情漫步道、滨水阳光草坪、水上生态休闲草坪、湿地旱溪、风情游泳池，6大亲水创举共同组建最佳亲水生活。

缤纷多样的水景体系与独特的坡地园林风景，与超现实主义泛水会所一道，礼遇成都。

专家评审意见：

本项目选址合理，规模大，配套全，较好地兼顾了周边城市资源；整体规划完整，通过采用空间轴线的手法，有效地疏理了形状及朝向不规则的用地，形成景观空间和主体生活空间，突出了项目的个性；南侧及北侧，有效地处理和利用了基地的资源条件，采用不同的建筑体型创造了不同的空间，并通过住宅位置的变换，减少交通噪声对住户的影响；道路系统清晰合理，可达性强。分散处理的车库，有效地利用了地形特点，方便了住户，简化了结构，降低了成本；采用部分底层架空的手法及较短单元组合的设计，符合成都气候的特点，并增强了住区景观通透性。全部采用小高层，有效地降低了建筑密度，扩大了绿化用地，提供了良好的交往和休闲活动空间；规划设置的沿街商铺充足，东侧布置的农贸市场和幼儿园，城市公用性强；住宅单体套型丰富、布局合理、通风良好、阳光充足、使用方便，有较好的空间舒适感和景观条件，立面处理简洁、明快，有较强的现代感和亲和感。建议如下：建议适当调整规划设计使水系和人流出行方向，活动场地协调一致；适当调整个别塔式住宅的层数，突出建筑群体天际线，适当变更轴线两侧及西侧入口塔楼方位，形成良好的住区环境景观空间；适当调整汽车交通网络和车库入口位置，减少中间的道路的交通量，避免对居住生活的干扰；进一步详细落实节能、节水、空气环境、垃圾处理、水体水景等环境保护的技术措施，有效地防止铁路、城市交通形成的噪声干扰；提供成品房和全装修的产品供应市场，尽量减少住户装修对住户和环境的干扰；建议对住宅套型平面及细部设计做出调整，更好地提升住宅性能和居住生活品质。

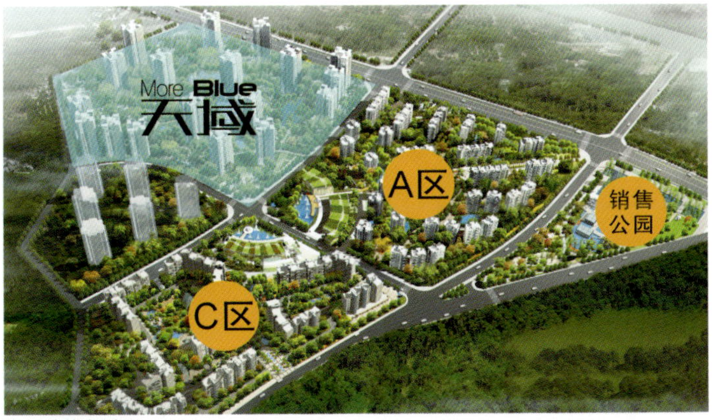

规划总体鸟瞰图

会所

高层住宅

区内景观

区内景观

高层住宅

## 平顶山

# 建业·森林半岛

开发单位：平顶山建业住宅建设有限公司
设计单位：北京远骥都市建筑工程设计事务所

鸟瞰图

技术经济指标：
所在地：河南，平顶山
总用地面积：129,027m²
总建筑面积：169,730m²
公建配套面积：15,000m²
总户数：836户
容积率：1.2
绿地率：30.5%
停车位：567个

“建业·森林半岛”位于平顶山市新城区的起步区。用地环境优美，风景宜人。设计强调“以人为本，崇尚自然”的思想。根据本地段的周边环境合理的布置建筑产品，创造别具特色的内部环境，提升小区内部的环境价值，使每种住宅产品都有其各自独特的景观。

在小区西北侧和东北侧的两条城市道路的临街部分布置适量的公共建筑，能有效地为社区及周边人群提供便捷的商业服务。

小区的主入口设置在经二路的中部，结合造型独特的小区入口两侧布置小区会所及一部分商业。小区的西南角交通便捷，且自然景观极佳，故在此布置一个集中的综合商业产品是一个理想的选择，将成为区域的标志性建筑。

小区南侧能近观滨湖景观，又能远眺白龟山水库，小区顶级住宅产品布置于此。50户联排别墅错落有致地分布在湖畔，其后部布置4层、4层半的叠拼住宅和5层、5层半的情景洋房。用地的最北端布置较高的小高层板楼。北侧临街布置11层半的小高层板式住宅，底层作为集中的商业。

小区的中心区布置大量的4层叠拼和5层的情景洋房，两种住宅产品之间通过一条绿色景观生态轴线加以分隔。小区中心绿地沿绿色景观生态轴由南向北蜿蜒曲折，贯穿分布于整个小区，与每个住宅组团绿化相互融合，渗透。小区东西入口，形成一条水系景观轴线。主入口中心水景广场和水景长廊及入口处高高的钟塔更成为小区的标志物，也是城市道路的对景，它点缀了城市，也提升了小区的品位。

专家评审意见：

该项目地处新城区，用地依山傍水，北高南低，自然环境优美，交通便捷，有条件开发较高品质的人居环境住区。规划设计能合理利用基地的有利资源。功能分区合理，整体结构清晰。住区由南往北，逐次提高层数，形成南低北高变化有序的群体空间，小区组团结构完整，能有效形成邻里生活空间，具有温馨感和亲和感。小区以环形道路为主干，方便地连接各组团，方向感强。规划结合地形和资源条件，设置多种停车方式，保证了市场要求，方便了居民使用。小区采用中心景观带的方式，为住户提供了散步休闲活动和邻里交往的绿色空间。小区对周边的水库和山景和流经本区域的干渠，都有较好的利用和处理。商业和公建配套齐全，位置适当。建议如下：小区内的道路交通系统应和景观环境设计相结合，使之和组团的关系更加顺畅通达。注意小区内道路和城市道路应各成系统，互不干扰。小区内步行系统应进一步深化。建议将小区内景观系统导向城市绿化系统，形成良好的生态居住环境。建议将小区西侧沿街公建的处理作连续整体布局，形成良好的城市街景。应注意结合地形和功能，进一步做好竖向设计。水景景观设计不要对水库水体造成不利影响。建议增加节能、节水和空气质量等科技含量内容。

联排别墅

多层住宅

规划总平面图

佛山

# 怡翠玫瑰园

开发单位：广东玫瑰园房地产发展有限公司
设计单位：美国海普建筑设计咨询（深圳）有限公司

技术经济指标：
所在地：广东，佛山
总用地面积：155,568m²
总建筑面积：435,052m²
总户数：2,860户
容积率：2.8
建筑密度：23%
绿地率：42%
停车位：4,050个

鸟瞰图

“怡翠玫瑰园”位于广东省佛山市南海区，地块分为东西两部分，地处城市繁华地带，升值潜力巨大。在设计概念上，提出了绿岛、水岛、过街景观平台的概念。考虑到沿地块周边住宅居住的均好性和可操作性，方案通过提供大面积的绿化景观岛来体现。地块的中央位置通过水岛来提升其价值。

通过强调住宅的私密性及景观空间的公共性，充分反映出南方地区的居住特点。过街景观平台的概念主要强调了东西两地块设计的统一性、景观的共享性，使西边地块居民同样能够感受到整个小区的居住氛围。

在功能分区上，地块周边位置布置了50m以下的商住楼模式，住宅户型面积相对较小。在地块核心位置，布置了16～30层住宅，住宅户型面积相对较大。幼儿园布置在地块东南角，靠近道路及出入口，便于家长接送孩子。

小区采用全地下停车方式，在每个入口处均设地下车库出入口，做到人车分流。

小区的景观设计分为若干个景观面，充分表达了绿岛、水岛、过街景观平台的概念，充分体现了以人为本、生态型的居住环境，使整个地块真正做到处处为景、移步换景。

地下车库内外结合，采光通风良好并与地上景观相互渗透。另外一个特点就是充分利用5m高的底层架空，把水岛、绿岛及过街景观平台的景观相互贯通，创造出良好的视觉效果。

专家评审意见：

基地由东、西两个地块组成。住区规划结构以独立高塔和不同形式高层联塔组合而成，东地段以散点式布置构成大小空间，西地块则适当围合，形成数个带状和点状空间，为居民提供了多种形态的休闲、交往、游乐、健身等活动空间。整体规划基本合理，容积率和建筑密度适当。交通采用人车分流系统，组织顺畅。全地下停车方式较好地解决了人车交叉和干扰问题。环境设计以绿岛和水岛为主题而展开，加以地下车库的生态化和底层架空的通透性，居住区景观有层次感，环境达到均衡性。住宅设计功能分区明确，空间尺度合理，户型面积适当，组合灵活，空间通透。采用多种科学技术，如外墙、屋面保温隔热、中空玻璃的隔声、太阳能加热、垃圾回收处理、雨水收集及再利用、厨卫排气装置以及智能化系统应用等，提高了住区的居住品质。建议如下：联系东、西两地块的景观架空平台，规模及投资过大，上下不便，且无必然的联系，影响城市建设使用、管理，应妥善处理。同时高层附近水面应适当压缩，以增加活动场地。地上、地下存车应进行详细设计，保证其合理性和安全性。关于公建配套问题，首先应对配套项目与面积作出明确安排，包括设施的布点。对幼儿园及会所位置及平面布置需要进一步推敲。应注意附建式商业设施的经营效果和对楼层居民的影响干扰程度，以及其景观效果。关于住宅布局和设计问题，应注意联塔凹口内的日照、采光、通风和视觉效果。部分户型缺少入户过渡空间，出现对视现象、公卫偏离卧室区、工人房靠近私用区等缺陷。

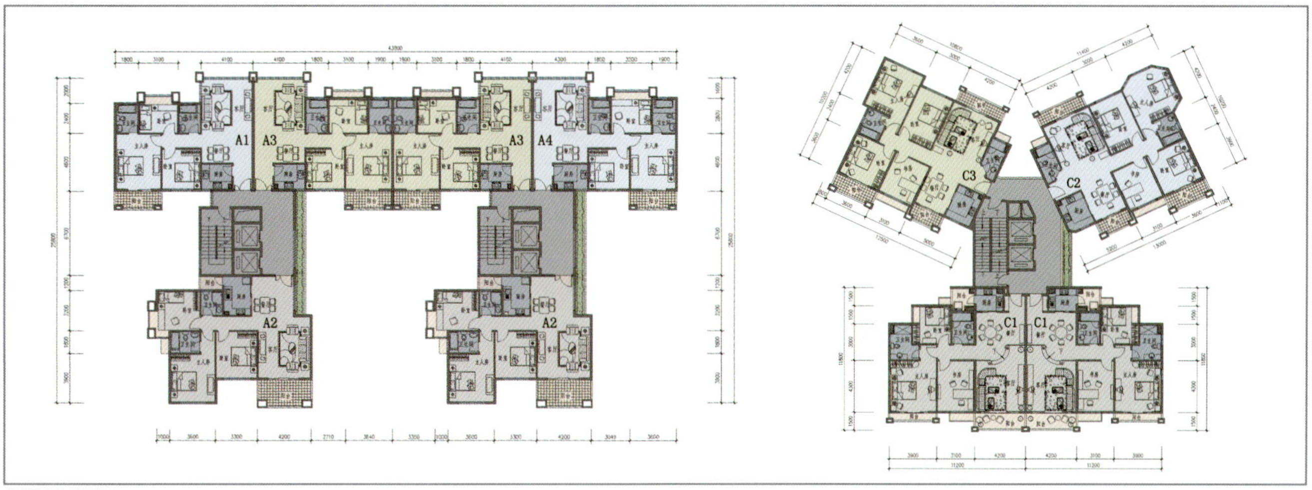


标准层平面图

规划总平面图

## 安庆

# 百蕊·宜城水岸

开发单位：安庆市百蕊房地产有限责任公司

小区主入口

技术经济指标：
所在地：安徽，安庆
总用地面积：44,694m²
总建筑面积：112,793m²
总户数：718 户
容积率：2.52
建筑密度：21.90%
绿地率：51.32%
地上/地下停车位：57个/161个

“百蕊·宜城水岸”位于安徽省安庆市西部老城区四眼井地块，地处城市旧城改造区。南面隔大观楼路临长江，西面与6幢6层住宅楼相邻，东面为程良路，北靠沿江西路。

四眼井巷从地块中穿过，把基地分割成东西两部分，周围交通便利，紧靠城市中心商业区，且南面的长江是独一无二的自然、人文景观。因此，市政府和开发单位试图通过对该地块的改造和建设来提升周边乃至整个区域的环境质量、商业气氛和人文品质。

由于用地规模较小，为取得更好的城市效应和经济效益，规划定位以高层住宅为主，配以设施齐全的商业配套设施以完善整个周边区域的城市功能。

建筑分布在基地的南北两侧，地块中心设置大花园、健身设施等一些基本的配套设施，另外通过合理规划，使小区的住宅建筑均能够直接看到长江，从而更为高效地利用资源。规划空间结构上采用围合的布局结构。设计本着“尽量在基地周边多布置建筑，中间留作大花园”的布局原则，让更多的住户能直接接触到中心的大花园，也形成强烈的围合感，以取得住宅区的归属感和领域感。另一方面，点式和短板式高层建筑形成建筑室外空间强烈的韵律感和秩序感，并使小区的内部环境空间更为通透和流畅。

建筑形态采用点式和短板式高层建筑的形式、轻盈的现代主义风格，活跃了小区的内部空间形态，避免呆板、单调的空间感觉，也有效地解决对周边住宅的日照影响问题，使建筑形态与基地现状的结合更具逻辑性。

专家评审意见：

小区规划结构采用高层沿地块周边散落布置的手法，形成围合式布局，结构清晰明确，空间形态丰富，土地利用充分。交通系统以内环小区主路与各楼栋联系，可达性较好。部分采用地下停车方式，对减轻地面压力，改善景观环境有益。小区环境设计利用南侧自然景观资源——长江，将沿江住宅设计成点式与短板，留有较多空隙，使更多住户享受沿江景观。小区中心设有较大面积公共绿地。住宅周边绿地与城市融为一体，丰富了小区景观层次与城市景观。小区公建沿南侧主入口设有会所以及其他配套设施，北侧出入口两侧设有超市及商业裙房，为居民提供了良好的文化生活与日常生活及交往的条件。住宅采用塔式与短板高层结合布置，空间通透性强，朝向基本为南北向，日照、采光、通风良好。住宅内部功能分区明确，空间尺度适宜，平面布置紧凑，户型面积适当，造型现代简洁。建议如下：需适当增加停车位，完善地下车库设计，解决好停车后入户问题。应调整机动车入地下车库位置，避免车流对人流的干扰。要核实商业面积的需求量。应保护和利用基地内的成年树木，应合理利用城市绿化隔离带，保证室外环境的无障碍设计。需注意住宅细部设计，如角窗位置、窗玻璃面积、楼幢之间对视、入户见厅等问题。需解决好中间户的通风问题。落实夏热冬冷地区的节能设计、中水利用技术、雨水渗透和景观水管理等。解决好环境污染如垃圾、噪声、废气处理等环保问题。

N
沿
江
西
路
商铺
1号楼
超市
小区主入口
3号楼
2号楼
四眼井
4号楼
5号楼
中心景观
保留建筑
6号楼
7号楼
8号楼
休闲花园
会所
入口广场
邮政金融
9号楼
咖啡店
10号楼
小区步行入口
程
良
大
观
楼
长
江
规划总平面图

鸟瞰图

## 淮安

# 多瑙河·国际公寓

开发单位：淮安市平安房地产开发有限公司

技术经济指标：

所在地：江苏，淮安

规划总用地面积：80,040m²

地上总建筑面积：112,700m²

总住宅建筑面积：92,600m²

总户数：758户

容积率：1.42

总建筑密度：26.4%

绿地率：35.5%

停车位：270个

鸟瞰图

“多瑙河·国际公寓”结合地块现有的条件，整体规划采用了“一纵三横”的景观轴线和“一核双环”的主交通流线。以中央绿化及水系为核心，创造点、线、面相结合的多层次绿化体系，加之局部首层架空、水边栈道、主入口核心广场景观，绿荫步行道、宛延的宅前小道、庭院绿化、集中绿地、戏水池等一系列元素以及步行带状绿化与精致休闲环境小品，使整个园区空间通透、绿荫葱葱、流水潺潺。

小区交通采用适度人车分流的交通体系，长江西路及北京北路设小区主入口和次入口。中山北路设步行出入口。

总体规划采用交通便利的环行主交通的形式，汽车库靠近主交通环线设置，并结合道路设置地面临时停车位。达到适度的人车分流的目的。使各组团区块形成既相对完整又和整体规划融为一体的空间形态。利用住宅的院落组合布置半地下汽车库，并结合院落空间做一些起伏的土包，布置景观绿化，丰富并强化了院落空间形式。

车行出入口附近设临时访客停车位。公共建筑按规范规定设置地面停车。自行车在住宅架空层解决。这样小区内部不受机动车干扰，为儿童、老人等提供安全的地面活动场所，有利于集中绿地、水体环境的营造，大大提升了居住环境的质量。

全部住户南向，大部分有景观，3卧房以上的户型有3个或以上的朝南开间，2卧房户型有两个以上朝南开间。户内空间方正、功能分区清晰。景观阳台、服务阳台各在其位，入口设置玄关，客厅、餐厅相对独立分开，服务阳台靠近厨房。主卧室带卫生间。户型多采用大开间、小进深设计，利于户内空气的流通，营造健康生态型室内空间。

专家评审意见：

本项目地块三面为城市道路，南临盐河，周边为绿化带河景观带，基地规模适当。地势南低北高，有利亲水景观的营造和提升小区居住品质。小区规划较好地结合地块特点，规划清晰，结构基本合理。全区“一核双环”的道路系统，较好地组织了区内的交通流线，通达性较强。半地下和地下车库由小区主环路进入，减少了对住户的干扰。主次出入口设置合理，方便居民出行。小区采用“一纵三横”的景观轴组织全区的园林环境，以中央绿化和水系为核心，形成点、线、面的多层次的绿化系统，以点式和短板住宅相间布置，形成了通透的空间形态，创造出良好的观河赏景之特色。住宅基本为南北朝向布局，楼形较短，可获得良好的日照、采光与通风。平面布置注意功能分区，房间形状规整，面积分配基本合理。建筑风格统一、简洁。建议如下：小区主次入口设计应避免过分夸张和体量过大，应具有亲切感和归属感。配套公建设计应作调整，对浴室性质、会所内含、商业网点面积应合理确定。车库应作进一步设计，满足车位要求。适当调整小区公共绿色空间的组织，减少水体面积，改变影响交通组织、经济性差的喷泉广场的设计。住宅布局应避免过于西向。排屋平面不够精细，与其档次不相符，需要增大部分套型的厨房、餐厅、书房等面积。个别套型起居厅的位置不当，面积不够，开窗面积也达不到规范要求。小高层屋顶飘板不适宜。应细化科技应用项目，提出具体做法，达到夏热冬冷地区的节能标准，以改善居住环境质量。

规划总平面图

建筑外景

多层住宅

小高层住宅

小高层住宅

宁波

# 维科·水岸心境

开发单位：宁波维科置业有限公司

技术经济指标：
所在地：浙江，宁波
总用地面积：66,384m²
总建筑面积：151,357m²
总户数：864户
容积率：2.28
绿地率：32%
停车位：864个

中心区别墅

“维科·水岸心境”位于宁波市环城路以北，黄家河以西，西外环路以东，规划滨江路以南，北临余姚江。

小区以“一环双轴多点”的格局布置。

“一环”和“双轴”是小区内的主公共空间，是指环绕小区周围的公共绿地，“多点”则是次公共空间。“双轴”是指贯穿小区东西和南北的两条景观大道，功能定位为观景，道路尽头作为小区的运动场所。

充分展现的体育文化将作为小区的精神元素，用现代雕塑、景墙等艺术手段来使小区成为一座充满体育文化气息之城，提升小区的品味。以水为小区景观的基本设计元素，水将以各种形式出现在不同的组团内，贯穿整个小区。

在景观设计的平面构图上以曲线、圆的变形作为设计符号，统一整个画面，同时象征了体育的动感。采用最新的景观手法和材料构建小区景观体系，但其精神实质是宁波的城市气质和小区的体育文化。创造功能良好、形式美观的景观空间，满足小区居民运动、休憩、交流、观赏的需求。

小区中设计了以观赏为主的屋顶绿化，因此考虑防水、承重和养护成本等因素，以及宁波作为海滨城市，夏秋季将会受到台风的侵袭，因此以草本植物和灌木为主要植物材料。

专家评审意见：

本项目以南北向的主路将基地划分为东、西两个地块，东侧地块结合黄家河水面，较好地利用地形和水系，形成主次分明的空间结构，规划基本合理，结构清晰。住区交通以南北向主路联系各院落和楼栋，线型通畅，位置恰当，可达性较好。道路基本为人车混行系统，但在南北车行出入口附近布置有地下车库入口，车辆进入住区可入地，避免了人车交叉，同时主路一侧设有人行便道，使人行车行可各行其道。存车方式主要在高层住宅区下部为全地下车库，存车后可直接进入单元候梯厅回家，存取车方便。住区环境设计一是采用中部东西向的景观主轴线，其次为沿河开放式绿带空间和沿住区主路的曲线形绿带，使居民可均衡地享受绿色环境，三是为围合和半围合的院落空间，居民可就近休闲、交往、健身。住区配套公建有活动中心、管理中心、商业设施，还考虑了较多的公用辅助设施，教育设施依托附近的城市设施，公建配套较全，布置合理。住宅布局选用较短单元，南北朝向、日照、采光、通风良好。住宅内部布置功能分区明确，空间尺度基本适当，户型设计较为合理。住区采用多种科学技术，重点为外墙外保温、倒置式屋面保温隔热系统、中空断热外窗等，还有无负压位水、太阳能与建筑一体化技术、节水节电设施以及智能化管理系统等，提高了住区的居住品质。建议如下：南北入口宜东移，以提升入口价值。地下车库应与地面环境呼应，局部开口上下连通，作出微地形的营造，合理布置运动设施。需要合理选择住宅结构系统，应推敲叠拼住宅平面布置，候梯厅与餐厅明设，注意中间户的通风，推敲顶层跃层设计，应进行住宅东面和东南角观景优化设计，以及建筑风格营造等。

规划总平面图

小区主入口

沿江景观

## 贵阳

# 绿苑小区

开发单位：贵州省经济适用住房建设发展中心

贵阳方源房地产开发有限公司

技术经济指标：

所在地：贵州，贵阳

总用地面积：336,820m²

住宅总建筑面积：407,300m²

总户数：3,815户

容积率：1.482

建筑密度：23.0%

绿地率：36.8%

地上/地下停车位：300个/920个

玩耍的儿童可在凸窗下避雨

“绿苑小区”位于贵阳市南明区，距贵阳市中心约5km，距贵阳火车站仅2.5km。

项目设计利用山地、坡地建设经济适用住房，紧扣国家节能省地型住宅政策，其宗旨是“以人为本，绿色建筑，健康生活”，努力规划出因地制宜、保持原有山地绿色生态的居住小区。在交通组织、组团结构、空间环境、景观等方面符合城市发展方向，有利于提升城市中、低收入水平居民的居住标准，创造理想生活家园。

总平面布置结合用地地形、地貌及用地内高压走廊和南面铁路情况，由东向西布置雅然居、悠然居、天然居三大组团及北段山地组团，使每个组团形成有机联系。

小区景观设计结合用地内东、西两组高压走廊，布置天然居山体绿地，雅然居中心绿地及道路绿化、山体绿化形成绿化走廊；悠然居南、北两区各设计小区组团绿地。

公建服务设施沿小区主要道路两边相对集中布置。

利用自然地形设计道路线型，并顺应山体设计了弧形的居住建筑。

结合用地高差特征的道路系统设计是本方案山地建筑最显著的特色之一，车行道穿过各个组团的过程中，景观和建筑形态不断变化，达到了步移景异的视觉效果。

基于贵阳市实际情况，该小区未考虑自行车的停放，利用地形高差，设置了大面积的地下半地下停车库，有利于集中管理，而且充分体现了节约用地的宗旨。

专家评审意见：

本项目地处贵阳三个中心城区之一的南明区，交通便利，商业生活设施发达，小区利用地形复杂的山坡而建，符合国家节能省地型住宅发展方向。小区周边自然环境幽雅，空气清新，无污染源，适宜人居。小区建设规模较大，规划设计完整，具备提供生活起居、居民交往、服务配套的建设条件。规划设计因地制宜，基本保持了原地形地貌的特征。小区交通组织、组团结构、居住景观、空间环境等总体上符合城市发展方向，有利于形成文明社区的建设。建议如下：建议改变学校用地位置，核实学校规模，将中小学合并，形成9年一贯制学校。利用东侧临近城市交通干道优势，发挥学校社会服务的作用，并建议与原有学校南侧住宅用地进行置换建设。建议会所移至东侧入口处，以便经营，提高会所的利用率。改进居住组团的空间绿地规划，适当组织组团空间。建议改变削坡填沟建房的做法，结合地形设计山地住宅，改善住户的进出条件，减少对地形的改变，保持小区的自然形态。根据山地特点，完善车行与人行交通系统以及停车措施。建议利用自然坡地和适当地点建设小高层，形体采用错落方式，改变住区形象。改善小区对外开放性，在道路节点处适当拉开空隙，把外部景观引入住区。进一步改进住宅套型和建筑立面的设计，体现山地建筑特征。建议增加科技含量，改进节能、节水、节地的措施，如：改进门窗的节能设计，增加建筑墙体保温、中水和雨水的处理及智能化的技术措施。

规划总平面图

街道

小区内干道

依山而建的住宅

组团内景观

小区主干道

## 三河

# 四季阳光

开发单位：四季阳光置业有限公司
设计单位：北京梁开建筑设计事务所

技术经济指标：
所在地：河北，三河
地上总建筑面积：126,200m²
总户数：11,88户
建筑密度：27%
容积率：1.36
绿地率：37%
停车位：600个

外景图

“四季阳光”建设用地位于三河市市区东北角。三河市地处京津唐“金三角”之腹地，交通便利。项目基地南北长约650m，东西宽约120～200m。

规划运用中国传统空间营造手法，讲究有收有放的空间序列。一条曲线形道路和两条带形绿化带将小区分为东西两块用地和5个组团。各组团围绕着沿河绿带和中心绿带布置得疏密有致，虚实渗透。

组团内布局灵活，使人产生不同的空间感受，努力使小区内的每一幢楼都处在较好的环境位置。

小区两条主要带形绿地与滨河绿带相互交合，互为贯通，是小区主要的景观。滨河绿带是本小区最主要的休闲、健身场所，同时又是小区主要的健康步道，使得小区的步行系统与景观系统完美地结合在一起。

考虑到小区用地狭长，本小区南北各设1个出入口，小区南入口为小区主入口。由于小区南入口现状狭小，设计中采用架空、悬挑等设计手法扩大小区入口空间，并强调空间的序列感，将居民引入入口中心广场。

围绕中心广场设有小区的会所，商业配套及物业管理用房，兼顾了内外服务功能。

中心广场不仅是人车分流的集散地，也是居民休闲社交活动的场所，是展现小区整体形象的重要节点，克服了小区入口狭小的不利因素。

小区主入口设于用地南侧，机动车道为一条贯穿用地南北的曲线形道路。停车数按每两户一辆设置。

充分利用基地周边环境优势，强调滨河绿带的营造和景观的渗透。小区主要景观设有小桥、流水、顽石等。

同时设置供居民休闲、聚会、健身的设施和场所。小区内植物搭配反映季节的变化。其中植物以树木、灌木为主，草地为辅。

专家评审意见：

本项目规划布局合理，住区形态丰富，组团规模适当，空间尺度适宜。中心广场的设计有特色，不仅克服了场地狭小的不利因素，也成为整个小区重要的形象节点。小区的道路系统完善，交通组织顺畅，步行系统与景观相结合，做到了移步换景。丰富的植物配置和细致的景观设计保证了环境的舒适性。建筑造型亲切、典雅，符合地区的人文背景。改进建议如下：应加强玄关、走廊的功能性和舒适性。应考虑精装修和设计上的一体化，即使是毛坯房，亦应充分考虑未来个人装修上的多样性和方便性，为业主的个性化装修及避免施工浪费，提高整体住宅品质，提供专业化的、有效的指南和标准。

住宅透视

N
沟
河
沟
河
1、休闲广场
2、健身广场
3、健康步道
4、中心广场
5、休闲广场
6、会所
7、入口广场
8、健身球场
9、绿化停车
西
贤
人
街

规划总平面图

鸟瞰图

组团内透视

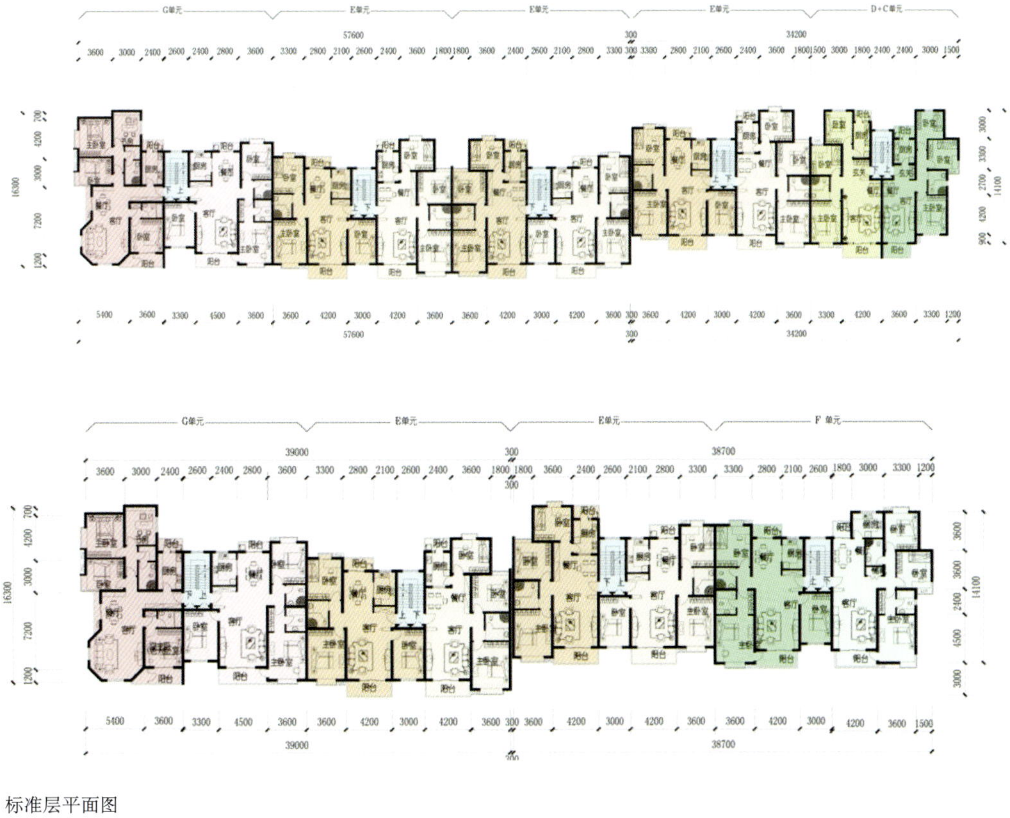

标准层平面图

威海

# 五洲·太阳城

开发单位：威海五洲基业房地产开发有限公司

多层住宅

技术经济指标：
所在地：山东，威海
总用地面积：775,215m²
总建筑面积：738,300m²
居住户数：5,236户
容积率：1.05
绿地率：57.64%
总建筑密度：15.0%
地上停车位：500个

“五洲·太阳城”位于威海市经济技术开发区，用地内丘陵起伏，东南青山环抱，西北面朝大海，具有极佳观海视角。

利用小区现有的海、山、水环境，远观海景，充分考虑建筑观海视线的组织，建筑布局依山就势，融合于自然之中；创造独具特色的山、水滨海生态居住区。由“龙形”的路网骨架将小区划分为一个商务区和六个居住组团，每个居住组团内由数个邻里院落单元组成。中心景观节点和小区配套设施联系起来，形成独具特色的中心商业景观带。

规划结合地形地势，采用连续广场布局手法，形成广场群，以圆形下沉式广场为中心，包括聚会广场、滨水音乐广场、林荫步行道、摩纹花坛等，以塑造多功能生活环境。

主要交通轴线串连小区商业、会所、学校、幼托、绿地、户外健身场地以及步行文化休憩商务中心，塑造居住区主要的开放空间景观。

小区组团道路人车分离，采用支干袋形环通道路构架，高效便捷的环形路网使小区干道与组团内部相互干扰减少到最小，既使组团内部居住环境保持独立性、安静性、私密性，又保持小区干道地畅通、快捷。规划将步行道路与人行便道、中心绿地内园林道路形成一套完整的步行系统。以中心广场为面状的开放空间，以小块绿地作为沿线步行空间的节点，由沿线绿化带为联系，形成较为完整的公共开放空间体系。

专家评审意见：

规划设计用地功能组织合理，将用地划分为六个居住组团和一个商业区，通过枝状形道路串通连接。建筑以南北朝向为主，为住户争取到更多的阳光和景观条件。配套较齐全，有学校、幼儿园、商场、活动中心等多项公共设施。规划布局较合理，结合交通、环境设计，采用了集中与分散相结合的布置方式。住区环境以点、线、面结合若干景观节点来设计，形成丰富的景观层次。自然水面、广场空间及组团的开敞空间均有较好的景观效果。住宅套型多样，面积标准恰当，平面布局基本合理，立面造型符合城市风貌。采用分片集中分体式太阳能热水系统，有一定的先进性和示范性。建议如下：项目规模较大，已超出了国家规范的规定，应予修改，统筹安排居住区的各项功能。建议在原结构布局的基础上，划分为相对独立和便于物业管理的自然段小区，并适当调整住区重要节点环境景观设计。方案设计对项目所处地区的山、海的自然要素利用不够充分，建议作必要的调整，尽量利用地形的起伏作立体设计，创造变化的丰富的空间环境。适当调整主次干道和各小区内部道路网，改变各小区内部交通人车混流的组织方式，并深化道路断面设计。建筑单体设计，应结合地形设计坡地住宅，突出景观的要求。同时应深化研究设计住宅平面功能。突出做以太阳能技术为重点的住宅节能、节水、饮用水技术的落实工作。

小区内景观

规划总平面图

宅间绿化

住宅透视

户型平面图

鸟瞰图

## 沈阳

# 理想新城

开发单位：沈阳穗港房地产投资开发有限公司

技术经济指标：
所在地：辽宁，沈阳
占地面积：500,000$m^2$
总建筑面积：754,619$m^2$
容积率：1.40
绿地率：42.30%

沿街商业

"理想新城"位于沈阳市浑南白塔公园，西接沈营公路，北侧与绿化隔离带相接。具有千年悠久历史的白塔耸立区内，原生态河道穿行其中。理想新城以开放式BLOCK街区规划，营造崭新的国际休闲社区模式，提供给业主便捷、简单、自然而舒适的生活享受。

从住宅到地段西侧的"城市功能带"最大距离300m，"城市功能带"内安置商业、小商店、饭店、文娱设施和管理办公等。

"城市功能带"内可提供居住区内居民一定数量的工作岗位。新城功能带西侧为机动车道，东侧为步行道，满足居民对功能带使用的各种到达模式。功能带下及其两侧住宅院落下为地下停车场，停车场入口设在城市功能带的南北两端。

理想新城的外部开放空间系统由几个因素构成。多种性质、多种私密性的外部空间创造了多样化的形态，可以容纳居民外部空间活动的不同类型。在尽量少穿行机动车道路的前提下，他们互相连通结合，形成了丰富多层次的外部空间网络。

在地段的四角设置高层建筑区，以创造新城的区域形象，尤其是考虑到从城市三环路上看到的城市景观，在地段东北角设计未来拟建的100m高塔及其旁边的高层住宅。沿莽牛河两侧设计四层底板式住宅，高档次的居住类型与高质量的环境相符合，创造出舒适优美的小尺度居住景观。

从住宅到公交车站的最大步行距离限制在300～400m的范围内。居住区设计以人车分流概念为主导思想，创造便捷的交通系统并提供舒适怡人的环境。

小区内主干道采用双车道环形布置，争取步行休闲区与车行路的清晰隔离。中央城市功能带下与其两侧的住宅院落下设计地下停车场，并与宅间绿化和中央步行道结合设计地下停车场的通风采光窗户，改善地下停车场的空间质量，降低运营费用。地下停车场中设有安全管理系统，提升了小区品质。

专家评审意见：

本项目位于沈阳市高新开发区南侧，地理位置优越，人文自然环境良好。项目以紧凑型新城镇建设理念，把"城市功能带"引入住区，缩小服务半径的距离，减少了对机动车的依赖，提高了效率，是一种绿色生态的生动表现。规划保留了城市道路网络肌理，形成的城市功能空间具有开创性。绿化带的断面有效地分离了人行和车行，改善了环境。对区内莽牛河进行了梳理改造，与综合服务中心（会所）建筑形成相对的环境景观，为住区提供了较好的休闲、健身的场所。综合服务中心的规模大、功能好、内容丰富，有很好的凝聚力。小区形成的四个居住组团，相对独立，便于物业管理，内部形成的绿地、庭园空间变化有致。高层建筑分四列布局，创造了良好的视觉景观，丰富了城市轮廓线。住宅设计以中小套型为主，住宅平面结构整齐，功能关系良好，有较好的通风、采光条件。简单的体型、小窗、小面积阳台，有利于节能的设计。全装修成品房的模式，保证了居住品质，减少了住户间的干扰，体现了绿色人居。建议如下：进一步增加科技节能，提升舒适度的技术普及工作，并在补新风、中水雨水回用、太阳能技术等方面制定有效的实施技术，以改善环境，提高舒适度。屋面的造型和结构过于复杂，且产生的阴角不利于构造处理，应予改进。

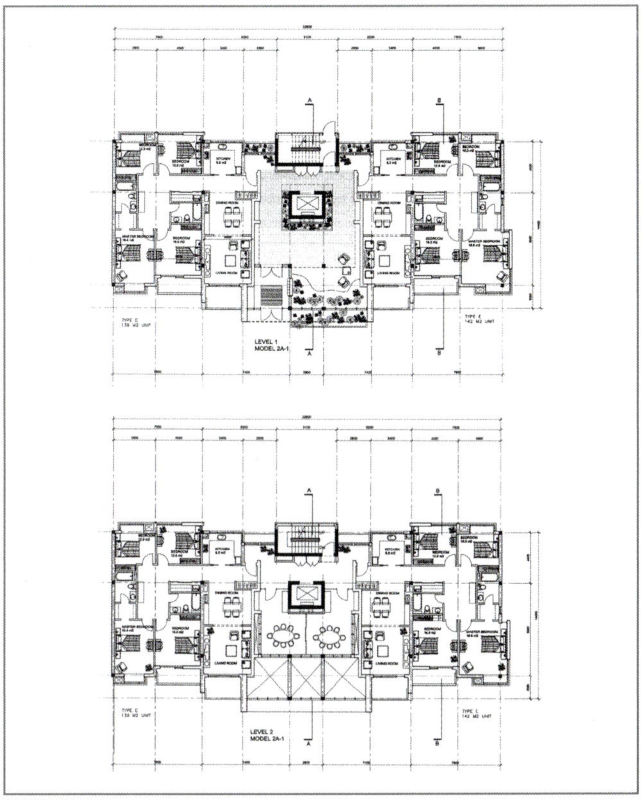


标准层平面

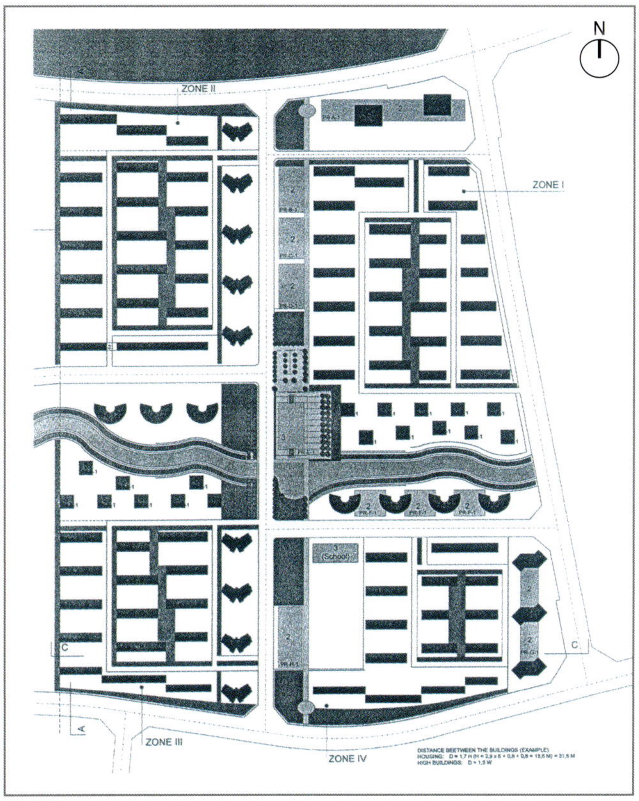


规划总平面图

鸟瞰图

## 深圳

# 左庭右院

开发单位：深圳市梅江南投资发展有限公司

技术经济指标：
所在地：广东，深圳
总用地面积：53,830m$^2$
总建筑面积：109,283m$^2$
总户数：783户
容积率：1.58
绿地率：50%
停车位：604个

鸟瞰图

“左庭右院”运用院落式布局规划，从庭院生活出发，构筑邻居交流场所、老人活动空间、儿童娱乐平台。其基本形式是一个或多个矩形平台，将楼体空间划分成为悬空的、露天的花园，并将室内空间融入室外，室外空间导入室内，形成多层互动平台，把中国院落的特征揉合到现代庭院设计中，形成城市高层院落住宅。

在整体规划布局上，项目整体建筑形态依照传统庭院的布局，象征具有中国人文传统的庭院格局，突出开阖有致、步移景异的环境氛围。为使业主能充分享受到园林景观，建筑形式以围合式布局为主，形成围而不合的向心性布局，各建筑组群按照层数不同依次（北区由北向南，南区由南向北）向两区中央主题园林进行围台布局。

在交通系统上，项目南北两区的车行主出入口分别设置在两区地块西侧临李朗大道处，人行主出入口设在东侧干道。交通系统人车分流，主次分明，脉络清楚，保证了行车便捷；步行道以及车行道布置绿化，两旁合理布置了各种切合主题的园艺建筑小品，形成点、线、面三种不同景观特色，起到移步换景的作用，同时使车流对住户在噪声、视线及废气等方面的干扰减至最小。

建筑单体结构采用板式小高层，布局安排采用南北朝向，局部做架空处理。住宅户型设计动静分区，主次分区，干湿分区，设计上采用“大面宽，小进深”的设计理念，南北通透，明厨明卫，保证了自然采光和通风；户户主卧、客厅朝景；每户均采用“多阳台”设计。

专家评审意见：

本项目位于深圳市北部，城市副中心地带，沿城市快速路的两侧，布置为相对独立的两个小区。交通方便，地理位置优越，项目的建设对拉动城市副中心的城市建设、改善城市形象、创造宜居型城市有较好的作用；小区规划结构清晰，功能分区适宜，动静交通组织合理，绿化引入楼群，创造了多样化的居住空间，为提升居民舒适、健康、交往的人居环境提供了条件；户型设计合理，采光、通风良好，二层高的空中庭院提高了居住品质，丰富了立面造型。立面设计时尚、大气。折板型的楼体避免了布局的单调，同时也保证了较好的朝向。建议如下：利用地块周边次级道路组织交通，合理安排汽车出入口，适当调整南北小区的出入口数量，加强社区的安全管理措施；适当增加地下车库停车数量，调整车库入口位置；建议加强住宅节能室内热舒适条件，改善人居环境和科技应用的投入，有效利用中水、雨水和太阳能的资源条件，采用改善噪声控制措施，有效防止噪声干扰。

建筑外景

住宅透视

## 湖州

# 东方达多·龙庭

开发单位：浙江东方达多置业有限公司

技术经济指标：
所在地：浙江，湖州
总用地面积：29，813m$^2$
总建筑面积：60，397m$^2$
总户数：428户
容积率：2.03
建筑密度：13%
绿地率：47.3%
停车位：252个

小区中心景观

“东方达多·龙庭”位于湖州市原面粉厂位置，南临红旗路，西沿龙溪路及滨河绿地，北靠滨河公共绿地，东接住宅区。环境优美，交通方便。

规划有效地组织整个小区内部的室外空间形态，小区以点式高层住宅为主，空间布局在三维空间内形成了点、线、面的构图关系。

为了丰富沿江建筑的天际线，小区内建筑自北至南由高到低，逐渐跌落。

地块中心为中心花园（即集中绿地），在小区各楼外围设环形道路，满足消防及车行的需求，在沿江各楼的东侧自南至北设一步行道，活跃小区的外部趣味空间，小区的底部除一些必要的交通空间及社区配套用房外，全部作架空层，布置绿化。

小区设置多样化的空间形态，既有几何形的入口广场序列，又有园林的自由活泼的不规则空间。

住区的基本构思是静态空间为主，强调休闲与家居的氛围。通过绿化遮掩建筑，由室外小品、绿化布置来围合静态空间。

同时小区在中心区及出入口处，以灯光、水背景来活跃气氛，使公共空间在静态中并存动态，张弛有度。

建筑立面追求传统与现代风格相结合，以求体现江南传统建筑的淡雅素净，造型简洁大方。

专家评审意见：

本地块西临龙溪港和北侧绿地，南侧红旗路与城市对接，区位条件优越、自然景观条件良好，十分有利于营造绿色人居宜居型住区。规划设计方案在规模不大的住区内，有效地成就了小区功能和外部空间形象。住区留出的宽大中心绿地花园，为住户提供了良好的休闲交往空间和优美的景观环境，周边布置的高层塔式住宅因而也获得了优良的视野和景观条件。小区考虑了沿河景观资源的利用，加强了沿河绿带的处理，与城市有较好的衔接，也提升了自身房地产的价值。采用外环式的道路，避免了交通对居住生活的干扰。地下车库布局合理，出入口的位置有利于尽快消化地面车辆，减少道路的行车压力。内院布置以绿地为主，穿插活动场地，有较好的功能性、观赏性。小区考虑了公共设施的设置，分布合理。架空底层的做法，对扩大视野，为住户提供良好的人际交往空间创造了条件。套型面积对市场有较好的适应性，边单元及屋顶做了处理，发挥了部位价值。建议如下：认真修改住宅套型设计，解决厨卫面积大小不均、卫生间离卧室过远、餐厅位置不稳定、动静分区不明确和缺少贮藏空间等问题。全部架空底层的做法对接地型住宅不利，建议适当减少架空面积。作为创建最佳绿色人居环境住区，应重点突出舒适、休闲、健康和安全，建议应用人居科技的理念，开展低能耗舒适住宅整合技术、太阳能利用技术、雨水和中水利用技术以及改进布管设计等，以节约资源、环境保护、改善室内温度、湿度环境和声环境质量。注重工程质量，做好细部处理，确保安全、健康，消除隐患。

规划总平面图

鸟瞰图

## 株洲

# 湘银·紫竹茗园

开发单位：株洲湘银投资置业有限公司

技术经济指标：
所在地：湖南，株洲
总用地面积：27,289m²
总建筑面积：104,755m²
地下车库：8,066m²
总户数：595户
容积率：3.5
建筑密度：27%
绿地率：43%

单元平面图

“湘银·紫竹茗园”位于株洲市天元区长江南路与黄山路交汇处，拥有河西得天独厚的自然环境资源，空气清新，环境幽雅；同时拥有其他区域无与伦比的发展前景，这些为社区营造舒适、健康、便捷、成熟的生活环境提供了保证。

规划设计充分体现了“绿色、阳光、健康”的主题。10栋9～17层的小高层建筑，布局错落有致，线条简约大方，外形时尚俊朗。总体规划布局既突出了生态、园林绿化景观效果，又保证了每一栋的通风和采光，力求户户朝南，窗窗有景，达到居住方式高品位和舒适性的完美结合。

项目园林景观的主要设计思路为简洁、自然、健康、人性、参与，旨在为紧张高效的现代生活中的人们提供一个悠闲、轻松、亲和的休息居住环境，同时兼顾人的参与性。

紫竹广场、粉墙桃红、江南烟雨、荷塘月色四大各具特色的江南主题园林，通过动感的喷泉水景、幽静的长廊、翠绿的竹林、个性化的小品、雅致的步道，既满足了人亲水的情结，又把社区完整的景观空间有效地分隔为中心活动区、健身活动区、儿童活动区、休闲散步区，使置身于园林中的人们更好地融入自然，放松自己的身心。

各种植被的大面积种植和水系的建造，提高了社区内环境的含氧量及湿度，为社区生活打造出一个健康、惬意的生活环境。

户型面积从100m²的经济型两居到256m²的复式五居室，采用上下错层设计，合理地提升了空间层次；大面宽、小进深，动静错开，南北通透；上则怡然幽静，下则欢聚一堂，老人小孩各得其所。

专家评审意见：

小区规划布局紧凑，用地利用充分。小区内部空间变化丰富，能为住户提供较好的室外休闲、交往活动的环境。于用地北、西、南三面相临城市道路开设出入口，交通组织顺畅。机动车停车位设于地下，车库出入口临小区主入口设置，方便住户出行，减少了车辆对社区生活干扰，有效地为住户提供了安静、安全的生活空间。建筑体型板、塔结合，高度富于变化，街景立面较为丰富。户型设计类型多样化，户内空间尺度适当，面积分配合理，舒适度较好。建议意见如下：建筑密度较高，住宅南北向间距普遍偏低，达不到当地日照间距的要求，建议采取一定的弥补措施。小区内部设两条南北向道路没有必要，建议弱化东侧临用地边界道路，增加绿化面积。小区内部道路线型过直，建议适当弯曲。部分住宅套型设计南向优越利用不充分，厨卫面积偏小，建议对主卫布局作必要的调整，最大程度地改善居住的舒适度和方便的条件。根据防火规范，建议在10层、13层、15层采取必要的措施，以便在紧急时有逃生的通道。应贯彻节能省地的要求，应补充落实外墙外保温、双层玻璃的（中空玻璃）密闭窗、保温隔热屋顶的做法，在西侧山墙的部分采取安装遮阳设施等节能保温做法。建议创造条件为住户安装太阳能热水系统、中水和雨水利用系统、楼板隔声和分户墙的隔声构造，降低噪声的干扰，改进垃圾处理技术，减少景观水面。

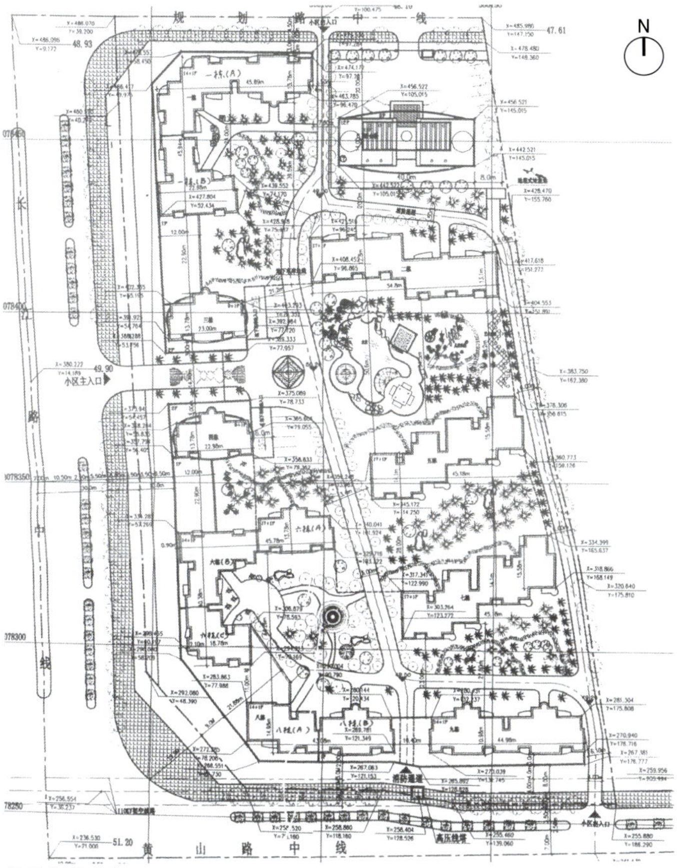


规划总平面图

标准层平面图

沿街立面

## 长沙

# 玫瑰园

开发单位：长沙玫瑰园房地产开发有限公司
设计单位：美国海普建筑设计咨询有限公司

技术经济指标：
所在地：湖南，长沙
总用地面积：668,000m²
总建筑面积：10,003,000m²
总户数：6,185户
容积率：1.5
建筑密度：23%
停车位：4,804个

山地别墅

“玫瑰园”地处长沙望城县东南，紧邻湘江，西侧与北侧为城市的主干道，交通便利。整个地块被周边连绵不断的山脉包围，山体水面资源丰富。

项目极力倡导资源共享化、社区配套人文化、环境景观化的目标，打造“中国山水经典”，营造岛居现代生活，彰显山水写意人生，真是：更远树斜阳，风景怎么图画。

规划创立了“一水多心”复合结构，突出主题社区的概念，既相互独立，又彼此有机结合。项目在北侧和东侧干道上各设立主入口，现状道路连接各个主题社区，道路层次分明，12m、9m、4m，各级道路形成网络，结构合理完整。

专家评审意见：

本地块位于湘西望城新城建设区内，规模大，交通条件优越，区位条件及自然条件良好。住区结构清晰、完整，空间组织层次丰富，依照地形的自然走势形成的高、低层住区，有较好的居住氛围。交通结构合理完整，外部到市区和生活节点便捷通畅，内部道路系统分级清晰，采用的双环路结构，有效地分解了交通车辆。出入口布置匀称，出入方便。“一水多心”的复合规划结构，较好地解决了地块大、景观不易均好布置的问题。住区的环境景观条件优越，根据基地竖向条件组织水系湖泊。按照区位划分不同的居住地段性能，确保了场地资源的有效利用和发挥。住宅套型丰富多样，内部空间关系合理，尺度适当，居住功能良好。建议如下：居住商业沿道路布局，蔓延数百米，较难形成现代商业气氛，建议采用集中与分散相结合的方式，适当集中规模商业配套项目，形成休闲、娱乐、购物为一体的商业点。应注意加强城市设施配置，补充医疗、文化方面的建设内容。建议对居住区整体道路系统做进一步分析、调整，明确分级定位，舒解交通压力。应充分体现健康、休闲的理念，为住户特别是老人和儿童提供充分的设施和场地。加强科技含量，组织落实工作，制定具体实施措施。认真完成节能环保生态的要求。

高层区透视图

规划总平面图

东阳

# 中天·世纪花城

开发单位：东阳市中天房地产开发有限公司
设计单位：杭州浙华建筑设计事务所

技术经济指标：
所在地：浙江，东阳
总用地面积：218,200$m^2$
总建筑面积：382,990$m^2$
总户数：2,467户
容积率：1.75
建筑密度：26.9%
绿地率：35.3%

小区中心景观

“中天 · 世纪花城”位于东阳市城市总体规划的中心区，该地块区位优势明显，北面的广福路和东面的学士路均为40m宽的交通主干道，出入方便。基地内开阔平坦，自然环境优美。

沿基地的南北向设计了一条线状的中央绿化景观带，贯穿整个三期用地，同时通过二、三期正对的主入口与一期和二期的开敞中心绿地保持轴线联系，从而形成景观资源的连续性。

线状的中央景观绿化带联系起了排屋区、叠排区以及高层区，通过对建筑形态的不同组合，使住宅最大限度地享受到绿地空间。

在第一期中，线状绿地放大形成大尺度中心绿地大花园，通过架空层的设置，创造丰富的空间层次感。

住宅类型有排屋、叠排住宅、点式和板式小高层以及点式或板式高层。丰富的建筑形态在经过区域划分、错综排列后，形成了小区丰富的空间形态。

小区提供多种的空间层次来满足住户各类型室外活动的要求，增强小区的领域感、安全感和从属感。

从中央线性景观绿化带到中心景观绿化，再到各组团公共绿地，层层递进。同时考虑设计了多处人性化的小尺度空间。

蜿蜒的半岛水系勾勒出各功能区块，自然的水岸线形成了线状绿化带。结合浅水池、曲折的鹅卵石小道及起伏的台地，让景观有了灵动之美。

建筑群体力求塑造简洁明快的建筑风格和富于江南水乡文化底蕴的新时尚精品住宅。

引入现代的材料和技术，采用明快的色彩、精致的处理，创造空灵别致的造型。运用虚实对比，构建穿插，追求自然、平实与真正的品味，营建温馨儒雅的人居环境。

沿甘溪路、学士路、广福路一层设一层商铺，为内外居民提供了便利。

专家评审意见：

本项目位于江北新区核心部位，具有优越区位条件。交通便捷，自然环境优美，具有很好的人居环境建设的外部条件。规划设计理念从营造宜人居住环境出发，采用了中心主轴景观带、生态花园、半岛水系等手法，创造了丰富的空间序列，有益于组织舒适、健康、休闲的生活环境，提高了居住的生活质量。小区采用混合居住模式及“同质集居”的概念，设计出多种住宅方案和多种人际交往的空间，具有一定的创见性。住宅设计平面功能合理，组合紧凑，采用入户花园和排屋内庭院的作法，对改善通风、开敞视线、增加与自然的亲和力及领域感具有好处，并成为产品的特色。建议如下：调整小区路网，更好地与城市道路衔接，完善道路结构。建议在北区改变底层商业的单一形态，适当增加独立商业地块，设置小型超市、步行商业街等，以利社区的发展。改进小区主干道的景观布局和绿化设计，强化院落景观，弥补主景观共享性不强的弱点。增加老人和儿童的活动空间，并注意无障碍设计。适当扩大托幼的规模并离开住宅设置。建议加强节能措施，并在雨水和中水利用、雨水渗透技术、景观水生化技术、太阳能技术等方面加强措施，争取更高品质的舒适度。

鸟瞰图

高层住宅

住宅透视

中心区景观

规划总平面图

## 本溪

# 山水人家

开发单位：本溪华厦房地产综合开发有限责任公司

技术经济指标：
所在地：辽宁，本溪
总用地面积：490,000m$^2$
总建筑面积：420,000m$^2$
容积率：1.1
绿地率：35%

鸟瞰图

“山水人家”规划设计依据东北及本溪地区人文环境、城市特点、地质状况、气候条件、消费观念及趋势，强化人居环境节能及资源的可持续发展的意识，突出东北地区民族文化的特色，以山水人家为主题，利用平顶山、大屿山、露水沟和张家河两山两水为背景，自然的山势地貌，依山傍水，顾及人们亲山、亲水、亲自然的理性观念。

小区位于明山区新立屯文化路两侧，路东北起职业病院南至制钉厂，路西北起安装公司南至高速公路出入口。

总占地49万m$^2$，总建筑面积40余万m$^2$，内有多、高层住宅27万m$^2$，单体、联排别墅6万m$^2$，商业用房7万m$^2$。

多高层住宅从45～217m$^2$，别墅从180～480m$^2$，分为二层、四层、单体、连体及联排别墅。

山水人家自然环境优越，远望可览平顶山雄姿，近观可见张家河神韵，小区四周青山环抱，恰似聚宝盆端坐于群山之中，林木葱郁，植被茂盛，空气清新。置身其中，尽享“山间纯氧”。露水沟等两道自然水系贯穿其中，曲折环绕，流连小径，曼妙通幽，犹如一幅天然山水画。

晨练由此登上平顶山，俯看市区，心旷神怡。穿过山水人家，南行即至高速公路出入口，为连通本溪南北以及周边城市沈阳、丹东、辽阳等地的枢纽。步行街、商业街带着古老的文明与经济的繁荣汇聚于此，构成本溪市南部最大的商业圈。

专家评审意见：

本项目是本溪较大规模的居住社区，位于城市的南部，东邻大峪口，西靠平顶山森林公园，自然环境优美，交通便捷，对于建成具有较高品质的人居环境的大型社区具有较好的前提条件；规划设计构建了与环境友好的规划格局，注意保护自然的山水构架，并对城市加大了开放性，利用不同的地形安排了多层、高层、联排及独栋式住宅多种住宅类型，注意了对山体、水体的保护，并努力强化了原有地形的特点；规划设计顺应地形，合理组织交通系统，利用社区内部的道路，合理划分功能分区，较好地解决了机动车停放问题，保证了小区具有较好的通达性；规划顺应较狭长的地形，把不同类型的住宅合理规划安排在不同的组团，使之既结构清晰，又能相互联系方便。在建筑组群安排方面，注意创造围合的院落空间，并组织了环境优美的步行系统；住区建筑均有良好的日照和通风条件，住宅具有良好的舒适度。住宅户型较多，提供了市场的选择；全区公建配套齐全，设置了商业、学校、托幼设施，居民使用方便。建议如下：对于建筑节能65％的提法，应进一步落实相应的技术措施；山地建筑对于第五立面要求较高，希望在住宅单体设计方面应进一步推敲，以形成较好的城市形象；应充分考虑该地段的防洪设施，根据防洪标准进行设计；适当处理好城市过境交通与小区的关系，既要保证交通的畅通，又能保证居民的出行方便。并应增加居住区级的配套设施及就业岗位；加强风环境的研究，进一步来确定住宅的构造。

临水建筑

## 江阴

# 利昌·怡江城

开发单位：江阴利昌房地产开发有限公司

技术经济指标：
所在地：江苏，江阴
居住区用地：168,800m²
总建筑面积：393,910m²
容积率：2.33
建筑密度：22.8%
绿地率：48%
停车位：2,000个

小区内景观

“利昌·怡江城”位于江阴市城西片案东、西、北侧，被望江公园环绕，南侧为小区开发用地，北临长江，和其他小区构成市人居西组团。

用地交通便利，距市中心仅10分钟路程，周边均有城市道路环绕，南侧有双行往返回车城市主干道，地处过江通道中间位置，居住功能成型后将会成为公共交通重点发展的区域。

本规划以人为中心，将现代社会正在逐渐珍惜的邻里关系结构与开放式街区引入基地，以整体社会效益、经济效益与环境效益三者统一为基准点，结合基地内良好的自然环境条件，着意刻画了优质生态环境，为居民塑造了自然优美、生活方便、配套齐全，同时又具有丰富文化内涵的怡然栖息之地。

规划理念体现在：

(1)人与自然和建筑的共存下融合。(2)注重邻里和社区的运动。(3)具有认同感的个性化空间设计。(4)住宅类型的多样化和灵活运用。

专家评审意见：

规划设计利用周边环境和地域优势，发挥滨江和住区内的水景景观的特色，营造了较好的江南水景住宅氛围，构思及立意正确，提升了住区的环境品质。小区以道路、带状景观和公共中心绿地广场为骨架，布局结构完整，组团划分规模适中，有利于分区开发。能形成较为独立的居住单元，空间环境丰富，各组团中的绿地对组织居民的休闲生活，促进居民交往有较好的作用。由多层、小高层和高层组织的空间环境和南低北高的布局，发挥了争取阳光和长江景观的优势条件，住宅类型的多样，有利于开拓市场，较好地发挥了用地的开发价值，适应了普通住宅的市场需求。居住空间组织合理，使用方便，通过入户花园进入室内的做法，为住户创造了较好的居住氛围。建议如下：临江高层板式住宅，高度和总体布局显得呆板，不利于江景和城市景观的塑造，建议适当调整层数形成变化的天际线。适当增加小高层数量，以保证因减少层数而减少的面积，保证容积率。适当调整布局，偏转一定的角度，改善建筑空间关系。削减停车指标，适当扩大停车措施和面积以切实保证停车位的需要。增强科技含量，全面整合各种科技手段，特别是要采取切实措施，落实节能目标和要求，改善居住条件。

鸟瞰图

规划总平面图

## 呼和浩特

# 维多利·金色华府

开发单位：内蒙古维多利置业有限公司

设计单位：北京华特建筑设计顾问公司

技术经济指标：

所在地：内蒙古，呼和浩特

总用地面积：230,000m²

总建筑面积/地上建筑面积：368,500m²/321,300m²

总户数：2,534户

容积率：1.39

建筑密度：22.45%

绿地率：38.5%

地上/地下停车位：1,000个/1,028个

沿街景观

“维多利·金色华府”位于呼和浩特市北侧成吉思汗大街。小区采用开放型的城市化环境设计，通过景观步道、城市绿化广场将居住氛围引入社区。

十字绿化系统贯穿小区，通过泉沼、溢流、浅河、旱喷等构成了园区的主景，在冬日则采用卵石、浮雕等材料，不蓄水也可形成场景生动的文化步行街。

本项目的最大亮点是在成吉思汗大街设立了以蒙元文化为主题的商业街，将蒙元文化的代表岩画制成大幅的点化印刷和夜景照明，结合商业步行广场，营造了浓郁的民族气氛。

同时在尊重自然，继承、发扬草原文化和蒙古文化，创造高品质居住生活质量，提升成吉思汗大街的地域价值等方面做出了表率。

专家评审意见：

本项目有较好的整体布局，注重营造居民生活的室外交往环境，有一定的居住品质。特别是步行商业街的建设，规模大、商业形态好，符合现代城市居民的购物行为和生活方式，对城市建设也是一个亮点。住宅套型平面设计合理，功能完善，使用方便，套型规模能适应市场需求。项目提出的“蒙元文化体育村”建设的概念和按照科技人居的目标，建设绿色、人文、健康、节能、环保的绿色楼盘，定位高，技术准备充分。建议如下：进一步理顺周边规划道路的交通关系，完善与城市道路的衔接，更好地改善本住区的外部交通联系。建议加强西区作为相对独立的住区单元。适当调整交通结构、绿地空间布局和居民楼栋的拼接长度，减少对绿地的遮挡和改善住区通风条件。建议在蒙元文化的表达上下功夫，深化南侧大街的城市景观设计，优化商业功能和城市广场空间设计。建筑的西部处理不宜细碎，南面临街和北侧小高层住宅造型应体现地方的特色和多样性。加强节能技术措施和制定技术保证，力争达到节能65%的人居环境试点建设目标。并在达标的基础上，改善居住的舒适度，减少能源负担，将节能的好处留给居民，体现人居住区的特色。

规划总平面图

鸟瞰图

## 西安

# 利君明天

开发单位：陕西佳庆房地产开发有限公司
设计单位：中联西北工程设计研究院

技术经济指标：
所在地：陕西，西安
总用地：36,600$m^2$
总建筑面积：152,500$m^2$
居住户数：971户
容积率：3.55
建筑密度：21.96%
绿地率：42%
地上/地下停车位：100个/600个

沿街商住楼

“利君明天”位于西安高新开发区的新城建设区内，依托高新开发区。本项目的建设将为开发区功能提升起到重要的作用。

项目占地3.66万$m^2$，拥有8栋高30层的住宅。规划采用高层低密度的手法，创造了紧凑型宜居环境住区。

社区规划以三条轴线展开，东西为开放轴，南北向为微景轴，另附一条弧线灰空间长廊形成人文轴，呈现了“情调、品味、活力与时尚”。

小区的景观系统设置了中央花园和系列主题景观为核心，呈现了唯美的建筑理念。

住宅采用板式且呈椭圆形，“外圆内方”，南北通透，符合现代的居住理念，小区配套设施齐全，使人居环境理念得到了充分的体现。

专家评审意见：

本项目通过形态各异的两个院落形成了丰富的空间。水面、植被、小品、步行小道的设计具有亲和感，有利于居民的交往与休闲。交通组织采用人车分流方式，创造了园区宁静的氛围。小区整体建筑造型采用椭圆体的形象，具有个性，简洁的线条使居住区富有现代感，丰富了城市形态。沿街的商业建筑方便了住户，也为街区风貌增加了生活情趣。小区采用的全高层设计符合城市紧凑发展的原则，对节约用地、拓展休闲绿地，增加室外交往活动空间提供了条件。采用全地下车库，就近布置车辆出入口的方式，对开发地下空间、改善地区的环境较为有益。采用多种居住类型，面向广大的工薪阶层，特别是中、小户型的设计，标准恰当。平面布局紧凑，居住功能合理，有较好的市场适应性。项目注重科技应用，在外墙保温隔热、密闭门窗、地板采暖等节能方面有相应措施，在雨水利用、景观水处理、垃圾分类回收、隔声技术和无障碍设计等方面也有较好的体现。建议如下：进一步加强节能研究，认真做好产品选型、提升施工技术准备、确保工程质量，切实达到国家节能标准。适当减少水面，增加绿地和活动场地。增设中水利用，并将雨水收集和渗透技术的应用落实到位，以利节水和改善小气候环境。尽量减小或者直接取消屋面飘板的做法，以突出简洁、自然的绿色建筑概念。

公共建筑

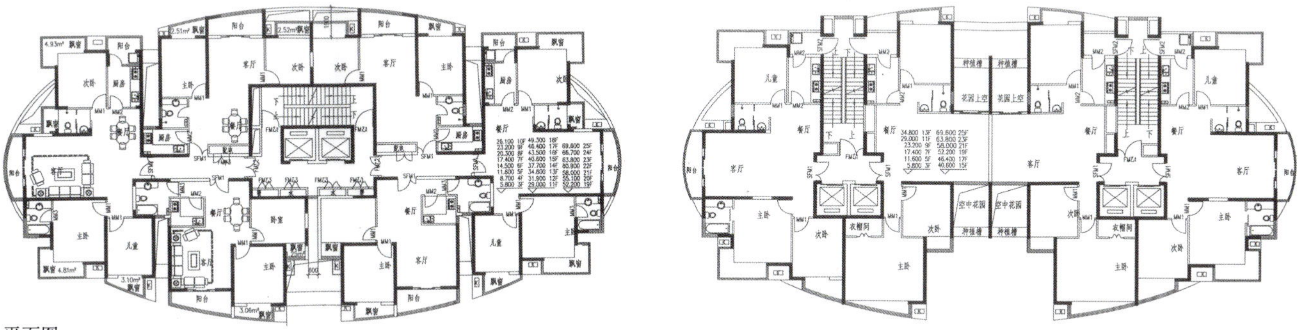

平面图

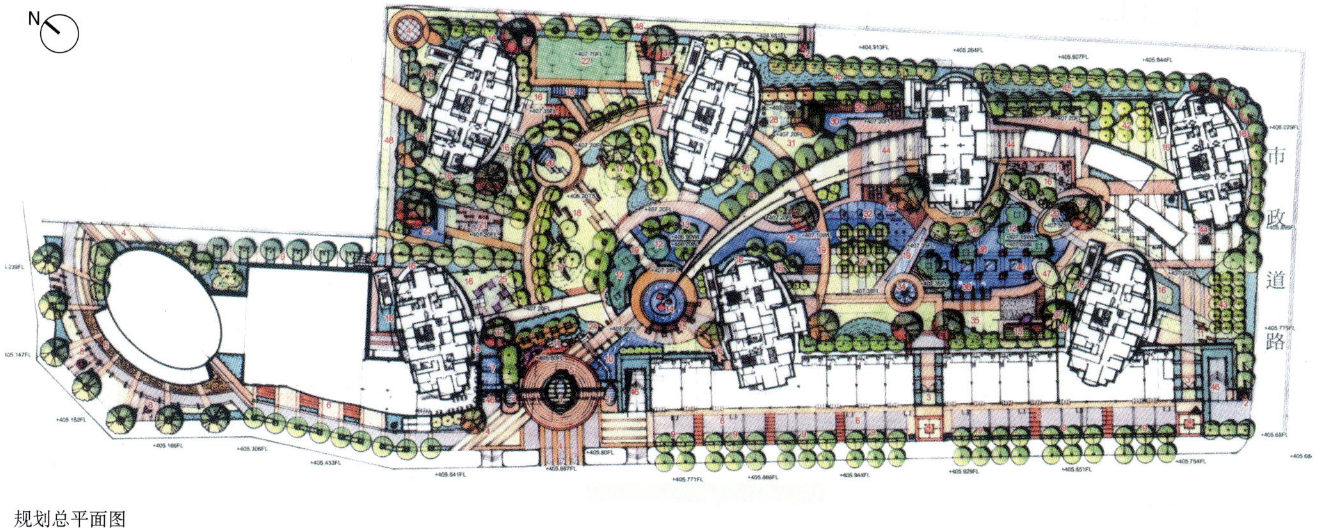


规划总平面图

## 临海

# 湖畔尚城

开发单位：浙江大经众茂房地产开发有限责任公司
设计单位：杭州市城建设计研究院有限公司

技术经济指标：
所在地：浙江，临海
总用地面积：84,179m²
地上/地下总建筑面积：159,980m²/32,725m²
总户数：1,210户
容积率：1.89
建筑密度：27%
绿地率：大于30%
停车位：1,007个

小区内景观

“湖畔尚城”位于临海市区，是灵湖风景区重要的住宅配套项目。该地块东临绿化路，南临城市主干道临海大街，直面灵湖。基地呈矩形，由于基地线性轴同正南北呈约39°夹角，为减少土方工程，控制投资，同时营造纵坡景观，小区整体分级抬高。

湖畔尚城为集高层住宅、多层住宅、排屋、单身公寓、商业用房及配套沿街商铺为一体的综合性居住小区。

规划采用以“一轴、一环、一个中心庭院”的整体结构框架，强调主干道与核心体的关系，形成一个流动的、有机的大型优质居住空间。

住宅布局采用“点、线、面”结合的模式，综合住宅的日照影响、景观处理等因素，建筑空间形态采用退台的处理手法，北高南低，既充分满足规划要求，又最大限度地利用土地，同时使绝大多数的住户成为“湖景房”。

本小区的景观层次将整个景观空间关系抬升到一个三维的空间序列之中。景观主轴可以迅捷到达每个邻里空间的庭院。

专家评审意见：

临海市是国家历史文化名城，具有浓厚的历史文化底蕴。小区通过明快、简洁和现代的设计手法，体现了现代住区的居住文化。建筑的形象稳重而不沉闷，延伸了传统建筑文化内涵。规划结构布局合理、分区明确。能按照高层、多层和联排住宅的不同居住群的要求，组织内部的居住空间，以适度的围合、开放的手法，形成空间序列。并通过高低关系、视觉通廊与城市山水景观相互呼应，提升了住区品质，也为城市风貌增添了色彩。小区利用半地下车库局部提高的地势，形成了变化的微地形，丰富了景观。车库采用生态的采光、通风井，改善了视觉观感，同时又为节约照明用电、机械通风创造了条件。小区道路简洁通畅，停车位充足，有良好的动静态交通条件。住宅套型丰富、类型多样，套型平面功能合理、尺度适中，有较好的内部空间关系。部分套型通过景观房、阳台和观景空间，使住宅内外有较好的连结，提升了住户的舒适性和阳光感。建议如下：小区的中心绿地偏于北部高层区，南部住户使用不便。建议在园林景观设计中，采用空间引导和转变手法，扩大开放性和共享性功能。加强科技措施，通过科技的应用，服务于住户，提升居住的品质，如：适当增加遮阳措施、浮筑层隔声楼板，合理布置管道井，控制噪声、中水和雨水的利用措施（含渗透技术）、太阳能利用技术、生物垃圾处理等。进一步细化住宅功能处理，如：消除餐厅间接采光，设置入口玄关的贮存空间等。示范性地提供全装修、成品房，体现人性设计。加强与城市整体环境关系的协调处理。

鸟瞰图

规划总平面图

## 金华

# 当代华府

开发单位：金华市当代置业限公司
设计单位：杭州浙江建筑设计事务所

技术经济指标：
所在地：浙江，金华
总用地面积：152,900m$^2$
总建筑面积：249,900m$^2$
地上建筑面积：238,600m$^2$
总户数：1,920户
容积率：1.56
绿地率：35.1%
停车位：1,066个

鸟瞰图

“当代华府”位于金华市江南社区，用地方整，地处城市成熟地段，配套设施完善，具有良好的人居环境。项目立足于营造最具恒久价值和深厚底蕴的居住社区作为重点。

小区以多层住宅为主，整体结构布局严谨，和谐统一，中心区布置7.5m宽的环状道路，中心布置15,000m$^2$的中心花园，设置网球场、游泳池等休闲健身设施，5个组团间设有完整的通透花园，与中心花园遥相呼应。周边的商业配套提供城市和社区共享的条件。

建筑形态，以新古典的现代风格为主，充分考虑自身的特征，又结合风土人情，营造一个典雅、庄重、细巧的建筑风格。小区住宅形态各异，富有个性，体现出对现代化社会人性及人文内涵的追求。

专家评审意见：

本项目位于市区南部新区，用地规整，四周为城市道路，交通便利。周边为居住小区，具有适宜人居环境建设的外部条件。小区公共配套服务设施完善，设有幼儿园、会所、管理中心、商业等，基本满足小区居民购物、教育、健身、文娱等活动的需求。户型设计多样，功能分区明确，户户朝阳，明厨、明卫、明卧，保证了良好的自然采光和通风。建筑造型典雅，色彩清新。屋顶轮廓线丰富，顶部开老虎窗使顶层空间得到充分利用，同时坡屋顶也解决了太阳能的装置问题。小区环境景观结构有层次，设计的主题组团绿地，为居民提供了一个邻里交往的活动空间。项目科技意识强，住宅节能50%，目标定位准确，采用太阳能等节能技术措施。建议如下：整个小区规划形态显单调，空间层次变化不清晰，组团场地过窄。可采用加大组团绿地空间尺度和适当架空底层空间的手法，改善居民的就近休闲条件。加大主入口空间尺度，以改善整个小区的空间形态，提升小区形象。幼儿园位于小区西南角的主要道路交叉口处，对城市交通和街道景观组织不利，建议结合小区西侧沿街景观单调的问题，将托幼北移到中部轴线南侧。底层停车的方式，对邻里庭院的影响较大，建议采用相对集中停车方式，尽量减少底层及庭院内停车。住宅套型平面设计不够紧凑，个别套内走廊过长，建议做适当调整。加强节能科技应用的具体落实工作，扩大科技应用项目的范围，以真正体现科技应用对提升居住的舒适度。

规划总平面图

小高层住宅

多层住宅

小区主入口

## 增城

# 新都·盛世名门

开发单位：广州市新发实业有限公司

设计单位：爱普斯国际投资项目顾问公司

技术经济指标：

所在地：广东，新塘

总用地面积：172,940m²

总建筑面积：395,570m²

住宅/公建建筑面积：342,330m²/53,240m²

总户数：2,968户

住宅净容积率：2.74

绿地率：35%

地上/地下停车位：598个/2,370个

鸟瞰图

“新都·盛世名门”以追求高品质可持续发展生态住区为目标。力争创造具有高贵、典雅、大气的特征。地块高差大，场地以坡地为主。三面临城市道路，南侧为市政绿化广场，是较为成熟的居住区，地块的增值潜力巨大。

项目利用地形地貌，巧妙地处理了包括景观、商业、交通、的规划焦点，充分表达了原则性、生态性和协调性的自然主义规划理念。

住区的景观设计围绕中心水系向组团渗透，营造了不同的湾畔效果。微环境的处理也是本项目的亮点。在组团内部，充分利用地形的渗透性形成绿色的通廊。

小区路网遵循人车分流和立体交通的原则，严格按照要求设置了各个组团的停车场。一、三组团为半地下阳光停车库；二、四组团全地下阳光停车库。小区竖向设计根据地形标高由北向南降低，形成了阶梯式平台，土方尽量做到平衡。

专家评审意见：

本项目坚持生态及可持续发展观念，对增强城市功能、创造宜人的居环境具有一定的示范意义；小区规划整体结构清晰，从地形特点出发，以组团式的布局形成邻里关系。组团规模适度，空间形态活泼，环境良好，有益于居民邻里之间的交往及户外活动，营造了温馨和谐的气氛；小区的道路交通组织清晰简洁、可达性强。利用地形高差，有效地实行了人车分流，并巧妙地安排了半地下车库，不但保护了微地形和生态环境，而且有利于节约成本，尤其是阳光车库的设计，更体现了生态和节能的原则；小区公共空间由带状绿地和小区道路交织而成，并与组团绿地有机结合形成绿色网络。考虑了老年人及儿童的行为需要，设置各种体育休闲设施；小区的竖向设计能结合自然地形的特点，创建了坡地建筑的独特景观；利用科技手段，实现对环境的保护和节能，如人工湿地、太阳能发电、实现景观用水的净化和循环等。建议如下：南侧开发项目规划指数较差，应修改；地形有较大高差，应更加关注无障碍设计的各项要求；住宅单体平面布局不够紧凑，空间利用不太合理，应对功能空间作进一步的调整；连体塔式住宅通风、采光差，应做调整；应加强住宅科技含量方面的措施，如雨水和中水利用、节能遮阳、送新风、生态垃圾处理技术等。

标准层平面图

规划总平面图

鸟瞰图

## 常州

# 绿园·爱舍

开发单位：常州市万联房地产开发有限公司

技术经济指标：
所在地：江苏，常州
总建筑面积：139,000$m^2$
商业建筑面积：6,000$m^2$
总户数：1,220户
容积率：1.94
绿地率：大于30%

小区中心景观带

“绿园·爱舍”的建筑以小高层（11层）和高层（18层）为主，标准层以一梯三户为主，部分一梯两户、两梯三户。主力户型为二房和三房，面积在80～130$m^2$之间，其中小高层的顶层和底层设计有复式和挑高结构。

社区环境包括“庭院式中央景观大道、滨河文化景观轴、双向平行运动景观轴及商业景观街”，以滨河风光、宅前宅后的水景及澳洲风情为主要特色。

建筑与景观有效地连为整体，“水宅绿相扶”在社区中处处可见，环境优美怡人。

景观设计独具匠心地实现“水—绿—宅—水—宅—绿”的巧妙过渡，不仅将“水宅相扶”的居住传统融进当代居住理念，而且小区的水系的处理充分学习了“澳洲”社区设计的思路，创造性地将水流引到每幢楼的前后，处处可见澳洲风情。

“绿园·爱舍”试图在清潭西南实现诗意般的居家梦想。

专家评审意见：

本项目定位为面向百姓的住区，以中小套型为主，符合“国六条”精神。小区规划结构完整。结合临近的河道水景，因势利导，用好水景景观。规划设计了三个居住组团，组团划分均匀，结构清晰，布局合理。小区住宅选型以小高层住宅为主，尺度相宜，有较好的舒适感。小高层与高层住宅结合，短板与塔楼结合，形式活泼。在保证绿地空间的情况下提高了容积率。小区种植绿地较多，绿影较大，可为居民创造良好居住环境。小区交通组织采用的是环形交通结构，有较好的通达性。采用地下、半地下地面停车相结合的方式，不仅丰富了小地形而且保证了院落环境的宁静与安全。小区出入口位置选择恰当，与城市街道关系融洽。停车位数充裕，体现了规划设计的前瞻性。小区环境设计精细，设计立意明确，创造了多种各具特色的景观空间，实现观赏性与人的行为活动需求相结合的要求。建议如下：小区会所、商业设施安排在住宅底层，对上层住户有一定影响。建议采取一定措施保证居住的宁静和安全。建议进一步细化景观环境设计，以实用的普通材料实施靓化设计。优化住宅细部设计，提高居住空间功能使用的方便性和实用性。进一步重视提高科技含量，加强技术措施落实。并切实达到节能技术的目标要求。

商业景观街

规划总平面图

常州

# 中央花园

开发单位：常州三井一村房地产开发有限公司

小区入口

技术经济指标：
所在地：江苏,常州
总用地面积：209,128m²
总建筑面积：585,200m²
地上住宅：430,400m²
总户数：3,544户
容积率：2.25
建筑密度：24.8%
绿地率：39.1%
停车位：3,163个

“中央花园”位于常州城市三井一村，分南北两个地块。中间有220kV高压线。设计采用都市山川、园林人家的理念，打造轻松惬意的新型绿化步行带。多层次地展示了空间美景。

小区规划采用了大格局、大规模和通透性的手法，大面积架空，使得园区景观相互渗透，室内外形成一片视线良好的居民生活空间，突出了高层建筑为主的特征。

高层建筑设计典雅大气，层次细腻，形体独具韵律感，平面设计精到细致，比例尺度把握恰当，细节精美，选材优秀。设置的阳光室，入口门廊，凸窗挑板及遮阳等将建筑形态与城市融合在一起。

专家评审意见：

本项目规划因地制宜，利用区位优势和地形条件，打造成为良好人居环境居住小区。规划设计围绕中心湖的共享绿地空间，布置了不同形态的居住组团空间，创造出丰富的文化景观氛围。小区整体结构明了，功能分区有序，用地配置合理。小区道路框架清晰，以环线为主干的交通组织简捷、通达性较好。人车分流，动静交通组织合理，能够满足消防救护、避难等要求。小区主次入口与城市交通有较好的衔接，方便居民出行。主景区与组团绿地步行系统通达、开放、具有良好的共享性、亲和性。小区群体空间组织有序，通过高层、中高层住宅多样布局，空间层次清晰、天际线丰富。会所、托幼等配套公建形体丰富，增加了空间层次感和视觉效果。紧凑的设计特色符合城市开发原则，局部架空处理使空间产生渗透，表现了较高的居住环境品质。项目策划和实施计划书十分注重科技含量的提升，并将科技应用与提升居民生活品质联系起来，有较好的定位。在建筑节能、室内空气置换、智能化等方面都做了应用计划。建议如下：进一步深化科技应有措施，加大科技应有范围，追求实绩实效。如：有机垃圾生化处理技术。太阳能应用技术。高舒适度、定量节能、低成本运行技术，试行全装修成品房供应的机制等。建议增加小户型比例，特别是临街高层可改作公寓式小套型。建议调整西侧主次入口，减少广场的硬铺地，增加绿色种植，改善小环境。

规划总平面图

鸟瞰图

瓦房店

# 长城·都市阳光

开发单位： 大连深长城地产有限公司

技术经济指标
所在地：辽宁，瓦房店
规划用地面积：105,412m²
总建筑面积：156,396m²
多层住宅面积：140,259m²
总户数：1,544户
容积率：1.4
绿地率：35.2%
停车位：418个

多层住宅

“长城·都市阳光”位于瓦房店市新城区钻石街西侧，地块内为丘陵地形，起伏变化较大，尚有部分村落及农户集居地。市区西部较为开阔，加之近时期逐渐形成的便利交通条件和市政府西迁的拉动作用，为城市向西部扩建创造了良好的社会条件和基础设施条件。

设计构想重视“以人为本”，且人与自然和谐共生的建设目标，依山就势，尽量减少土方量。

总体规划采用多层的点式、板式布局形式，在用地范围内将一定容量的居住建筑以均好性原则布置，使尽可能多的住宅在区位及空间延伸上取得同效，平等地分配用地及景观资源。设计结合地形高差形成不同的台地，建筑物错落布置，围合成丰富的院落空间，利用地形尽量采用通风、采光的开敞式车库。

专家评审意见：

规划设计重视对山形地势的保护，建筑依山就势展开，二期、三期建成后，将和已建的一期工程组成较为完整的居住小区。规划整体结构清晰，空间布局合理，交通组织方便。建筑布置结合地形高差，适当采用收、放、错位的方式，如东侧垂直于等高线布置住宅，取得了较丰富的空间效果。住宅选用多种类型，注意条式、点式相结合，特别以小户型为主的套型设计适应了普通住户的需求，市场反应热烈。住宅设计功能分区明确，平面紧凑合理，有较好的细部处理。住宅立面处理简洁明快，富有现代感和节奏感。建议如下：建议适当调整西侧组团规划，增加户外活动绿地空间。尽量利用地形高差丰富空间景观环境。调整西侧车库剖面竖向设计和交通组织，减少户外停车对整体环境的破坏，应考虑西侧增加入口。进一步优化公建设计，调整规划布局。加大科技对改善居住环境品质的实施措施，使本项目节能指标达到65%，并在太阳能利用技术、水处理、中水利用、雨水渗透技术、通讯与智能化管理、生化垃圾处理技术等方面达到相应要求。

鸟瞰图

规划总平面图

## 舟山

# 云厦·领城故事

开发单位：浙江云厦集团舟山房地产开发有限公司
设计单位：浙江安居建筑设计院、杭州正道房地产顾问公司

技术经济指标：
所在地：浙江，舟山
总用地面积：98,700m$^2$
地上/地下总建筑面积：142,000m$^2$/16,700m$^2$
总居住户数：675户
容积率：1.60
建筑密度：19.3%
绿地率：35.9%
停车位：759个

鸟瞰图

“云厦·领城故事”位于舟山市临海域分区，新城建设区域。周边城市干道围绕，交通便利。

规划设计采用层层叠进的手法，演绎小区的空间基调。

入口处采用的纵向绿化、林荫大道和广场的设计，完成了由动到静的过渡，利用原有地形的起伏，营造了有山有水的意境，即保留了地形原来的面貌，节约了大量的土方。

小区内部交通组织进行了步行人流的设计，曲径通幽，移步异景，没有车流的干扰，人们尽享其中，心旷神怡。

景观设计上，引入立体绿化的手法，将住宅、商铺、自行车库等以空间几何绿化覆盖，创造了最大的绿化空间，架空的底层设计扩大了绿色的渗透感和统一完整的效果。

住宅以小高层为主，增强了住区的宜居性和舒适感。

专家评审意见：

项目为新城核心区的精品住宅区，从城市新区的定位出发，较好地考虑了城市的功能、景观等多元化要求，为新区的建设做出了贡献。规划设计体现了生态的理念，对原地形、地貌作了一定的保留，并且保留了原有古井等人文地貌，使住区的景观实现自然的价值。总体布局利用入口广场、中心绿地、道路，将小区自然划分为不同规模的组团，构成了层次清晰的居住空间。小区注重安全舒适的步行空间的建设，力求动静交通分离。步行景观流线穿插在住区重点环境之间，住区景观生机盎然。小区无障碍设计也在住区中得到重视。采用高层、小高层穿插和围合式院落的手法，丰富了空间环境景观和高低变化的轮廓线。立面造型简约，具有现代感。住宅设计与功能空间布局合理，通过花园入户的做法有新意。室内通风，采光良好，居住性能适宜。建议如下：建议对小区的车行道路、停车空间、步行体系进行综合调整，以保证室内外空间环境的品质。结合保留山体，强化自然生态亮点。应深化研究与周边幼儿园、学校、菜市场等居民生活设施的关联性。户型设计应注重家务空间、贮藏空间等方面的设计。舟山地处冬冷夏热地区，应在节能目标和针对本地区特征的科技应用方面下功夫。节能目标应明确，建议达到65%，冬季最低室内温度不应低于16°C，并且应在除湿防霉变和空气品质等方面有措施，开发太阳能应用技术。要注意对水的利用，保证景观水不用自来水。应采用中水技术、雨水回用和渗透的技术。对垃圾处理应实现垃圾分类收集，生化处理，尽量减少垃圾量。认真研究并落实住宅楼板、隔墙、管道的噪声防治。

小区主入口

沿街商住楼

规划总平面图

## 富阳

# 金都铭苑

开发单位：杭州富通金都置业有限公司

技术经济指标：
所在地：浙江，富阳
总用地面积：38,500$m^2$
总建筑面积：116,600$m^2$
总户数：506户
容积率：2.266
建筑密度：23.18%
绿地率：31.17%
停车位：422个

鸟瞰图

“金都铭苑”被规划中的文教路分为东西两部分，周边交通方便，配套齐全，环境优美，地理位置十分优越。整个用地范围内，地势比较平坦。

规划设计将住宅组群的空间布局与园林环境景观的塑造紧密结合起来，在用地紧张的情况下，创造出小中见大、丰富多变的空间形态，着力使小区内部环境与周边环境的有利条件融为一体，创造出地域性的精品楼盘。充分利用桂花西路、秋月路以及周边的成荫绿林和防护绿带与小区内的中心花园、组团绿地以及入户花园等共同组成一个有机的绿地系统。

外部繁华的城市商业街景和内部宁静的休闲景观结合，使小区充满了休闲气息和商业街的风情氛围，满足业主都市生活和田园生活的双重需求。

布局上大部分建筑均沿该地块周边布置。在地块南、北、东侧周边分别布置3幢长短不同的16～18层点式住宅，东面沿秋月路一侧布置二层商铺。在文教路西侧的“飞地”内，则结合这一犄角地形布置2幢18～23层带商铺群房的塔楼。道路沿东西两侧商铺及住宅楼旁作环形布置，并与小区主、次入口连接，贯穿全区，通畅便捷。道路兼作小区内消防车道使用。

充分利用原有较为平坦的地形营造以“绿”、“生态”为中心的自然环境，使用大自然的语汇，创造自然与人、人与建筑、建筑与居住氛围3重和谐共生的健康居住环境，体现可持续发展的生态原则。充分考虑江南自然景观与地域文化延承的结合，在中心花园适当塑造富有地域文化内涵的景观小品，创造一个有地域文化特色的家园，不仅使人感到亲切和愉悦，而且能唤起人们强烈的自豪感和归宿感。

专家评审意见：

项目在城市核心区选择全高层住宅，实施高层低密度的布局手法，不仅保证了较强的土地开发力度，又为居民争取到较宽敞的户外活动空间，符合节约用地，建设紧凑型城市的理念，符合建设人居环境金牌住区要求，产品定位正确。小区住宅建筑结合地形灵活布置，紧凑有序，创造了丰富的空间层次，正南北居住朝向，符合当地气候特点和居民生活习惯。内部空间组织有效保证了室内良好的日照、采光、通风条件。小区环境设计着力“绿色、生态”的营造，住宅底层架空的处理方式，使得空间通透、景观视野开阔。而且能为住户的交往、健身、休闲活动留有充足的空间，提升了室外空间品质。小区住宅设计精细，套型多样，功能齐全，布局合理。采用集中管井对净化室内空间十分有益。住宅立面造型简朴、现代，色彩明快。建议如下：采用适当技术措施，注意应用节能科技的实用性和效应性，力争达到节能65％的目标，以使住户获得真正的实惠。改善冬季室内的温度和湿度及室内补新风系统。在西晒等不利的部位增加遮阳设施。增加太阳能应用。加强中水、雨水利用和收集渗透措施，实现景观水不用自来水。积极采用垃圾生化技术，实现分类收集管理，垃圾减量化和隐蔽化处理。解决车库顶盖的乔木种植，保持生态节能，改善车库通风和采光环境。增加楼板隔噪以改善声环境，注重排水管道的噪声防治。

规划总平面图

小高层住宅

## 武汉

# 高尔夫城市花园

开发单位：武汉高尔夫城市花园房地产开发有限公司
设计单位：中国轻工业武汉设计工程有限公司

技术经济指标：
所在地：湖北，武汉
总用地面积：237,700m$^2$
总建筑面积：358,100m$^2$
总户数：2,056户
容积率：1.51
建筑密度：22.7%
绿地率：43.6%
地上/地下停车位：41个/1,824个

多层住宅

“高尔夫城市花园”地处武汉东西湖地区，自然资源丰富，城市配套设施成熟，总体规划采用了一心、一轴、五区的结构布局模式。

“一心”即在环形格局的中央设置中心喷泉公园，成为整个小区的中心绿地。“一轴”即连接南北入口，从北入口景观道路，到步行景观道至中心喷泉公园的一条景观序列轴。

三期道路将整个三期自然划分为五个片区：结合西侧山丘设置独体洋房区；在环形路南侧与喷泉公园之间为多层洋房与小高层的混合区；东、西侧布置了三层联体洋房与多层公寓的混合区；中央部位设置了24层的高层住宅区；北侧设置了多层公寓与高层住宅的混合区。

三期布局形成了临水边、湖边、中心公园低，中央高的建筑群体形态。保证了公共空间与绿地围合界面的宜人的尺度，保证了沿水岸线的建筑有进深的层次，同时争取到更多的住户能得到较好的景观视野。

总体规划充分利用地块地理位置，分别布置了高层、多层和低层，使得各类住宅依景观水面的价值，依次排列，各得其所。整个住区形态丰富、环境优美，尺度适宜。

小区三期绿化系统根据规划布局特点设计。沿空间主轴线方向在北入口道路上设置了9m宽绿化隔离带，结合24层高层底部架空层集中设置了以水景为主体的中心绿地，在小区中心设置了喷泉公园。绿地采用集中与分散相结合的原则，做到了点、线、面相结合。另外，在小区外围有沿湖岸线设置了城市公共绿地系统。水系的设置是本小区的一个特色，采用了点、线、面的形态，起到了分隔与联系的作用。

小区根据地块的特征采用了三种不同的停车位布置方式：(1)结合零碎地块和道路沿线露天停放。(2)利用建筑底层带架空层停车位或自带车位停车。(3)利用半地下车库停车；人防地下室平时用作地下停车库。

专家评审意见：

本项目的最大亮点是改造了当地原有的工业污染水景，恢复了原有的生态，化害为利，为城市创造了一个高品质的人居住区。本项目地理位置优越，交通良好，与城市间联系十分便捷。金银湖生态区广阔的湖面为住区提供了优美的生态景观条件。已建成的高尔夫球场，为本项目提升了档次与品味。总体规划一心、一轴、五区的结构布局模式，对组织住区生活、合理利用景观资源起到良好作用，使各种居住单元尽可能多地享用水面、草地和宽广的视野。整个住区形态丰富、环境优美。住宅单体风格现代而明快。小区设置体育、卫生、休闲活动的空间，配套设施考虑充分。项目规划设计十分注重细部处理，色彩和材料的选择，使得整个住区加大了温情感。小区根据地块的特征采用了三种不同的停车布置方式，因地制宜，自然流畅而不局限于常规的作法，既保护了环境，又妥善解决了停车问题。改进建议如下：因受地形和弧形道路的影响，西向布局的建筑过多，不利于居住舒适度和节能的要求。塔联体住宅的拼接单元不宜过多，应作必要的调整。住宅套型功能设计，特别是高档住宅的入户口、餐厅、客厅的空间尺寸，贮藏间，工人房等应进一步推敲。应切实落实节能措施和节能目标，达到国家要求，并起到示范的作用。落实各项住宅技术措施，如太阳能的利用，中水、雨水、景观水的处理等。

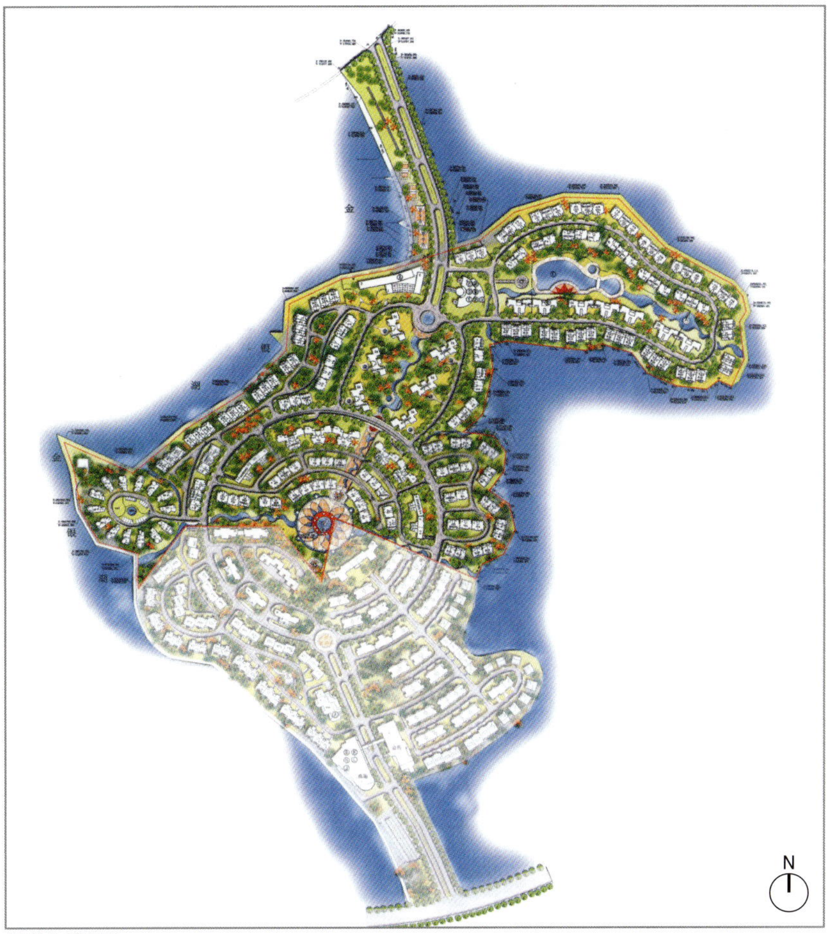

规划总平面图

整体鸟瞰图

## 济南

# 彩石山庄

开发单位：山东三联集团有限责任公司

技术经济指标：
所在地：山东，济南
规划用地：780,400m$^2$
总建筑面积：1,614,800m$^2$
地上建筑面积：577,900m$^2$
地下建筑面积：189,500m$^2$
总容积率：2.07
建筑密度：21.6%
绿地率：42.3%

鸟瞰图

"彩石山庄"位于济南市主要发展轴上的东部城区，依靠经十路与市区联系，距离老城中心近19km，且处于城市二环线之外。目前，基地周边尚未有土地开发项目，公共服务设施缺乏。充分考虑基地与城市及环境的关系，规划力图创造一个生态环境优越的、与现代生活匹配的开放型社区。

规划的空间结构特点如下：

以虎山为社区的中心空间，作为社区公园，提供更加贴近自然的健身、休闲空间，丰富了住宅功能的外延。根据外围山体关系，在小区内部规划南北向主要的生态廊道，连接虎山与围子山。

规划摒弃了图案化的规划手法，从功能出发，采用方格网道路体系，提高了交通的便捷性和不同方向平衡性，也便于形成城市街道的生活气氛。同时，直线的道路提供了视觉通廊，将外围的山景引入到社区内部。

基于开放社区的要求，以庭院作为基本的管理单元和基本的环境要素，规划为纯步行空间。机动车通行及停车都在庭院外解决。住宅以多层和低层为主，北区在空间布置上两侧高、中间低；南区地形较复杂，坡度大，以低层住宅为主，少量高层住宅在东西向规划路的两端布置，起到定向作用。

配套设施结合绿带布置，小学安排在用地西侧的边角，保证了社区安静。

专家评审意见：

本项目是目前济南市东部最远的开发项目。项目规划因地制宜，充分利用区位优势和地形地貌等自然资源。总体布局结构清晰、用地配置合理，功能分区明确。小区空间布局结构合理，通过街坊式井字形结构，创建公园—街道—庭院三级共享空间，把社区发展和城市联系在一起，引领了规划新手法。道路结构在方格网道路骨架基础上，合理分级，为居民使用城市设施、享受城市住区的公共设施和绿地提供了方便的条件。规划采用变换角度的道路布置方式，既照顾了朝向，又创造了许多变化空间，实用性与景观性结合较好。小区通过三条南北视觉通廊拉近了市民与南北山体景观的距离。首层住宅直接入户的做法，是"开放式社区"新的突破。小区绿地与景观系统完整，同时发挥街道、庭院的次级环境景观作用，形成"山—园—廊—网—院"绿化网络系统的生态型社区。住宅设计提出"长效住宅"概念，适应现代生活方式，也符合目前节约型社会的政策要求。建议如下：节约能源、改善居住舒适度是重要的前提。建议应在节能目标和其他科技应用实效方面下功夫，切实提高居住环境舒适度，并把节能实惠直接给住户。制定相关科技定量节能措施，通过节能空调、外墙保温、遮阳、可再生能源利用等整体整合技术，提升节能效果和住宅热环境质量。注意对水的重复利用，应采用中水技术、雨水、废水收集利用和渗透技术，保证景观水不用自来水。对垃圾处理要按绿色建筑理念来解决，实现垃圾分类和资源化利用技术，采用生化处理技术，达到垃圾减量化、资源化、无害化的目的。建议细化停车设施和停车模式，特别是地下车库模式的研究。建议对地下水系问题做科学评估与对策选择。

入口广场

沿街商业

组团间景观

规划总平面图

## 青岛

# 都霖美景

开发单位：青岛都霖美景房地产地产开发有限公司
设计单位：中外建工程设计与顾问公司

技术经济指标：
所在地：山东，青岛
总用地面积：81,224m²
总建筑面积：119,395m²
地下车库面积：14,576m²
半地下车库面积：8,831m²
容积率：1.47
建筑密度：24.3%

鸟瞰图

“都霖美景”位于青岛城阳区东部区域。地理位置得天独厚，该区域将是未来的东部居住和商业中心，是城市发展潜力地块，未来前景持续看好。

项目定位是技术打造现代、唯美、时尚健康的国际人居环境，在岛城引领潮流，增强地区竞争力。

规划设计充分利用环境和日照因素，采用“北高南低”、“外高内低”的布局方式，充分利用了景观资源，减少城市道路对小区的不利影响，提升了环境品质。

在交通组织上，小区主干道规划似梅花形贯穿全区，各组团整齐有序地排在主干道两旁。小区次干道、消防车道、步行道等各类道路有机结合，且与景观、建筑组团呼应，达到“一景多道”或“一景一道”，机动车道“步移景异”的效果。

为体现项目的中高档定位，考虑了车位配置比例为：排屋1/1，其余不低于1/0.7；设置地下、半地下车库；并设置一定数量地面临时停车位。

小区的景观设计分为三个层次：即沿城市景观绿化带、社区中心绿地及院落绿化空间。主体景观设计风格上采用现代园林景观风格并结合地下水较为丰富，水质优良的现况，打造水景楼盘概念，提升项目水准。

住宅的户型设计上，“以人为本”合理布置各户型房间，功能齐全，动静分离。外立面采用现代式的三段设计，通过楼体造型的变化，体现丰富的建筑内涵，在单体设计上采用退台处理手法，丰富住宅外观形象，提高户型的实用性。

专家评审意见：

本项目规划设计以中心景观为核心，形成组团和宅间多级绿地空间，对保证住区的环境景观发挥了重要的作用。南低北高和内低外高的做法充分发挥了土地的价值，有利于节约用地。规划结构完整，以组团形式布局的交往空间体现了邻里的亲情关系。南北朝向的布局，有充足的阳光和通风条件。老人、儿童的场地设施体现了社区文化氛围。采用弧状弯曲的主干道，有效地连接了各个组团。道路网络清晰，动静态交通关系良好，停车位充足。弯曲道路系统还有效地突现了街景特色。利用半地下车库的高差形成的坡地，达到了流畅变化的景观效果。住宅套型多样，功能合理，各种尺度相宜。住宅立面采用时尚、典雅的色彩，变化的外部造型设计，对丰富住区的景观，提升住区环境品质，增加生活情味均有较好的表达。建议如下：小区入口处理应简洁，贴近生活、方便出行。避免追求对称形式。认真改善东北角的城市设计，处理好北侧商业街与住宅的关系。尽量减少7层不带电梯的设计。不违背国家相关规范规定，研究国六条执行措施。加强科技含量的技术措施，如中水利用、雨水收集、垃圾生化处理等项目，充分研究和利用生态湿地处理技术，改善水环境质量。进一步提高对太阳能利用的水平，建议作一体化的设计，达到功能和景观双获利。加强节能技术措施，改进保温、密闭性措施。力争达到节能65％的目标要求，以提升居住的品质和住户及项目开发的实际效益。

小区内景观

小高层住宅

规划总平面图

## 绍兴

# 白鹭金滩

开发单位：浙江金昌房地产集团有限公司

设计单位：加拿大ACA建筑设计事务所

浙江城建设计集团有限公司

技术经济指标：

所在地：浙江，绍兴

总用地面积：150,448m$^2$

总建筑面积：376,800m$^2$

总户数：1,800 户

容积率：1.8

建筑密度：17%

绿地率：36%

停车位：1,115个

鸟瞰图

“白鹭金滩”位于浙江省绍兴市镜湖新区，与老城区毗邻，是绍兴市未来的城市中心区。区位优越，周边居住氛围浓厚，有小学和市级医院，配套完善。地块呈不规则矩形，地势平坦。

规划整体性体现在结构、道路交通的组织、公建的整体配套及景观系统的安排上。

差异性体现在社区内的产品定位及类型方面有所区分和侧重，选择了高层板式住宅与低层联排住宅相结合的组合模式，在考虑均好性的同时，努力营造排屋和高层公寓不同居住形态的差异性、层次性和局部亮点。体现在户型类型、建筑风格、景观资源和空间环境的差异性等方面。

专家评审意见：

本项目规划设计充分利用基地自然资源条件提升居住品质。规划将水系引进基地内部，使滨水区域扩大，让更多住户能近水、亲水。同时留有公共滨水空间，为住户交往和休闲提供了优美的环境。规划通过滨水开放空间，高层区组团中心绿地及排屋院落空间等，营造了亲情、优美、舒适、休闲的人居环境。规划设计将高层住宅沿基地北面和东面设置，形成东北高，西南低的形势，层次清晰，对比强烈，丰富了新区整体形象，营造了很好的城市设计理念。小区道路系统清晰、便捷，出入口位置选择得当。小区步行道注意结合绿化景观设计，连续、自然。停车采用地面、地下，排屋车库停放相结合的方式，数量充足，满足了居民的需求。高层区的车库入口选择，有效地减少了机动车的干扰，保证了高层区的品质环境。小区住宅设计采用高层和低层两大类型，特色明显。住宅套型设计多样，功能齐全、性能良好，其注重环境景观的住宅布局很有特点。本项目重视人居科技的应用，计划开发的新技术、新材料，种类多，成效高。建议如下：基于小区内水系丰富，应充分注意水系水景的保护，以及水系与外界的畅通，同时应注意提供更多的岸线开放空间为公共服务，提升项目的整体品质。东侧入口不够突出，小区内主路两侧住宅布置比较平淡，缺少空间变化，建议适当变化住宅的形体，建立置高点，改善视觉环境。应进一步优化地下车库的车位布置。加强科技应用措施的落实并体现实效，特别是在节能技术方面，争取达到65%的目标，以达到金牌建设试点的要求。

小区全景

户型平面图

规划总平面图

临水景观

## 青岛

# 青建·橄榄城

开发单位：青岛建设集团零零一工程有限公司房地产分公司

高层住宅

技术经济指标：

所在地：山东，青岛

总用地面积：37,275m²

总建筑面积：131,791m²

地上住宅面积：106,161m²

总户数：1,152户

容积率：2.848

建筑密度：12.05%

绿地率：41.6%

停车位：817个

“青建·橄榄城”位于海尔路与辽阳西路交汇处，南邻浮山，东接崂山区，位于青岛东部重点位置。

空间布局与周边建筑取得了良好和谐的关系，设计在相对较局促的空间内实现了高低对比，南低北高、前后错落等空间变化，不仅产生了趣味的院落空间，同时日照分析合理。

基于项目城市主干道对住宅产生噪声等负面影响，建筑单体在立面上采用公建化处理，封闭阳台。建筑平面力求规整实用，以中小户型为主，适应区域的需求和形势的指标。平面以开敞式短廊为设计出发点，每个户型达到南北通透，采光充分，同时北向每隔六层设两个空中花园，方便住户的活动交流，给老人、小孩的户外休憩提供了场所。

商业和会所布置于下沉广场的两侧，靠近出入口，结合下沉广场的旱喷泉与入口环境形成互动，位置适中，会所内部可设置时尚室内健身馆、乒乓球运动中心等。

商业的形态以服务社区内部的便利超市为主。小区中的老年活动室、未成年活动室、医务点、公厕、物业用房等社区服务配套设施，分别布置在下沉广场两侧。

在小区的设计中采用了新技术：试行“成品房”模式，厨卫、空调、暖气等装修统一完成；生活垃圾分类处理；饮用水净化系统；节能型保温，外墙涂料，达到节能65%的要求。

生态设计观念和措施：良好的小区通风和户型通风，减少纯硬地，采用植草砖；植树，提高小区生态效率，形成“绿肺”的同时拥有充沛的日照。

全部住宅采用无障碍设计，小区环境全部设导盲石和无障碍坡道。地面停车场采用渗透性低反射地表，加强雨水径流系数，减少热辐射。

停车场通过树荫和凉棚，为75%以上的停车位庇荫。

专家评审意见：

本规划设计以中小套型为主，体现了国六条“90·70”的新政方针，中高档商品住宅定位、策划定位正确。规划以8栋26～28层住宅分置两排，错位布局的方式，取得了内部变化的空间序列。通过南北向的自然空间轴，取得了内部舒适、宁静的空间环境，简洁明了，大方壮观，有很好的整体空间效果。小区尽力协调周边住区和城市街道的关系，为城市的景观建设作出了贡献。小区采用周边式道路，保证了园内景观区的宁静与安全。小区出入口位置选择得当。采用以地下为主、结合路边停车的原则，较好地保证了停车位。小区下沉式广场，创造了一个立体的休闲空间，安静而聚气，会所和商业增加了下沉广场的功能性和服务性。公共设施放入地下，减少了地面的喧闹，增加了地上花园的美感。下沉式广场同时也为地下室的采光、通风和地下车库与景观环境的通透，起到很好的作用。较高的建筑高度，降低了建筑密度，也保证了容积率，有利于改善环境品质。一梯五户的住宅布局，采用空透的连廊，解决了中间单元通风的问题，且能避免路人对中间住户的视线干扰。建议如下：在小区主入口轴线上布置下沉式的广场时，要注意下沉的深度不宜过大，要充分考虑周边公建设施的使用及无障碍设计问题，同时要兼顾与周围道路连接的便捷性。建议优化建筑的平面设计，完善住宅功能。应加强科技项目技术措施的落实，保证65%节能目标的实现，包括采取必要的降噪措施。加紧太阳能热水利用、雨水收集的利用和中水处理，垃圾生化处理等科学技术的运用，切实达到科技引领居住品质的目标要求。

单元平面图

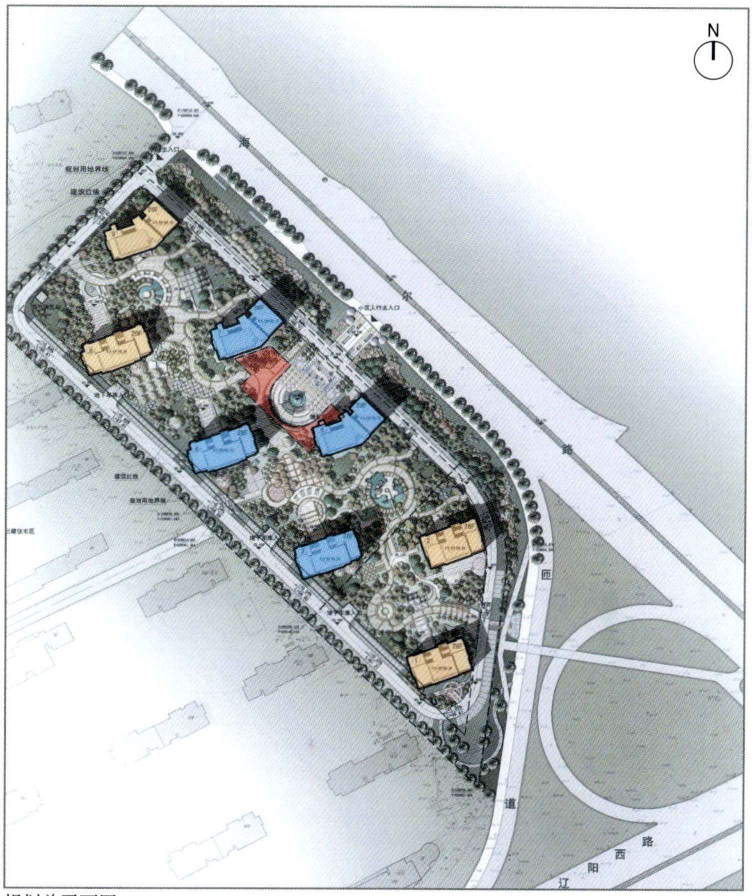

规划总平面图

高层住宅组团

## 南京

# 中电·颐和家园

开发单位：南京中电置业有限公司
设计单位：北京新纪元建筑工程有限公司

技术经济指标：
所在地：江苏，南京
总用地面积：67,400m²
总建筑面积：114,652m²
容积率：1.7
建筑密度：24.9%
绿地率：35.0%
停车位：746个

鸟瞰图

“中电·颐和家园”位于南京市城东，是具有70年历史的老厂区，整个地块被一条贯穿东西的植被茂盛的排洪沟（十里长沟）及一条南北向的规划路隔成A、B、C三个区块，地势东低西高，南北平坦。

总体布局采用“两轴三心一水间”的构图。B区的小高层公寓围合成两个大的中心庭院，C区小高层公寓围合成一个大的中心庭院，两条东西及南北的景观轴线将这三个中心有机地融合在一起，重点塑造横贯东西的十里长沟，使其成为小区的景观通廊。

户数最多，户型较大的住宅被置于景观最好的位置，保证了绝大数住户能共享较好的景观，体现了小区住宅的均好性。

结合现状实际地形，本案设计将小区内部设计地势整体抬高（平均1.2m），结合出入口及内部景观的设计，使小区景观富有层次感。

以园林设计的手法精心设计院落空间、集中绿化空间，使整个小区成为一个具有整体性的完整景园。

沿明确的景观轴线布置景点，构成小区景点的要素为水景广场、绿地植物雕塑、廊景、框景、水景，以及公共建筑、文化活动场所、休息场地等。

小区院落空间及景观绿化连为一体，相互渗透，从而形成小区点、线、面组合起来的完整的绿化景观环境系统，表达出不同的景园主题和风格意境，体现居住小区的个性风采。

对穿过小区的排洪沟（十里长沟）进行整治、改造，使其成为小区共享的景观河道，提升了小区的整体品质。

专家评审意见：

本项目尊重基地的现状条件，对外部现状、地形、河沟、树木等进行梳理整合，最大化地使生态条件得以利用。建设场地被城市规划路和泄洪沟划分为三块基地，规划设计利用整体的建筑风格、空间景观、道路连接和空间系列渗透取得了一体化的效果。项目根据不同地段采用地下和地上、结合地形设置车库的交通组织方式，符合资源合理整合的原则。住区交通组织有序，沿路景观丰富，有利于居民生活的组织。小区注重对环境的整治，对水景环境、噪声控制、垃圾分类采用了相应的处理措施，特别是污水截流可以保持十里长沟内的河水清澈；中水、雨水收集的方式使水资源利用充分。环境景观、现场树木的利用保护以及为住户设置的休闲、体育文化设施等为住区居民的人际交往、提升住区文化氛围创造了很好的条件。住宅设计类型丰富，住宅平面功能组织合理，设施完备，紧凑实用，流线顺畅，所有户型均做到明室。每户设玄关工作阳台，大多数套型能从室内不同角度观赏小区绿地景观，提高了居住品质。小区注重“科技引领人居未来”的建设，对节能、太阳能利用、送新风、中水雨水处理、垃圾回收等均采取相应的措施，有利于开发产品质量的提升。特别是对LED节能照明系统的运用，开创了住区电能领域节能的范例。建议如下：进一步落实排洪沟清污、原树木和地形地貌特色的保护措施，注意对原有桥梁作为文化历史痕迹的保护。建议调整西侧桥梁位置，改善南北向干道通畅性，并能为进一步提高中心绿地的文化性、休闲性留出更大的空间。落实科技住宅的措施，注重节能、生态的实效性。

小高层透视

规划总平面图

南京

# 森湖溪谷旅游休闲度假区

开发单位：南京德文房地产开发有限公司
设计单位：上海同济城市规划研究院

技术经济指标：
所在地：江苏，南京
总用地面积：540,000m²
总建筑面积：130,000m²
住宅/配套公建建筑面积：117,000m²/13,000m²
总户数：410户
容积率：0.24
建筑密度：11%
绿地率：60%

依山而建的别墅住宅

“森湖溪谷旅游休闲度假区”规划分为旅游度假休闲区和度假住宿区两大功能区。旅游度假区设置中心会所和度假公寓。中心会所承担会议接待、住宿、餐饮以及健身等功能；度假公寓主要针对短时度假人群住宿和户外体育休闲。度假住宿区，由小体量住宿建筑组成，内部根据地形和景观条件，分成若干小型组团，形成邻里空间，利于分期建设和实施。

基地内设置三级道路，主干道贯穿基地东西。支路顺应地形，围合用地，便于分流交通。

基地内首先保留大量原生植物和水体，强调对环境影响最低。新建环境设施，结合功能需求和现状条件，采用当地植物，做到景观效果最佳与生态和谐相结合。

小区住宅设计中有三种类型，二层小独栋别墅，二层双拼别墅、三层酒店式公寓、二层中式园林住宅。

住区以小独栋别墅为主，住宅设施可满足多样化和可变性的要求，每种户型均采用低窗台、大阳台和屋顶平台。

户型设计中，注重起居室、餐厅、公共活动区的设计，达到居寝分离、动静分开、保证很好的私密性。

设计中，尽可能考虑周边景观、水面和中央景观的均好性，体现高品位生活的空间要求。

建筑立面设计现代，总体风格和谐统一。以白、灰和天然石材为主导、增加中、西方个性元素，体现差异性、领域感和丰富性。

小区充分利用自然生态环境，强调大区道路，小区内主干道、次干道、人行道的交通组织及两侧沿线的景观设计，植物配置丰富，尽可能保护和保留原有树木、果林，落实主体绿化。

专家评审意见：

项目规划设计建立了“保护、尊重原生态环境”的理念，突出对生态人文环境的保护和有限开发、控制合理的开发强度，保持充分的绿地植被、河流水系、地形地貌等自然要素，使居住与环境和谐相处。规划以组团为基本空间单元，间以水系和绿地空间，即保持了自然感，又增强了居住领域感。小区整体环境空间序列清晰，景观优美，弯曲延绵的交通网络把各个居住组团有机地连结起来，简洁通畅而富于变化。项目分为旅游服务和度假居住两大功能区，中心会所与度假公寓适应了项目功能的配置要求，位置合理。利用现状地形高差，建筑群高低错落、疏密有致，与自然植物相辅相成，体现了自然之美。建议如下：结合当地旅游产业发展规划，深入研究旅游市场需求，进一步做好旅游配套设施的定位、内容和规模的把握。深入调研周边农村的发展条件和需求，使项目开发提升到城乡协调发展的高度，使社区内的生活需求和服务设施与农村就业、产业提升、服务水平提高和资源环境保护相结合。进一步优化规划布局，更高水平地保护自然环境。应用生态水处理技术优化社区水环境，推进循环利用。注意采用雨水收集渗透技术、太阳能一体化技术。注重室内噪声综合防治技术以及室内新风和智能化使用技术等，使住宅性能品质有实质性提高。改善夏热冬冷地区热环境质量，特别是冬季不采暖条件下室内温度偏冷的情况。建议采用低能耗、高舒适性的相应技术，降低使用和管理成本。应积极采用低热资源，使节能效果最大化。适当提高容积率和建筑布局紧凑度，减少独栋住宅和双拼住宅比例，适当增加叠拼、联排住宅，以提高空地率，减小对环境的影响。

会所

规划总平面图

联排别墅

鸟瞰图

联排别墅

联排别墅

山顶会所

## 成都

# 紫檀山

开发单位：成都市温江区和骏置业有限公司

技术经济指标：
所在地：四川，成都
总用地面积：213,334m$^2$
总建筑面积：100,000m$^2$
总户数：600 户
容积率：0.95
绿地率：30%
停车位：1,200个

鸟瞰图

“紫檀山”位于城西上风上水的江安河生态居住带，具有十分优越的生态优势。项目基地位于江安河上游地段，而且处于文化生态建设新城，有12万亩花卉苗木基地，有国色天乡的主题乐园，并且有古蜀鱼凫国都的文明积淀。

项目充分尊重城市的总体规划，街区式的规划结构形成了很多公共活动空间，高中低层的产品规划丰富了该区域的天际线，社区在节能环保方面大量采用了新风系统、保温材料，奠定了项目可持续发展的基础。

总体规划以中心湖区为原点，别墅南偏东20°布局，呈弧形散开，楼间距规划在18～22m，尺度宜人。西面以坡地构筑，形成枕山、环水的地理构造。

围绕约1万m$^2$中心湖区，“紫檀山”四大组团环抱，而又相互独立，形成大开大合的建筑布局。

“紫檀山”耗资1,000万打造的1万m$^2$坡地檀香公园，以及耗资800万打造的1万m$^2$映月湖，实现了人与建筑的和谐，建筑与环境的和谐，区域环境与大环境的和谐。

此外项目中一条南北清晰的中轴线，蕴含了水的血脉，同时依托聚集人气的中轴，形成了项目的向心力。

专家评审意见：

本项目位于成都南二环路高新开发区地段，周边具有发展良好的成熟配套城市化功能和绿色生态环境优势，西侧紧邻城市公园。项目在规模不大的用地范围内，采用高层高容积率的手法，借用外部环境景观资源，打造内部园林院落空间，最大化地利用了资源环境条件，为居住者打造了品质高、舒适性好的居住环境。本项目一梯四户联排设计有效地利用了土地资源，发挥不同特色提升了套型优势，取得了良好的市场价值。紧邻城市主题公园和向阳内部庭院的利用为提高住区品质发挥了重要的作用。住宅套型设计功能分区合理，尺度适宜，景观窗设计使室内环境品质有良好的提升。宽大的阳台设计为高层居住者提供了舒适的居住生活条件。波浪式的阳台造型，是本项目的个性特色，成为地域性的标志，为城市增添了动人的色彩。本项目注重科技的应用。采用的智能安防技术、新风系统，外墙与门窗保温技术等的多项措施，有利于居住性能与品质的提升。建议如下：改进住宅设计的对视和俯视现象，保护住户的隐私不受干扰。改善院内绿地环境，扩大乔木种植数量。改进车库设计，成为可通风、采光的生态型车库；注意住宅与户外环境设计中无障碍措施的建设。增加科技含量，落实“科技引领居住未来”的理念，特别是在节能技术的合理整合运用、切实满足节能65%的目标要求、在雨水渗透、中水利用和景观水净化、小区智能设备及垃圾生态处理等科技应用方面做出实效。建议选择部分套型做全装修成品房，引领市场、发挥示范作用。

联排别墅

联排别墅

中心水面景观

规划总平面图

## 余姚

# 伊顿国际

开发单位：余姚伊顿房地产开发有限公司

技术经济指标：
所在地：浙江，余姚
总用地面积：153,800m²
地上总建筑面积：360,780m²
总户数：1,734户
容积率：2.35
建筑密度：34.2%
绿地率：32.0%
地上/地下停车位：398个/2,720个

外景图

“伊顿国际”位于余姚市城区南区。由于道路将基地自然地分割成北、中、南三个组团，因而依照伊顿国际中心、伊顿新天地、伊顿SOHO公寓、伊顿国际公馆等几个主题进行设计。

经过对社区的定位特点、人的生活需求的分析，将四级花园生活作为本项目的一个重要设计依据，即城市花园、中央花园、组团级花园及私家花园等。

小区采用大尺度空间的规划结构，突出江南水景特色，使居住者感悟到水对居住生活品质的影响。

建筑布局以小高层为主，降低了建筑密度，形成丰富的居住空间环境，有利于居民交往；设立的各种架空、连廊、雕塑也为空间景观品质的提升起到了点缀和延伸的作用。

住宅以板式形式以及尽量少的单元组合创造更加个性的社区居住品质。

小区沿街立面与城市呼应，在立体层面上丰富了沿街的城市形态。

户型设计加强了客厅和主卧室的豪华感，并增加了室外起居室体验空间。

项目整体采用欧美的经典建筑元素加上现代的材料手法进行设计。在体现整体尊贵感的同时，它整体大气、沉稳的气质更将成为提升城市的名片。

居住套型偏大，但整体布局形式适应了一些购买者的需求，如入口路线的分阶处理，入户花厅，客厅、餐厅、起居，厨房管井布局等均有较好的精细处理，套型居住品质有明显的提高。

采用周边式道路，全地下车库的作法，保障了小区的安静、安全和舒适，车库入口的较好布局也为人车分流提供了保障条件。

专家评审意见：

本项目东西两侧均有自然河道流经，南侧又有大片丘陵茶园，具备丰富的自然生态资源。规划充分利用了周边的绿色生态，采用“引河入境”“穿隙望绿”等手法，做到人文、生态、建筑和谐共生，体现生态规划先行，突出人与自然协调的目标。项目以中高层、高层两种住宅类型的散落布局，突出中间南北的纵向水景和两侧住宅建筑间的庭院绿景，获得了较低的建筑密度和适度的高容积率，并形成了丰富的居住空间环境，为居民休闲、交往、锻炼、娱乐、观赏等提供了充分的活动场所。整个小区交通网络组织较通顺合理，达到出行简捷，可达性较好的效果。配套设施完善，设有九年一贯制学校、步行商业街、会所等公建，为居民提供了方便的生活、教育、购物、健身等建筑空间，同时，由于学校和商业设施的开放性，也为优化城市区域功能，提升区域土地增值作出了贡献。住宅的南北布局，获得良好的日照、采光和通风。住宅类型较多，有较小面积的公寓和较大面积的单元住宅，适应了不同层次购房者的需求。住宅套型布置合理，分区明确，空间尺度适当，如入口路线的顺便，入户花园、客厅、餐厅、阳光房、书房、厨卫设备设施等布局均有较好的精细处理，套型居住品质得到明显的提高。采用较多的科技措施，如节能的墙体、屋面、门窗的保温措施、新风系统、景观水质处理、厨卫屋顶无动力风帽排风、垃圾分类收集以及智能管理系统等等，提升了住区品质。建议如下：改变水面形态，适当减少水面面积，增加水岸岸线活动空间，提升水面景观和水岸功能价值。注意车库的生态节能设计，增加自然通风采光和开放绿色措施。改进商业步行街的布局，增加建筑的延续性和空间的丰富度，改善物流流线，实现更大的购物效应。

中心区景观

规划总平面图

## 桐乡

# 新湖·香格里拉

开发单位：桐乡新湖升华置业有限公司

技术经济指标：
所在地：浙江，桐乡
总用地面积：202,021m²
总建筑面积：212,115m²
总户数：1,168户
容积率：1.05
建筑密度：24.27%
绿地率：38.80%
停车位：1,320个

别墅住宅

“新湖·香格里拉”位于世纪大道与体育北路交汇处，北临先生桥港，南临体育路和世纪公园，西临丁家桥港，东临世纪大道，整个小区被逾桥路分为南北两个地块，地块均为斜方形。

项目由低层住宅、联排住宅、多层公寓、高层公寓等四类建筑组成。结合基地地形地貌，从安全、舒适，利于交往，设施齐全，运行方便等居民的实际需要多方位出发，努力营造一个自然、舒适的生态文化型居住环境。

小区规划设计运用树枝状道路交通体系，由主干道路和分支道路组成，并将整个地块分成若干小的组团，利用机动车道与步行道路镶嵌式组合的模式，组成一个网络，从而实现人车分流，同时也合理地解决了消防要求。

小区以水系与绿化相间隔，以形成岛居生活模式，使整个建筑群体既相互独立，又不失整体大气的构图布局。

小区内低层住宅、联排住宅、多层公寓、高层公寓分区明确，各个分区间以绿地或水系分割，功能分区明确。

景观系统强调“点、线、面、带”的绿地水系组合，形成“一个中心，两条景观轴线，多个景观节点及多条景观带”相结合的丰富错落效果。

专家评审意见：

项目较好地处理了城市道路与社区的关系，将社区分成两大部分，有利于分期进行开发建设。规划布局功能分区明确，高层住区、多层住宅、联排等低层住宅各自成为独立体系，又能有机地结合在一起，形成较完整的小区空间结构，便于使用和管理。道路交通系统结构清晰，等级分明，能够做到人车分流，并能同时满足了交通通达性与居住私密性的要求。空间布局能结合物业类型特点灵活布置，如多层住宅之间形成具有归属感的院落，低层双拼住宅形成鱼骨刺组团格局，满足邻里人际之间的交往需求，创造和谐的气氛。住宅均有良好的通风和日照条件。步行系统清晰，位置适中，有效地避开机动车的干扰，服务半径可均匀覆盖整个社区。公共服务设施布置在城市生活性干道及小区出入口处，方便居民使用。建议如下：方案对周边现状的介绍不足，因此对其所处的城市环境缺乏分析和认识，对城市应做的贡献以及和自然环境资源的结合，缺少分析依据。20多万m²的大社区，生活配套设施不足，服务的内容和建筑面积都应进行复核，如托幼等设施如何考虑等。高层住宅的室外活动场地不足，停车位的位置、数量和处理方式应进一步安排推敲。临水空间的利用问题，自然的景观资源能提升居住品质，如何充分利用水环境资源最大化发挥其效益，应加以改进悉心安排。应采取措施解决好临城市主干道的噪声干扰问题。应补充关于节能，环保、中水利用、垃圾生化处理等方面的科技内容和技术措施。住宅设计中平面功能设计存在较大的问题，尤其是对较高档的低层独栋双拼住宅功能的理解，应更进一步提高。

中心区景观

规划总平面图

汉中

# 华林·傥滨春天

开发单位：华林特钢集团洋县房地产开发有限公司

技术经济指标：
所在地：陕西，汉中
总用地面积：1,798,600m²
总建筑面积：1,682,900m²
总户数：10,120户
容积率：1.57
建筑密度：28%
绿地率：45%
停车位：5,975个

鸟瞰图

“华林·傥滨春天”位于洋县县城的西区。周边有比较密集的农居点及农田，生态环境良好，

规划结构为“两轴两心一围合”。两轴：发展轴兼生态轴、商业轴。将傥河和朱鹮大道作为新城的发展轴，同时又为新城的生态轴。将北环路和晋昌路作为新城的商业发展轴，在商业轴上选择合适的地方作为商业的放大节点。两心：朱鹮生态公园、公共配套设施中心。朱鹮有着东方宝石之美称，朱鹮生态公园将作为洋州新城的景观绿化中心，旅游活动集散中心，同时它也将成为一个城市标志，一张城市名片。公共配套设施中心，如行政中心、体育中心、展览中心等，新城的兴起需要一系列的公共配套设施来为它服务。一围合：商住圈的围合。商住圈的围合主要是围绕着城市公园，公共配套设施中心而进行的。商住圈为城市公园、公共配套设施中心提供了旺盛的人气，使其发挥出应有的价值。

区域交通组织：外部交通有六条城市一级道路，在北环路以北部分为城市二级道路，其余各区块之间为城市三级道路。区内交通根据场地特点，各组团、街坊分别组织小区干道交通。小区车行主要通过各城市支路进入城市路网。小区人行道采用自由式，为小区居民提供便捷舒适的步行系统。

环境规划方面，根据总体布局的空间结构，以带状中央绿化及水面为核心，以水为脉络，创造点、线、面相结合的多层次绿化体系。近地面以局部首层架空、水边栈道、弧形林荫步行道、蜿蜒的宅前小道、集中绿地、环境小品、拱门等一系列元素精心组织，使空间通透、绿荫葱葱、流水潺潺，形成具有现代江南水乡风格的优美景色。

专家评审意见：

项目对南北贯穿的傥河进行整治，恢复生态，打造绿色城市空间。规划设计结构完整，道路网格布局合理，对城市交通流量有较好的把控，横贯东西的80m大道将成为连接新城和老城的核心道路，沿线布局的重要建筑为城市创造了价值，新区城市配套多样，布局合理。规划设计注重城市绿化的配置，除了整体傥河生态绿色城市空间、生态公园建设外，对住区的建设配套绿色园林的设计，也有较好的注重。项目的建筑单体设计，功能合理，类型丰富。建筑立面造型简洁、明快，体现时代感。建议如下：加强傥河、汉江交汇处、城市节点的布局和项目的建立。建议取消环形交通岛的做法。适当弱化傥河沿岸的功能化处理，建议应以恢复生态、自然绿色、休闲为主。傥河东侧商业、休闲文化的处理，从规划设计上予以加强，形成主要的生活享受空间，并着重做好就地就业的处理。加强洋州新城复合型城市功能处理。除市级配套以外，加强中心轴的处理，应按服务特色布置不同档次的商业服务中心，应尽量集中而避免过多的分散，特别是减少底层商业的设置。建议新区建立以街坊模式为规划的主要模式，尽量避免将城市规划为封闭的小区模式。因此，主要道路系统应在二级道路的框架内增加三级道路，适当将区块划小，开发管理单元规模以一个组团级的300～500户为主。建议修改一期的规划布局设计，尽量减弱商业布局对市民生活的干扰，创造住区安静舒适的内部环境；商业步行街西移到傥河一侧，和城市广场一并形成风情商业街，增加文化休闲色彩，这样处理，可使南北住区获得较大的生活空间，同时又能提高土地的利用率。

小区内景观

商业中心

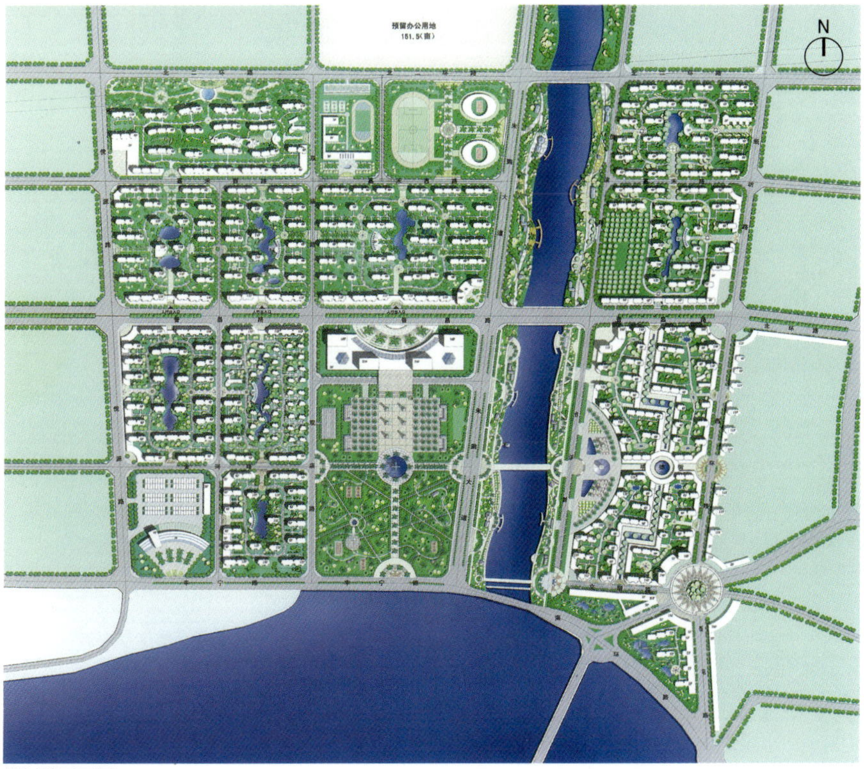


规划总平面图

## 淮南

# 民生·淮河新城

开发单位：淮南民生置业有限公司

技术经济指标：
所在地：安徽，淮南
总用地面积：801,014m$^2$
总建筑面积：1,417,100m$^2$
总户数：11,014户
容积率：1.60
建筑密度：28.30%
绿地率：39.68%

住宅外景

“淮河新城”位于淮南市田家庵区广场北路延长线东侧。设计以中间商业生活街为主轴，并通过周边城市道路的划分，形成几块相对独立的大街区，进而相对独立地解决各街区的内部问题。

规划结合城市生活性干道布置商业，方便周边居民购物活动。沿街连续的商业店面能有效地阻隔城市噪声，并形成繁华的商业气氛。

小区入口空间的设计兼顾城市景观需要，设置城市广场，提升了城市环境的品质。

规划结合地形特点，利用低洼地带布置贯穿小区的水景空间绿地，活跃了社区的环境气氛，营造出亲水的活动场所。景观设计注意和雨水收集系统相结合，有利于水资源的节约。

住宅设计采用多种类型板式花园洋房，南北向布置，争取了良好的日照和通风。户型平面功能合理，面积适中，立面处理多样，洋溢着浓郁的生活情趣。建筑由南至北，小高层比例逐步增加，且在中间商业街的城市节点空间，增加了小高层（11～18层），加强了城市商业气氛。

本交通系统采用了街区环路 + 尽端路系统，停车到户或组团入口；人行步道则将商业大街、街区庭院或私家院落相连，形成完整的街区步行系统，从而实现人车的分流。

建筑布局注意组织邻里院落空间，并利用院落之间的消极空间停放机动车辆，有利于居民户外活动和相互交往。

专家评审意见：

项目建设用地处在低洼地范围中，规划设计充分考虑了对基地条件的利用和改造，利用低洼地建设成生态型湿地公园，既保护了生态又创造了人们喜闻乐见的交往、运动、休闲场所（公园）。规划采用南北向商业街布局形式，有利于市民的购物，也能营造商业居住生活气氛。中心商场集中、规模恰当。现状水系水资源较为充足，充分发挥水环境的有利条件，使居民享受水景居住的乐趣。项目通过规划设计达到了人与自然的结合，对生态的保护给予了充分的重视。建议如下：建议划小版块，扩大居民与城市的方便程度，如进一步增加三级城市道路。将封闭小区管理单元划小，使住户更直接面向城市，便捷享用城市的配套设施。特别是5号地块，缺少与北部道路的联络，应予增加通路。适当增加城市一级的公建群体，以提升城市的经济活力和城市形象。本项目采用底层商店的形式，按小区配套已显得城市功能的不足。建议适当配置大型商业、娱乐、休闲中心。一期工程机动车交通对步行出行有一定的干扰，加上地面停车数量较多，人车混行的问题较为突出。建议机动车道路两侧增加人行便道，以保证步行人群的安全，或适当调整小区道路系统。建议预留足够地下停车空间数量，为今后保持可持续发展创造良好的环境条件。小区内可供活动的公共绿地面积不足，公共步行空间有的地段过于狭窄。建议适当增加中高层住宅的数量，降低建筑密度，增加绿地空间。项目考虑了节能技术、中水雨水利用、太阳能、智能化技术应用，对住宅品质提升发挥了很好的作用。

鸟瞰图

N
人工湖景
社区入口节点
幼儿园
垃圾站
综合楼
社区次中心
水泵房
（地下室）
林荫大道
室外活动中心
社区服务中心
社区城市广场
综合楼
商业中心
还建房
小学、初中预留用地
儿童乐园
社区公园会所
公园城市广场
公园中心景观湖
公园主入口
广场
社区主入口
广场
办公楼、综合楼预留用地
生态谷
人行入口
垃圾站
幼儿园

规划总平面图

## 扬州

# 恒通·帝景蓝湾

开发单位：扬州恒通企业有限公司

技术经济指标：
所在地：江苏，扬州
总用地面积：293,912$m^2$
总建筑面积：52,905$m^2$
总户数：356户
容积率：1.80
建筑密度：27.50%
绿地率：35%
停车位：352个

鸟瞰图

“恒通 · 帝景蓝湾”位于扬州市新城河畔、祥和路东，金天城大厦南侧。地块地理位置优越、交通便捷。

项目重视科技的应用，提出“恒温恒氧”住区的理念。通过地源热泵系统、外遮阳系统、节能保温系统、智能家居系统、负压自平衡新风系统等五大系统技术的综合运用，力争“供暖、制冷、热水、新风”多位一体，常保室内恒温、恒氧，使居家生活四季如春。

先进的地源热泵系统，使居民实现冬暖夏凉，比传统空调节约一半左右的电费。

节能保温系统采用了聚氨酯外墙发泡技术，且发泡厚度达到了3cm，墙体保温功能大大增强。

外遮阳系统是在东、西、南侧三面窗户外侧安装外遮阳卷帘，卷帘的材料为铝合金薄片，而薄片之间填充具有保温隔热作用的聚氨酯硬泡。不仅可以隔热防辐射、防盗，而且外遮阳卷帘拉下就可以自由调节光线。

负压式自平衡新风系统通过在各户的卫生间里安装微量通风器，将室内污浊的空气从卫生间排出去，而形成室内负压将新风吸引室内，保持室内空气新鲜流畅，并有防霉防菌作用。

智能家居系统是为居家安全提供的智能化应用和管理系统，包括：指纹识别系统、紧急呼叫系统、可视对讲系统、红外幕帘报警系统、周界防越报警系统、电子巡更系统、背景音乐系统。

小区的交通系统采取人车分流。

整个小区被完全开挖成地下车库，小区地面无车辆，从而保持了小区空气的清新和安静。

大面积采光井的利用，不仅节能而且视线明亮通透，保证了地下采光的有效性。

专家评审意见：

规划设计从有效使用土地、保护绿地与地形地貌出发，合理地组织交通、在区内布置中心绿地和休闲场地，使整体空间层次丰富、动静分离。同时小庭院的配置也增加了区内公共活动空间，为居民提供了更丰富的交流场所。住区绿化采取组团布置。栽种观赏树种，绿篱分隔，草坪铺盖，配以观赏花木衬托小区环境，景观设计美观实用。住宅类型多样、丰富，居住空间组织合理，自然通风采光较好，采用剪力墙结构避免了柱角，方便了使用，为住户创造了较好的居住氛围。本项目的最大特色是坚持科技引领生活，重视节能减排，在普通住宅中打造科技，使居民能享受到低能耗、高舒适度的居住环境。在具体实施上，本项目汇集了全国较先进的技术，遵循科技住宅、节能节约、绿色环保住宅的理念，采用了地源地泵、节能保温、外遮阳、负压式自平衡新风、智能家居、小区内人车分离减少污染源等系统。建议如下：应利用自然条件尽可能地做到自然通风、采光，达到节能效果。建议进一步探索科技节能的实施性和有效性，真正使节能有目标，有成效。进一步研究本地区地源热泵应用的长期运行的热平衡的运行方案。积极考虑利用峰谷电价降低冬季采暖及全年生活热水制备费用。建议采用比例分配的计量方式，不应采用直接利用读数计算费用的方法。建筑外保温的现场发泡质量应严格控制，并注意采取防火措施。建议采用换热器将冷却塔与地源侧水系统彻底隔绝，以消除地下管道滋生藻类及微生物的隐患。注意人工湖水源的处理和后期维护，关注雨水的回收及中水利用问题。景观设计应注意小区内的植物搭配，景观应考虑采用太阳能照明。

沿街景观

小区内景观

## 西宁

# 广汇·九合院

开发单位：青海广汇房地产开发有限公司

技术经济指标：
所在地：青海，西宁
总用地面积：77,140m²
总建筑面积：126,800m²
总户数：1,162户
容积率：1.64
建筑密度：26.6%
绿地率：38%
停车位：350个

鸟瞰图

“广汇·九合院”位于西宁市城东，紧临东川经济技术开发区，距离市中心区5km。基地方正，地势南高北低。

规划设计结构清晰，功能分区合理。通过环形路的设置，避开了车流对中心环境空间的干扰，创造了舒适、休闲的交往空间环境。无论从中心内部或者主入口景观均有上好的处理，入口处建立的标志性雕塑，增加了小区的可识别性、主题性和感染力。

规划以“庭院”作为社区空间的基本元素，围绕中心绿地，形成“中心花园——庭院”两个空间层次；以环路连接各庭院，并在中部形成全步行环境；沿民和路设置小高层点式住宅，以丰富街景；内部均设置多层住宅；沿开元路和民和路设置底层商铺。在民和路和开元路各设置一个出入口，并沿用地外侧形成一条环形车道，连接停车场，将人行与车行交通在空间上分开，人车分流，使社区中部形成“无车区”。

绿地系统按层次设计。结合中心绿地，形成两条景观轴线，组织广场、水景、雕塑等各类景观要素。考虑到项目周围服务设施缺乏的问题，规划将配套设施沿城市道路布局，并适当分散，以带动其他商业的形成，同时兼顾为周围社区提供服务，也为街道空间增加景观与活力。

住宅造型上突出个性和现代感，并为商业街提供空间变化。根据建筑体形特点，确定多层和小高层住宅采用坡屋顶、老虎窗以及部分山花的处理手法，组合成富有韵律节奏、充满活力的住宅群落和极具特色的小区风貌。住宅单体灰瓦、坡屋顶的作法，贴近传统习俗的要求，立面处理丰富，空间环境优美。

为有效提高住宅产品的性能，提高节能、环境舒适度、减少排放等，根据高原气候特点及市场状况，规划采用多项人居技术措施，以打造“科技健康和谐的高原范例住区”。

专家评审意见：

本项目规划设计空间结构清晰，功能分区较好，形成了中心景观开放空间与庭院的空间层次。通过环形路的设置，创造了舒适、休闲的交往空间和景观环境。规划突出“庭院”的社区空间组织，强化庭院空间的归属性，创造了宜人的邻里环境，并且有利于社区的安全防范。小区采用动静交通与空间的手法，为邻里交往创造适宜休闲的条件，利用院落空间设置停车场地，较好地解决了人、车之间的矛盾。规划布局保留了原有树木，构筑了自然宜人的氛围，体现了生态的原则。小区在东南两侧设置的配套商业、托幼和会所等公共服务设施，即有利于居民使用，也有利于市场经营。住宅单体立面处理丰富，空间形象明快。考虑应用的科技项目较多，有利于提升项目的整体品质，并推动当地住宅的科技进步。建议如下：项目应从所在区位环境出发，进一步优化方案，提升楼宇品质，比如合院的形态、小高层的布点、托幼的位置等协调空间关系，以丰富小区的景观环境和市场价值。建议减少东侧商铺占地，建设城市绿化开放空间，并利用东南侧城市绿带为住区增加外连空间，既为城市做出贡献，也提高项目景观效果。探讨中小套型的居住品质，应对户型功能空间做进一步推敲。有针对性地选择有实效的科技项目，具体落实技术措施，加强技术产品的可实施性研究。

沿街立面

住宅南立面

住宅北立面

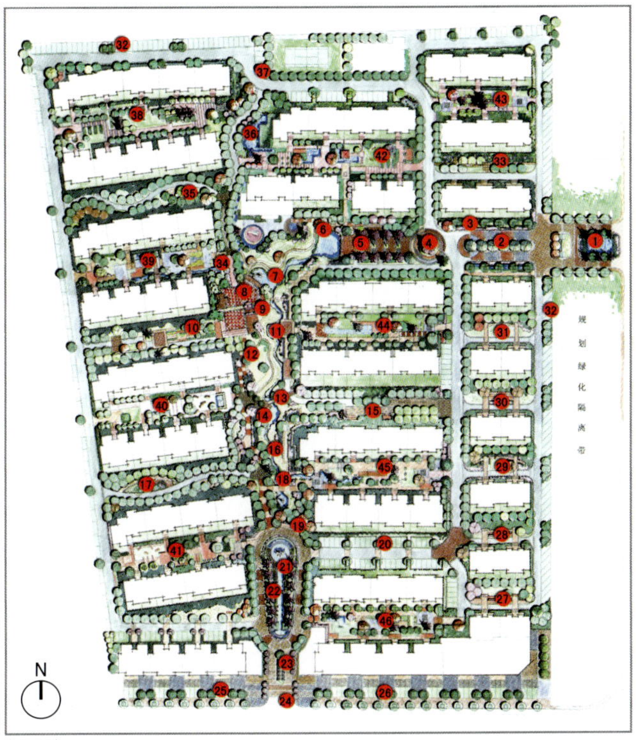


规划总平面图

## 宁国

# 凤凰城

开发单位：安徽宁国西津河北建设投资有限公司

技术经济指标：
所在地：安徽，宁国
总用地面积：283,900m²
总建筑面积：489,200m²
总户数：3,276户
容积率：1.60
绿地率：35%
停车位：2,155个

鸟瞰图

“凤凰城”位于宁国市城北凤形新区内。

住区结构布局要求有明晰顺畅的路网系统，并和公共配套设施、建筑群体空间、绿化空间环境等一起构成一个有内在联系的、功能完善的、并能与周边环境协调有机组合的整体。

采用开放式街区的设计模式，4条“生活次街”贯穿整个住区，同城市主要道路相交，每个居住模块的主要出入口对“生活次街”开放，形成两级出入口管理。

本设计将部分住区道路对城市开放，作为对密度不足的城市道路系统的补充。部分住区道路也由此转化为城市道路，辅助完成城市道路的交通功能。

“生活次街”不仅具有交通功能，而且交通量适中，街道尺度宜人，居民可以在此停留、交谈，“生活次街”更加强调城市支路具有的“适宜居住性”，两侧的住区商业和公共活动空间成为充满活力的街道空间。

静态交通规划也是本次规划设计的重要方面，适应私家车的日异增长，同时充分考虑停车场库的安排。

整个小区地面停车与地下停车结合设计。

多层住宅宅间绿地或局部抬高，形成半地下车库。车库尽量均质分布，不利于停车的地方作为辅房。利用住宅南侧宽度可以满足停车的有利条件，优化车库设计，减少不必要的公摊面积损失。并考虑利用庭院和路边临时停车。

高层全部采用全地下停车。停车库结合草坡、喷泉和跌水设计，设置采光通风口，配合地面景观处理。地面停车全部在“生活次街”两侧解决，居住模块内部考虑地面停车，形成良好的邻里空间。

专家评审意见：

本项目在规划上顺应了项目规模大、人口多、具备城市性质的特征，整体布局具有很强的开放性。住区的主干道路作为城市的次级道路处理，与城市交融形成开放性的网格系统，因而便利了居民的出行，也增加了城市的服务机能。这种“生活次街、出行方便”的突出，体现了规划思路的一种变革。4个居住片区规划结构布局合理，组团内人车分流，道路体系清晰，组团的小规模便于交往，紧凑的居住模块有利于管理和居民的交流。城市共享空间给城市的健康发展，特别是交通系统提供积极的辅助。小区内主干道的开放以及城市公共绿地的导入使小区与城市建立了共享空间，赋予了路网与城市的开放性，使得交通系统通畅。景观带中的休闲设施也较完备。在生态与景观方面，西津河及河岸滩涂为项目环境景观生态特色的形成提供了很好的条件。设计上保持了基地内的树木、地貌和水系，体现了对自然的尊崇。规划中通过景观健康广场及沿岸绿地景观带建立了城市和居住区的媒介空间，提高了绿地景观的使用效率，扩大了小区的开放性，加强了城市与住区的密切关系。住宅套型设计丰富，满足了居民需要的多元化，平面布局合理，功能得当，具有良好的自然通风和采光，保证了居住生活的品质。建议如下：希望在施工图阶段加强对节能减排、管井集中、隔声方面的处理，尝试卫生间功能分间、贮藏空间等方面的改善。注意对水的利用，积极采用中水、雨水回用和渗透的技术，以及太阳能建筑一体化技术。建议利用现有条件增加停车率；适当提高建筑高度，减小建筑密度，高质量高标准地完成整个项目的建设。

花园洋房

局部鸟瞰图

中心景观区

规划总平面图

## 苏州

# 首开·悦澜湾

开发单位：苏州首开嘉泰置业有限公司

技术经济指标：
所在地：江苏，苏州
总用地面积：126,159m²
总建筑面积：239,500m²
总户数：2,168户
容积率：1.60
建筑密度：14.03%
绿地率：45%
停车位：1,206个

鸟瞰图

“首开·悦澜湾”位于苏州市中新苏州工业园区唯亭镇。北侧为已建的商业广场及风景优美的青剑湖；东侧为规划中的住宅用地；西侧为城市规划绿地及现有河道，未来唯亭镇中心将位于基地西侧；南侧为工业用地。整个用地地界规整，地势平坦，周边交通便捷，环境优美，是理想的居住用地。

整个小区通过道路系统分为4个组团。北部为18层的高层组团，中间组团为9层花园洋房，东面组团结合配套商业和社区服务设施沿道路布置，结构清晰，空间变化韵律感强。

小区交通组织采用部分人车分流的方式，主要车流沿外围环道行驶，进入小区后立刻引入地下车库，尽量避免车辆对居民的干扰。在步行系统的设置上，在设置重要步行轴线的基础上增加自由动线，人行其中，或绕楼而过，或穿越其中，或沿水而行，以达到“步移景移”的实际效果。

住区总平面布置、建筑平立剖形式、太阳辐射、自然通风等气候参数对建筑能耗的影响分析，朝向的选择、建筑的体形都非常有利于节能的要求。在外墙材料、窗、管材等方面采用节能环保材料、设计构造上以深飘檐作遮阳，采用双屋面防止辐射热，以及户内花园、屋顶花园的应用也在建筑设计上体现了生态主题。

结合业主对太阳能集热系统的设计要求，对一期工程的九层住宅，拟对其中的第八层、第九层安装太阳能热水系统，其太阳能集热器集中布置在平屋面上，选择太阳能利用最佳位置，减少了对建筑外立面的影响。

专家评审意见：

本项目规划分三期开发，已对开发的顺序和市场需求作了充分的考量。利用中间的中心景观区将其他3个组团连接在一起，提供了居民共享的休闲舒适交往中心绿地景观空间。小区的道路交通采用人车分流的体系，并考虑了分期实施的可能。机动车停放采用地面与地下、半地下相结合的方式，较好地解决了节地和降低工程成本等综合问题，同时方便各区居民独立就近停放车辆。居住组团各成体系，形成有秩序的院落空间。住宅多为高层和中高层，并注意西北高，东南较低，保证了多数居民对青剑湖有好的景观视野。开阔集中成片的小区公共绿地纵贯南北、东西，使大部分的住户都能享受良好的景观视野。院落空间采用半地下车库的设置和部分地面抬高了室外地坪的手法，丰富了景观效果。一期板式的住宅设计，南北向布局，有利于日照和通风。建筑平面布局功能合理，明厨、明厕，部分住宅还设置了入户花园，具有潜在的升值空间。建议如下：希望进一步优化交通系统。尤其要解决好小区出入口的人流和车流交叉问题。为此建议增设车行入口，并缓解环路绕行曲折过多的问题，使居民的出行方便安全。半地下车库的出入口要尽量靠近机动车道，避免对人行的干扰。并应增设人行出口。对于院落内部的地面停车要尽量避开人流集中的场所，提高环境质量。建议开放住区公共配套商业设施，盘活商业模式，提高商业效益。可更好地服务于本区住户和区域住户。本项目提出了太阳能、雨水中水的利用、外墙外保温技术是较好的理念，建议还就南方的空调采暖、外遮阳等必要技术进行探讨，切实抓实效、抓效益、抓成果。

沿河住宅外景

规划总平面图

户型平面图

## 威海

# 长青·温泉明珠

开发单位：长青投资集团有限公司

技术经济指标：
所在地：山东，威海
总用地面积：339,712m²
总建筑面积：455,930m²
总户数：3,282户
容积率：1.279
建筑密度：18.9%
绿地率：40.2%
停车位：5,095个

鸟瞰图

“长青·温泉明珠”位于威海市环翠区温泉镇，青威高速公路与威石路交叉口东侧。地块南侧有较好山景；北侧为五渚河绿化带；西侧紧邻青威高速公路，以绿化带相隔；东侧为未规划空地。规划提出了“生活·城”的规划理念，形成了以区内十字街为主轴，多样化公共空间为中心，与城市绿化带相结合的规划结构。

区外有北侧的水岸公园、河岸景观带和西侧道路景观带，形成景观带开放空间，区内有各组团中心绿地，各宅间绿化，道路绿化等绿化用地，形成多层级的绿化体系。规划还就水岸公园、小区入口区域、十字街区域，各组团入口与集中景观当做重点处理，道路边局部放大形成了小广场等，创造出变化丰富的空间韵律。

项目以十字路划分为四个区域。从水岸公园东侧，穿过五渚河及其绿化带，就是区域的主入口，主入口的东南为集中的商业街区。小区的重要配套服务设施沿十字街展开，在实现建筑功能的同时，形成小区的公共中心。

道路周边的建筑在满足规范的前提下做一定的进退及立面变化，有利于形成视觉变化丰富的街道空间。

规划中利用本区南部地形特点，创造出缓坡的空间变化，丰富了空间的表现力。多层住宅6层，局部利用屋顶设小跃层，层高3m，不设地下室；小高层11层，局部利用屋顶造型设小跃层，层高2.9m。规划住宅除个别2栋为南偏东外，均为正南北向。

幼儿园设在十字街往西的路北，阳光充足，交通便利，位置相对适中。

专家评审意见：

本项目具有良好的自然地理交通条件，北西两侧紧邻城市绿化带，南侧有自然山顶，周边城市道路通达。规划运用十字路将地块划分为大小不同的四块，商业布置集中方便，以十字街布局的中高层和多层区构成住宅街坊，较好地与城市融合为整体，住区空间布局与基地南高北低地形结合，形成了较好的城市景观。项目利用路边绿化带和城市绿化带，使居民获得较大的绿色空间，住区设置一条曲折形带状绿地和两个规模较大的绿地结点，构成了适合居民休闲交往的主导绿化系统，有较好的功能品质。南北向住宅布局，日照采光通风良好，住宅套型大量采用中小套型，适应广大客户的需求。套内分区合理，紧凑适宜，厨卫布置恰当。建议如下：疏导城市交通，宜规划增设项目东侧城市级道路及桥梁，并与北侧道路对接，以缓解、疏散规模学校的拥堵，同时对本住区与城市公共交通的连接更具合理性。增加组团绿地。项目西南组团地块较大，建筑密度高，行列式的布局使住区空间形态变化少。建议适当调整布局，扩大中心地段绿地和组团绿地，以形成绿地序列，提高居住、休闲舒适性，适当增加居民服务点，方便西南区住户使用。提升住区科技含量。本规划设计未提及节约资源，节能减排和保护环境的措施，雨水中水的收集处理利用等需要补充并落实技术措施。住区的太阳能是威海的强项，应重点研究中高层住区的太阳能应用模式，以取得示范性作用。

沿河立面

住宅外景

规划总平面图